ENTERTAINING ANGELS

天使在人間

茱蒂・杜亞特——著
薛慧儀——譯

JUDY DUARTE

感謝凱倫・索倫，鼓勵我創作更往上一層樓，更深入探討。謝謝妳一直以來令人難以置信的支持。

並感謝約翰・史康納米格羅，對我與《於是，天使來到身邊》這一系列小說深懷信念。若沒有你的幫助與身為編輯的慧眼，這些故事仍只是流於空想。

「不可忘記用愛心接待客旅，因為曾有接待客旅的，不知不覺就接待了天使。」

——希伯來書，13:2 NIV

1

蕾妮·迪蘭妮沿著人行道，無精打采地踱往公車站，腳上的皮製鞋底磨刮著水泥地上那層薄薄的砂礫。

她原本想穿那雙耐走的球鞋，離開時沒穿上實在失策，但她走得倉促，匆忙間只套上了她唯一擁有的另外一雙穿破的棕色涼鞋，這雙鞋當時擱在吊床旁，在那間她用來睡覺的密室裡。現在她的腳趾頭發冷，腳踝內側也因為被已磨損不堪的皮帶不斷直接摩擦而發疼。

空氣中的涼意讓她打了一個冷顫，她將雙手蜷縮成拳頭，塞進運動衫的袖子裡，她之所以選擇穿這件特大尺寸的衣服，是因為能遮住自己日益隆起的腹部。她這輩子從沒胖過，但現在她可沒心思去想這些，不然光想到自己身子會變得有多巨大，就足以嚇壞她。

前頭有個男人，穿著骯髒紅色格呢內襯的破舊灰色風衣，原本跌坐在牆邊，見到她後站了起來，一面走近她一面露出牙齒笑著：「嗨，小女孩。」

她的胃揪了一下，心跳也猛地加快。她曉得這時不該掉過頭不理會這人，於是她一面提高警覺地盯著他，一面步伐不變地繼續往下走。

那人越走近，臉上笑得越開懷，露出一口黃牙，一顆門牙還缺了一角。「小女孩，妳要往哪兒去啊？」

拜託，她看起來想讓他知道嗎？她瞇起眼，露出「別煩老娘」的目光瞪著那人，這招成功了——多多少少。那人的確老實走過她身旁，但手臂卻故意撞了她一下。

他渾身散發著濃烈的污濁菸味與汗臭，還有廉價酒精的味道。即使他已經走過她身旁，那股惡臭仍久久不散。

她懷疑那人是個無家可歸的流浪漢，就像她一樣。

上帝啊，別讓我落到和那人一樣渾身惡臭的慘況吧！

她嘆了口沉重的氣。她也許不知道今晚會在何處落腳，但一定要有廁所和洗澡的地方。說到廁所，她最好在搭上離開這兒的公車前先找到一間。

她的手指隔著厚棉運動衫觸摸著自己微微隆起的腹部，溫柔撫摸起那正在長大的孩子。

她上星期才在慈善二手商店買了幾件女裝上衣，但那是在她母親的二堂妹瑪莉．愛琳撂下要她搬出去的狠話之前——之後蕾妮便了解到，她將會需要手上僅存的每一塊現金。

但誰在乎呢？她之前就在街頭流浪過——次數多到都數不清了。況且，這次只是暫時的。她會在現金用完之前找到一份工作。

不過，若瑪莉．愛琳願意讓她留下來住到孩子出生就好了。但今天她聽到蕾妮懷孕的消息時，簡直氣急敗壞。

「妳懷孕了？」瑪莉．愛琳的雙手在她肥矮的臀部上用力一拍。「妳怎麼這麼蠢？簡直和妳媽一樣！」

蕾妮本想爭辯，但她如何能替一個自己從未真正認識過的女人辯護？

「妳得去拿掉。」那時瑪莉．愛琳這麼說。

孩子的父親，賈斯汀．杜威勒，聽到這件事時同樣驚愕，而且也建議她採取同樣簡單的解決辦法。

但蕾妮給賈斯汀的答案，和之後給瑪莉．愛琳的答案都是一樣：「我沒辦法。」

她並沒有解釋原因。首先，就連她自己也不是很清楚為什麼——總之她就是無法拿掉孩子，如此而已。

「隨便妳，但我可不會娶妳或負什麼責的，我要去念大學。」賈斯汀那時這麼說。

蕾妮也想去念大學，尤其當她發現教育是唯一能讓自己人生有所成就的希望。然而，從家用驗孕器浮現粉紅點的那一刻起，念書進修的希望便泡湯了。

兩人剛交往時，蕾妮還以為賈斯汀會是她的白馬王子，但他的肢體語言很快粉碎了她的幻想，還有他那逃避她的退縮態度，讓她明白他倆才剛萌芽的感情全變成了一堆屎，而這全是她的錯。那傢伙有夠混蛋。

「我有些存款，可以讓妳拿去用。」他說。

那時蕾妮就明白了，不管賈斯汀給她什麼，都最好接受，即使她並不打算用這筆錢來打掉孩子。

她不斷告訴自己，她不在乎從此不會再有男友，而且也不在乎今晚會沒有地方過夜，但這都不是真心的。她從來就不喜歡孤單一個人，尤其是天黑的時候。

「我又不是在開什麼廉價旅社！」瑪莉．愛琳那張枯瘦的臉開始發紅。「妳上一次的安置失敗後，我同意讓妳和我住在一起，但我可不要再多一個小孩！去拿掉，不然我就打電話給社工，要她把妳送回去找寄養家庭。」

這才是讓蕾妮最害怕的事情。不是為了她自己，而是為了她肚裡的孩子。

要是他們把這可憐的孩子帶走，將她和孩子安置在不同的寄養家庭怎麼辦？

她無法冒這樣的風險。不知道為什麼，她對肚裡的孩子有種莫大的責任感。還有誰會疼愛這孩子，並絕對不會讓這孩子陷於悲傷或寂寞呢？

所以她收拾好自己的家當，鼓起所有的勇氣與驕傲，抬高下巴、挺起胸膛，走出了那扇門。好吧，至少在走過第一個或第二個街口時她是如此。

此刻，太陽開始西斜落下，她離公車站越近，越不確定自己到底該何去何從。

她移了一下灰色背包的肩帶，裡頭裝滿她最值錢的家當：賈斯汀給她的三百塊美金——買了起司漢堡與薯條後就更少了。還有一張偽造身分證、幾件寬鬆衣物、一個裝滿水的塑膠運動水壺。此外還有幾根燕麥棒，她一直偷藏在那間只有衣櫃般大小、直到不久前還是屬於她的臥室裡。

現在她得完全靠自己了。

一整排停靠著的公車映入眼簾時，一個鬍碴叢生的高大男人從角落出現，直向她走來。

他穿著寬鬆的綠色上衣與褪色的藍色牛仔褲，膝蓋處還磨破了一個洞，腳上穿著一雙滿是灰塵的勃肯鞋[1]，破舊得像穿了四、五十年。她懷疑這人也是流浪漢。不然也許只是個殘存的嬉皮，還吸多了迷幻藥。

他露出微笑，雙眼凝視著她——她從未見過如此美麗的碧藍眼眸。她企圖釋放出「給我滾開」的訊息，就像她之前對付那個擋住自己去路的傢伙，但不知為何，她做不到。

「還好嗎？」他問。

她正想嗤之以鼻，要這傢伙別多管閒事，一陣急速的腳步聲響起，她抬頭一瞥，見到另外一個傢伙從角落轉了出來，拚死往前衝，腋下夾著一個黑色女用塑膠手提包。

蕾妮想退開別擋住他的路，但那人沒在看路，而是一逕往後瞄。

砰！那人重重撞上了蕾妮，就像跑出界外的後衛撞倒站在場邊的啦啦隊員。

她的雙手因為還塞在袖子裡，所以無法撐住身子，於是她重重摔倒在人行道上。搶人皮包的竊賊絆了一下，但很快又穩住身子繼續往前跑。

「妳沒事吧？」嬉皮模樣的傢伙伸出一隻手要拉蕾妮起身，她藏在袖子裡的拳頭伸了出來，手指張開握住了他的手，訝異這人的手居然如此溫暖。

她點點頭，說：「嗯，我沒事。」

「孩子怎麼樣？」他問。

孩子？他怎麼會知道她懷孕了？

蕾妮的身形其實還看不太出來呢！尤其是她還穿著這件過大的運動衫。她歪了歪頭，蹙起眉心。

❶ Birkenstock，德國知名休閒鞋品牌。

「這孩子，是個小女孩，有黑色的卷髮和綠色眼眸。」他說。

他果然是個嬉皮沒錯，而且還長期吸食某種大麻或迷幻藥或其他亂七八糟的東西。

蕾妮勉強擠出微笑，說：「嗯，她也沒事。」

「那就好。」他朝公車站的方向點點頭，又說：「妳要離開這裡？」

腦袋裡有個聲音要她別把這件事告訴任何人，但不知為何，她點了點頭。

「我叫傑西。」他彷彿想要和她交個朋友。

但她沒有回應。他沒必要知道她是誰。

「妳要去哪裡？」他問。

這根本不關他的事，早知道她就別搭理這傢伙了。但不知為何，她只是聳了聳肩，然後說：

「也許去舊金山吧！我還不確定。」

其實，若能一整夜都搭著公車，應該也不錯，如此一來，她就能到達一個全新的城市，且仍然能有一整個白天的時間。

「美溪鎮比較好，妳知道那地方嗎？」他說。

她點點頭。那是位於聖地牙哥另一邊的郊區，離這兒不遠。

「那兒的社區教堂有間慈善食堂。」他又補充道：「所以我大概也會去那裡。」

她沒必要聽他的傷心過往，她也有自己的淒涼故事。

傑西對她又露出一個微笑，那雙美麗碧藍眼眸的周圍泛起魚尾紋。「妳在美溪鎮會找到妳所需要的一切。」接著，他並沒有走向公車站，而是往相反的方向離去。

蕾妮一面舉步維艱地繼續邁開步伐打算離開這裡，一面心想：真是個怪人。傑西這嬉皮模樣的傢伙，說不定是個瘋子，但這麼長久一段時間以來，他倒是第一個對她表現出一丁點關懷與尊重的人。尤其他還是個陌生人。

若他說得沒錯，美溪鎮有地方能讓她享用免費餐點，她就能省下身上的錢了，而省錢正是此刻的第一考量。她實在受夠了寄養家庭和像瑪莉．愛琳這樣的遠房親戚，現在是完全靠她自己的時候了。

不管是到美溪鎮，或隨便什麼地方都好。

十年老福特轎車的引擎又開始發出奇怪聲響，克雷格．修士頓忍下想要飆罵髒話的衝動，畢竟對一位牧師而言不宜口出穢言。但自從他離開位於鳳凰城附近的祖父家之後，這輛被詛咒的車子就一直跳個不停，引擎也嘎嘎作響。越接近加州邊境，他越是感到挫折。

若他的人生是按照上天的某種旨意進行，他懷疑自己今天應該不會這麼倒楣才對。所以很自然地，他不得不質問，牧師這一行對他而言是否有所謂「天職」的正當性——或至少他被派為助理牧師這一事。而且據說他派駐的地點位於「南加州一處美麗的海邊社區」，要去服務「為數極少的教友」。

車身再度跳了一下，克雷格再也忍不住，一掌猛力拍在儀表板上，照這個速度看來，他永遠都開不到美溪鎮。

再一次，他做出離開斯科茲代爾市[2]後重複過好幾次的決定，將車停在最近的加油站，詢問是否有值班的技工。

「嘿，彼得！」有人對一名穿著髒兮兮連身工作服、年約五十歲的魁梧男子喊道。

二十分鐘後，彼得給克雷格的答案，如同他今天一直聽到的答案一樣——「我找不出這車子有什麼問題。」

「我沒騙人，這車子一直跑得很不順，一路上亂跳個不停。」

彼得同意將車開出去試試，十分鐘後，他把車開回來，答案和之前其他三位所謂專家說的話如出一轍。

「車子順得很。」彼得把鑰匙還給克雷格。

好吧。這根本不是什麼上帝旨意，反而開始像是個老天臨時起意的惡作劇。

「你們有付費電話嗎？」克雷格問。他真希望知道自己把手機扔在哪兒了，他今早出發時明明手機還在，但不曉得忘在沿途的哪裡了。

彼得伸出沾滿油漬的粗厚手指，指了指商店後方的牆。

「謝謝。」

克雷格一面大步走向電話，一面從西裝褲前方口袋裡掏出所有的零錢，以及一張便利貼條，上頭寫著一對夫婦的姓名與電話，他們正等著他的到來。

電話一接通，響起女人的聲音：「喂？」

「是迪蘭科特太太嗎？」他問。

「我是。」

「我是克雷格・修士頓，很抱歉這麼晚才通知，我知道你們已經替我準備好了晚餐，但我的車子一直出問題，我不曉得什麼時候才會到。」

「你在哪裡？我可以叫人去接你嗎？」

「我人還在亞利桑那州，沒必要跑這麼遠來接我。我打電話只是讓你們知道我會晚到，而且會先在路上買點東西吃。」

「你遇上這麼多麻煩，實在遺憾。」

克雷格也這麼想。

「我們夫婦能幫上什麼忙嗎？」

「恐怕是沒什麼忙可幫。」這一路下來，他剛剛才請的第四位技工仍堅稱車子引擎沒有問題，但事實絕非如此。當然，除非是克雷格的腦袋有問題，自行想像出某個理由好讓他掉頭回家去，改寫他的未來。

「路上小心。」迪蘭科特太太說：「別擔心會太晚到，我們夫婦向來晚睡。」

「謝謝。」克雷格掛上電話，嘆了口氣。

身為新任助理牧師，對於這對願意收留他直到他安身處準備好的夫婦，卻是以這種方式介紹自己，實在很糟糕。

❷ Scottsdale，位於亞利桑那州，緊臨鳳凰城。

他想也許可以依靠祈禱的方式，祈求接下來的旅途能順遂些，但他最近與上帝之間實在沒什麼話好說。

當然，以他在神學院所學，他想這都是自己的問題。

但在這種情況下，完全怪罪自己，似乎也不全然公平。

夕陽西下，轉運公車駛離，車尾朝著蕾妮與其他兩位下車乘客噴出滿是柴油味的一聲怒吼。蕾妮這才開始觀察四周的新環境。

街角有一處自助加油站，站裡有洗車服務，還有一個小型超市。街道旁的行道樹開滿了紫色花朵，讓這個城市比她才剛離開的那地方美麗多了，至少人們知道春天到了。也許美溪鎮的確是個不錯的地方。

她不常接受別人的建議，不是因為她固執或其他原因，而是她遇見的多數人，不論老少，自己一生也沒多少成就，所以也不知道自己到底在說什麼。

而那些有成就的人呢？

只能說他們根本不了解蕾妮所面對的殘酷現實。

她曾和就讀高中的輔導員談過自己的現況，並試圖解釋。

好吧，多少算是解釋。

布林克老師卻認為蕾妮只需要少惹麻煩，全心念書，然後就像變魔術一樣，獎學金和經濟援助就會讓一切都沒問題。

布林克老師的話有部分是真的，但住在一間不論日夜都有人進出的公寓裡，想要專心念書並不容易。或是蕾妮還在為了英文課念《雙城記》時，燈光突然熄滅，因為瑪莉．愛琳沒付電費；或是與她共用一面牆壁的怪傢伙，收音機整夜開得很大聲，盡聽些古怪的廣播節目，像是聽眾打電話報告外星人誘拐案件，討論政府如何使陰謀要他們閉嘴別亂說話。

或是她的肚子餓得受不了，咕嚕作響時，她根本無法專注「2+2=4」，更別說是「3x-5y=z」，而冰箱裡唯一的食物是半打啤酒、一罐莎莎醬與一大塊乾掉的起司。

儘管去聽一個嬉皮流浪漢的建議有些不合常理，但現在第一要務是節省身上的現金使用，因此免費的慈善食堂是蕾妮決定來到美溪鎮最主要的關鍵。

現在她只需要找個地方過夜就行了。

一名穿著亮藍色寬鬆長褲與奶油白上衣的灰髮女士，手臂上掛著一個大型黑色手提包，正沿著人行道慢慢拖著腳步走過來。

蕾妮輕易就追上了她，問：「請問一下，社區教堂在哪裡？」

滿是白髮的女士頭歪向一側，往旁瞄了一眼，彷彿她也是初來乍到。然後她舉起那隻沒掛著手提包的手，伸出一根粗糙的手指，指著她頭歪向的地方，說：「這兒是大街，直走下去，經過大概八或十個路口，就是蘋果木道。再左轉就會走到桑果公園，教堂和遊樂場在同一邊，不過入口其實是在第一大道上。」

蕾妮的方向感並不是很好，但她想，一座公園和教堂應該不會那麼輕易錯過。

「謝謝。」

蕾妮繼續跟在老婦身邊，直到老婦轉向大街旁的一條小街，她繼續步履蹣跚地往前走。她腳踝側邊疼痛的部分如火在燒，刺痛不已，走起路來更是倍覺吃力。

她一面走一面數著街口，就在她以為永遠都到不了蘋果木道──實際上也不過是過了受盡折磨的幾分鐘罷了──幸運的事終於出現了，老婦並沒有隨便胡說一通，公園就在她的正前方。

蕾妮的目光越過遊樂場，一眼就看見了教堂，是常見的舊時白色教堂，窗戶上飾以彩色玻璃，前方是亮紅色的雙扇門，還有座尖頂的鐘塔。問題是，停車場裡空無一車。蕾妮開始後悔了，她怎麼這麼笨？只不過是一個滿臉鬍碴的嬉皮隨口胡謅的話，她居然信以為真。

一個穿著藍格子上衣與丹寧工作服的老人正拿著掃帚掃地，她問起慈善食堂時，他告訴蕾妮，食堂今天已經關門了。

「明天上午十一點到下午兩點之間再過來吧。」他邊說邊繼續掃地。

蕾妮還沒有那麼餓，但到晚上之前她得吃些東西才行。她有時仍會覺得噁心想吐，若胃裡有些食物，便會覺得舒服些。

但買完起司漢堡與公車票之後，她那三百塊美金一下子少了不少。

她的手指梳過頭髮，卡在一團糾結的髮絲上。她真希望今早有時間能把頭髮梳得整齊些，然後綁起來或什麼的。但現在重點不是在頭髮上，她現在需要有個地方過夜，一個不會花上太多錢的地方。

老人仍繼續用掃把掃著人行道，蕾妮再次出聲喚他：「先生，請問一下。」

刷刷掃地的動作暫停了下來，老人轉過身面對她，問：「什麼事？」

「我在找汽車旅館，你知道在哪裡有嗎？」

「第四大道有『快樂家庭』，走過郵局就是了。貝德福公園大道有『歡迎蒞臨小旅館』。」

「謝謝。」她彎下腰，現在做這個動作不像以往那麼容易了，然後伸手摩挲著磨損的涼鞋皮帶邊緣，她腳踝內側的肌膚已經開始流血。若她認為這位老人身上有急救藥箱，早就開口要OK繃了。但她懷疑他身上根本不會有，所以她問出口的是：「哪一家汽車旅館最近？」

老人用沒握著掃帚柄的那隻手摸了摸下巴，說：「貝德福大道上的那間吧？我想。」

蕾妮咬住下唇。

「妳第一次來這裡？」老人問。

有那麼一瞬間，她很害怕承認。但若他打聽得太過頭或是提到她的年紀，她身上還有一張偽造的身分證，能讓她的說詞不致露餡，這可是她花了不少心思編造的。所以她點點頭，說：「嗯，今天才剛到。我是來找工作的。」

他端詳了她一會兒，彷彿是真的在打量她，從裡到外，絕大多數的人並不會這樣。所以她挺胸站直，企圖憑空生出充滿自信與成熟的氣質，然後露出微笑，說：「我會認真工作，而且我什麼都可以做，所以要是你知道有人想要雇用員工的話……」

「一時也想不出來。」他摸了摸頭頂日漸稀疏的髮絲，彷彿在試著搖一搖不太可靠的記憶。「不過如果妳趕路，可以直接穿過公園。再穿過球場的慢跑道，就是通往貝德福大道的捷徑，朝西走就對了，走到街上後再往右拐。」

「謝謝。」蕾妮走了一步後又停下，問：「你知道旅館住宿的價錢嗎？」

「幾年前我送我小舅子去那兒過夜，那時住一晚六十塊美金，不過我想現在一定更貴了。」

蕾妮點點頭，強迫自己的表情看起來依舊積極樂觀，其實心裡卻越來越焦慮。她身上的現金撐不到一個星期，但她又能怎麼辦？

懷著自己不敢面對的更多恐懼與絕望，她一拐一拐地穿過街道，走向公園。在走進剛割過的草地前，她脫下了涼鞋，拿在手上。

她一路往前走時，柔軟、涼爽的草地葉片按摩著她疼痛的雙腳。她環視著群木林立的公園內部、空曠的遊樂場與棒球場，球場上還有一個十歲出頭的孩子，正與一個蹲在本壘板後的男人練習投球。

她想，這公園還真不錯。

若她知道今晚落腳在哪裡的話，說不定會在公園再多晃一會兒。但隨著夜晚即將到來，她腦袋裡一個想像的定時炸彈正在滴答響個不停。

她的人生還會更悲慘嗎？

有可能。

若她在找到工作前就把身上的錢花光了，絕對會陷入困境，尤其是她現在還要顧慮孩子。

再往前，有一棵巨大的樹矗立在公園正中央，樹蔭下有一張水泥長凳，讓疲憊的旅客能坐下休息。

從這天早上開始，她便似乎一直在走個不停，此時她的雙腿痠疼，實在需要休息。

坐下來休息個一兩分鐘也無妨吧？

於是她不再急匆匆地去找汽車旅館，而是放輕腳步走到長凳旁，放下背包，一屁股坐了下去。

她早就知道，若要留下孩子，就表示一切都得靠自己，但她那時還不明白只有自己一個人會有多可怕，尤其是現在，眼看天就要黑了。

若她有虔誠的信仰，也許會在這樣的時刻禱告，但她卻不知道該說些什麼。

她以前曾和一個寄養家庭去過主日學校，但想不太起來做了些什麼，就只有唱唱歌、聽聽故事、吃吃燕麥餅乾，還有很好喝的檸檬調味水果酒。

但她此刻也別無選擇，於是她合起雙手，放在大腿上，然後低下頭。

不過她沒閉上雙眼。她只是盯著自己的腳趾頭與腳上紅腫刺眼的傷口，感覺淚水盈出了眼眶，喉嚨哽咽。

「上帝，若您真的存在——」她抬起頭，視線越過大樹那翻飛的葉片，瞥見枝葉交錯的天空。上帝啊，拜託您一定要在天上。她低頭望了一眼自己的雙腳，嘆了口氣，希望自己的禱告能被聽見。「我不知道要去哪裡，也不知道能信任誰，而且現在還有個孩子要照顧。」

沒有回音。

她曾在主日學聽過的一個故事此時浮現在腦海裡，她多希望此刻自己能記得全部細節。那故事是關於一堆人在荒野裡流浪了四十還是五十年，上帝送來一片雲，告訴他們該往何處去。上帝也給了他們一些天國的食物。

她願付出一切，只求此刻能有自己的一片雲，並能好好吃上一餐。

於是她繼續祈禱：「您能幫助我嗎？我需要找到便宜的住宿與一份工作。」

她等了一會兒，彷彿會有某種巨聲從天上降臨，精確地告訴她該往哪裡走、該做些什麼。依舊沒有回音。但她想自己反正也沒有期待任何回音。過去那些年裡，聖誕老人、復活節兔子和牙仙對她而言，從來就不像其他孩子那樣具有意義，而她早已習以為常。

當然，上帝應該是存在的——至少，對很多人而言是如此。

所以她也沒耿耿於懷，而是清了清喉嚨，決定試最後一次。

「若不是看在我的份上，您願意看在孩子的份上嗎？」

一陣微風輕輕吹起，她頭頂上的樹葉沙沙作響。儘管不是她一直所期待的詹姆士・厄爾・瓊斯[3]扮演的上帝聲音，但絕對勝過之前讓她感到挫敗的寂靜無聲。

唉，搞什麼嘛！蕾妮。她如此責備自己。快別傻了，妳不過是在浪費所剩不多的白天時光罷了。

於是她站起身，手臂穿過背包肩帶，調整一下重心，讓她揹起來舒服些，然後走向一處她希望是公廁的灰色方形建築。

她瞧見一扇門寫著「女廁」，嘴裡低聲說：「真是感謝上帝。」然後握住門把，將門推開，走了進去。

裡頭有兩間廁所可以選擇，還有一張桌子，用來更換嬰兒尿布。但她的目光馬上就落在地板上某樣粉紅色的東西——是一件被扔棄的粉紅色連帽外套。她撿起外套，白色內裡摸起來像是毛皮，感覺幾乎是全新的。

她檢查了一下標籤，想看看有沒有女孩子的名字。有些母親會在孩子的衣服和物品上縫標籤或做記號。

在成長的過程中，蕾妮有時候會發現，自己有幾件衣服上頭，仍留有之前主人的名字。例如「葛雷珍」，不管她是誰，曾擁有過一件手織的毛衣，上頭還標註這是她祖母特地為她織的。蕾妮不知道葛雷珍的母親將這件毛衣拿去慈善商店，是因為太小了還是因為袖子上的墨漬。不論如何，想到別人的祖母織了件毛衣，最後卻流落在蕾妮的抽屜裡，還挺酷的。

但她剛發現的這件外套，上頭沒有任何人的名字。

外套有些嫌小，儘管她自己也許用得上，她還是小心翼翼地將外套折好，放在紙巾架上。然後她挑了間廁所，完成來此的目的。

沖水後，她走到洗手槽，洗完手後用紙巾擦乾。她站在垃圾桶旁時，注意到牆邊放著一個藍綠色的沃爾瑪超市塑膠袋。出於好奇，她伸手拿過袋子往裡頭望，瞧見幾個保鮮盒、一支塑膠叉子、一盒兒童包裝的蘋果汁，上頭還附著一根小吸管、一顆柳橙，還有一包未開封的全麥餅乾。

她將袋子放在洗手槽上，更往裡摸索，然後找到了讓她驚訝不已的東西。

哇喔，這真的太神奇了！

袋子裡有三片OK繃，她拿出一片，是特別設計過的品牌，上頭有卡通人物圖案。

❸ James Earl Jones，美國著名黑人演員，其獨特低沉嗓音也常出現在許多電影配音中，最為人知的幕後配音為「星際大戰」中的黑武士Darth Vader。

這該不會是……

但她知道這是怎麼回事。有人中午在公園用過野餐後，將剩餘的東西留在了廁所內。而同一個人，或是另外一個女孩，在打包回家時將外套遺忘在這裡。不用去想這是奇蹟什麼的。不過就是誰找到就是誰的，她運氣好罷了。

但這一切仍像是有人特意放在這兒的——特別為了她。

「謝謝。」蕾妮對著冰冷的灰牆，或是上頭哪位可能正在傾聽的某位人物，含糊道了聲謝。

但接下來仍是只有沉默，不過也無妨。要是真有個聲音冒出來說：「不客氣」，她大概會以為是自己產生的幻覺。

她從紙巾架抓下幾張紙巾，用來清洗腳踝內側的傷口，然後輕輕觸碰傷口，將水吸乾。傷口乾淨了，她也滿意後，便貼上尼莫[4]圖案的OK繃。

在離開廁所途中，她推開門的手停了下來。通常她不會帶走不屬於自己的物品。但她開始感覺那件外套也屬於這份天上掉下來的禮物，於是她走回來拿起外套，想著若是走到汽車旅館前天氣變冷了，也許派得上用場。

她花了點時間很快從飲水器喝了口水，再把運動水壺裝滿，然後穿上涼鞋，再次啟程。她穿過公園，沿著慢跑道走向貝德福大道與汽車旅館，一如教堂前那位老人曾告訴她的路徑。但她才走了沒五、六步，一道閃光引起了她的注意。

她偏過頭，舉起手擋了一下，想確定光線是從哪來的。

大概是從公園後方的樹叢裡吧？她猜。

那道反射光芒繼續閃動，彷彿有人正在用摩斯電碼傳遞訊息。她本來想忽略那道閃光，卻發現沒辦法。也許上帝不總是利用雲來指引人們方向。

好吧，這說不定只是巧合，而且太過古怪，根本不用去深思其中原因，但儘管她心知如此，卻還是穿過了灌木叢，如同飛蛾撲火般被那道亮光吸引而去。

在灌木叢中走了約二十公尺，她發現一條似乎直達亮光來源的小徑——盡頭是一棵大樹，樹幹枝椏間蓋有一座木頭小屋。樹屋的出入口上頭懸掛著一個腳踏車輪胎鋼圈——算是某種裝飾品吧？真相大白了，是鋁製的鋼圈捕捉到陽光，反射到她的眼裡。

她的好奇心總算滿足，便轉身要走，接著又突然停在原地。她之前不是祈禱能有個便宜的住宿地方過夜嗎？一座被遺棄的樹屋根本不會花到她一毛錢。

她抬頭望向天空，說：「您該不會是要我在這兒過夜吧？」

沒有回音。

她緩緩轉過身，走向那棵樹，檢視著那座堅固的樹屋，仔細考慮在裡頭過夜的可能性。樹幹上釘了七、八片木板台階，讓人能爬進小屋裡。

想想她能省下多少錢哪。

而且樹屋離地約兩公尺，她就不用怕蛇了。

她把一隻腳放在最低的木階上，開始往上爬到樹屋入口。樹屋裡的地板上鋪著兩條邊緣帶著

❹ 動畫片「海底總動員」（Finding Nemo）的主角尼莫（Nemo）。

流蘇的小毯子，一條藍色，一條綠色，儘管看起來質料不錯，但已磨損得破舊不堪，而且也很髒。但她可以把毯子抖一抖。

角落還有幾本漫畫書、一團毛線球與一個老舊的紅色咖啡罐。

靠牆離天花板約半公尺處有一個木製壁架，上頭有三根長短不一的紅色蠟燭，蠟燭底端固定在融化的蠟團裡，站得挺直。

嗯，這地方絕對可以過夜。

而且這兒離公園不遠，她可以去上廁所和喝水……

蕾妮爬進樹屋，放下背包與她找到的那一袋物品，準備在這兒過夜。

傑西那個嬉皮傢伙是怎麼說的？

妳會在美溪鎮找到所需的一切。

也許他說得沒錯。

但兩小時後，隨著黑夜降臨並包圍樹叢，一群土狼在離這棵樹幾步遠的地方尖聲咆哮時，蕾妮可就沒那麼確定了。

2

正當克雷格的車子駛到美溪鎮邊界時，這台老福特轎車再次發出「轟隆」一聲，呻吟幾次後又抖了幾下，接下來便完全發不動了。

他放棄堅持，終於破口大罵，他可是一路忍了整整六十多公里。

車子內部根本沒問題嘛！差不多有一卡車的技工不斷這麼告訴他。

所以呢？這什麼意思？問題是出在駕駛身上嗎？

克雷格看了一眼儀表板上的鐘：晚上十點三十六分。

他忍不住抬頭望向天空，翻了翻白眼，然後緩緩搖頭。

他決定把車子推到路肩，再走路進城。於是他將車子轉到空檔，離開駕駛座下車。

他讓車門開著，將一隻手放在方向盤上，開始用另外一隻手推車。

「需要幫忙嗎？」

一道出其不意的男聲嚇得克雷格差點魂飛天外。他轉頭去看是誰在那兒，兩人之間隔著一片黑暗，只聽見足音踩著路邊砂礫朝他靠近。

一會兒之後，一個男人走進了車頭燈的光圈裡，他一頭長髮粗亂蓬鬆，下巴蓄著夾雜著銀絲的濃密鬍鬚。

克雷格若是個賭徒，基於這傢伙的外表，他一定會打賭這人是個流浪漢——那人穿著寬鬆的暗色上衣與外套、磨損不堪的牛仔褲，膝蓋上還磨破了一個洞，腳下踩著一雙過大的皮製涼鞋。

克雷格一面繼續將這輛笨重的老爺車推離馬路，一面謝過這位陌生人的好心：「不用了，我差不多快處理好了。」

那傢伙朝市區燈光的方向點點頭，說：「我也要去美溪鎮，你能載我一程嗎？」

他是瞎了不成嗎？還是吸毒吸過了頭？這輛車子除非掛上拖吊車，不然哪裡都去不了。

克雷格在過去幾小時內不斷累積並壓抑著的挫敗正叫囂著去反駁這傢伙，但他在神學院所學的一切，都告訴他要壓下充滿惡意的批評。於是他說：「我很希望能夠開車載你進城，但恐怕我們都得用走的了。」

「我可以看一下車子嗎？」那人朝車子的引擎蓋點點頭。

這傢伙到底是誰？一個時運不濟的技工嗎？

「當然，請便。」克雷格雙手盤在胸前，身子重心斜往一邊，看著那人打開引擎蓋鎖，掀起蓋子往裡瞧。

他也沒做什麼，不過是扭了扭一兩條管線，然後「砰」的一聲將引擎蓋放下，擦了擦手。

「你何不再試一次？」

克雷格重重嘆口氣。這輛車已經帶給他這麼多麻煩，他早想舉雙手投降，或是又跺又跳，憤怒揮拳。他已經快管不住自己的脾氣了。

既然那些檢查過車子的加油站技工都說車子沒問題，這個邋遢的陌生人只不過動了動手，又怎麼可能修得好？

不過，姑且試試也無妨。

克雷格坐回駕駛座，發動車子並踩下油門。引擎馬上啟動了。

陌生人走到車子另一側，打開車門，往裡頭瞧著坐在駕駛座上的克雷格，說：「現在可以載我一程了吧？」

克雷格啞口無言，只能點點頭，等著他上車，然後換檔將車子駛回道路上，引擎平順地低聲顫動，彷彿車子才剛從某間車廠的展示中心駛出。

「我叫傑西。」

克雷格也自我介紹，然後又說：「我是園邊社區教堂的新助理牧師。」

「真的啊？這可是崇高的職業呢。」

儘管克雷格此刻並沒有覺得自己特別崇高，但仍想著也許在某些場合，的確是如此。他說：「我祖父當了近三十年的傳教士，現在他在鳳凰城當牧師，為一群人數龐大的教友服務，所以我自然也走上了這條路。」這條路也的確讓他的家人感到欣慰。

傑西點點頭，彷彿全聽了進去，然後指著儀表板上的收音機，問：「我可以打開聽一下嗎？我想聽聽棒球比賽的分數。」

「請便。」

傑西按下按鈕，打開收音機，轉到一個廣播電台，然後靠回椅背上，問：「你有特別注意哪一隊的進展嗎？」

「恐怕沒有，我沒時間再去關心運動消息。」

「真可惜。」

是啊，的確可惜。儘管克雷格極力克制不為此顯露任何激動情緒。棒球曾經是他生命的全部，而放棄棒球讓他痛不欲生。

他望了一眼坐在身邊的乘客，這傢伙看起來沒多少工作經驗，或是玩過多少運動。然後他繼續專注在眼前的道路。

收音機裡的播音員飛快播報著今晚比賽的比數，在第九局接近尾聲時，教士隊擊出一支滿壘全壘打後贏得比賽，這時克雷格又偷覷了一眼傑西，只見他面帶微笑，眼裡微微閃著光芒。要不是克雷格心知肚明，他會以為剛剛擊出那支再見全壘打的，就是傑西本人呢。

「你在這場比賽有下注嗎？」克雷格問。

「才沒有，我不是賭徒。」傑西在胸前盤起雙臂，說：「但就在這場比賽前，戴夫．艾林斯順便去了趟孩童醫院，答應一個叫做喬伊的孩子，說他會為這孩子擊出一支飛出球場的全壘打。」

「是嗎？」

「那孩子明天一早就要動手術，術後恢復醒來的機率不是很樂觀，但他會撐過來的。」

克雷格沒怎麼把這位流浪漢的話放在心上，直到聽見播音員說：「在進下一則廣告之前，我想和各位分享節目製作人剛剛才探得的一則消息：今晚戴夫．艾林斯的全壘打一路飛過了左外野護欄。據說今天下午，艾林斯得知一位住在兒童醫院的十歲小棒球迷喬伊．葛伯斯基明天一早將動手術摘除腦瘤，手術精密複雜且十分危險。當其他隊員在佩特寇公園集合時，艾林斯冒著被球隊罰款的風險，前去探望喬伊，給這位小病人一個驚喜，並且還答應會特別為這孩子擊出一支飛越球場的再見全壘打。多麼溫馨感人的故事。戴夫，我向你致敬！」

克雷格轉頭看向傑西，問：「你怎麼知道的？」

他聳聳肩，說：「也許你可以說我擁有一種……天賦。」

克雷格相信人的確有時候擁有奇妙的天賦，但對這傢伙，他可不是那麼確定了。若傑西真被賜予了某種特別天賦，他本人顯然並沒因此受惠多少。

「貝德福公園大道上有家夜間營業的小餐館，你可以讓我在那兒下車嗎？」傑西問。

儘管克雷格只想一路直接開往迪蘭科特家，但他認為自己理應先載傑西去他想去的地方。若不是這人擺弄了幾下車子引擎，他現在大概還在走路吧！

「告訴我怎麼走。」

「沒問題，左轉到蘋果木道，經過桑果公園後再過幾個街口就到了。」

克雷格照著他的指示開著車，經過園邊社區教堂時，他匆匆看了一眼那棟牆板搭建的老式建築，那兒以後就是他工作的地方了。明早也就是在那兒，他將與資深牧師與長老會[5]成員碰面。

但真正吸引他注意力的，是對街的那座公園，尤其是空蕩蕩的棒球場，場地燈光仍亮著，綠底黑字框的計分板顯示主場隊以五比二獲勝。

幾名同樣穿著紅色上衣的年輕人離開了選手休息區，往一台白色的載貨車走去，其中一名年

[5] 由長老、牧師與長老選立之執事所組成。

輕人扛著黑色帆布圓筒袋，裡頭無疑是裝著棒球用具。

幾秒鐘後，燈光逐漸黯淡熄滅，克雷格於是重新將注意力放在眼前道路。

「就在那裡。」傑西指著街道右邊一處小餐館。

克雷格將車暫時並排停在小餐館前，看了一眼裝點著白色吊帶式窗簾的窗戶，玻璃上以粗體草寫英文字母寫著：「黛比小餐館。」

「多謝了。」傑西下了車，關上車門。

克雷格正要將車開走時，見到傑西把手伸進口袋裡數著錢幣。這人無疑諸事不順，而且說不定落魄了有好一陣子。

克雷格按下車門邊的車窗控制鈕，打開乘客座的車窗，說：「嘿，等一下。」然後掏出皮夾，從裡頭拿出幾張二十元美鈔，在領到第一份薪水前，這是他全身上下僅有的財產。他將錢遞給傑西，說：「我今晚請你吃飯吧！」

「謝謝，我很感激。」傑西拿過那些錢，說：「在你走之前，給你一個建議好嗎？」

「什麼建議？」

「牧師先生，這兒發生的一切，並不總是如表面所見，如果你想要改變這個地方，就要越過那些表面，更往你自己內心深處檢視。」

當克雷格知道自己已不可能進入職棒生涯，只好退隱到神學院時，他曾希望自己能改變這個世界，如今他卻在這裡——被困在美溪鎮這個小地方。

有那麼一瞬間，流浪漢的話縈繞在他的腦海裡，但他很快便讓那些話語在夜晚的空氣中逐漸消失。

像傑西這樣的人，不可能每一個決定都是對的，不然他不會沒有車、沒有工作，也沒有足夠的錢付下一餐。

「下一個交叉路口左轉。」傑西又說：「沿著那條路走下去不到半公里，就會回到原來的路上。」

克雷格照著他的話繼續開著車，就在晚上十一點之前，遲到了將近六小時之後，他抵達了塔斯卡尼山丘社區，迪蘭科特夫婦就住在那道社區大門後。

警衛看過克雷格的身分證明後，允許他進來，他沿著那條蜿蜒道路開到門牌號碼2316前，那是一棟較新的雙層樓建築，院子裡的草皮修剪得非常整齊。他將車停在路邊，從後座抓起他的帆布隨身行李袋與一個塑膠衣物袋，然後走向前門，按下電鈴。

他在那兒等著，直到一名年約五十的男人前來應門。

「是迪蘭科特先生嗎？」他問。

「正是，叫我丹尼爾就好。」接待他的主人伸出一隻手歡迎他，又說：「修士頓牧師，請進。」

「很抱歉，這麼晚才到。」

「這種事難免會遇到。」丹尼爾領著他穿過鋪著石紋瓷磚地板的玄關，又問：「車子還好吧？」

「現在似乎跑得順多了。我不確定車子到底出了什麼毛病，但明天早上我第一件事就是帶車子去檢修。」他跟著丹尼爾進入屋內，看了一眼裡頭的裝潢，各種色調的米色、棕色與藍色將屋內佈置得極有品味，但他實在太過疲累，除了窗戶上的百葉窗，其他地方都沒什麼心思去注意。

一名身材修長的迷人金髮女士，站在客廳入口前迎接他。她的髮型整齊服貼，臉上的妝容依舊如同剛上好似的。「修士頓牧師，我是卡珊卓，歡迎到我們家。要不要來杯咖啡？或是來塊蛋糕？」

「謝謝，但不麻煩了。」克雷格只想趕快進房安頓下來，讓這對夫婦今夜早點上床睡覺。

「我們本來計畫安排你住客房。」她說：「那裡比較能享有個人空間。但客房正在重新整修，還沒完全準備好。所以我在辦公室裡為你準備了壁櫥床❻，裡頭有私人衛浴，你在那兒應該還算舒適。」

「沒問題。」克雷格並不挑剔，況且在一棟像這樣的屋子裡，一切都井然有序，他想在辦公室過夜，並不會差到哪裡去。

「那裡到處都是丹尼爾收集的重要棒球紀念品。」卡珊卓又說。

太好了。這正是他需要的——提醒他原本可以過著怎麼樣的人生。

儘管如此，克雷格還是勉強擠出一抹笑容，點了點頭。

「我來帶路。」丹尼爾說。

克雷格跟著招待他過夜的東道主穿過客廳時，注意到壁爐上方懸掛著一幅很大的少女肖像畫。少女戴著珍珠項鍊，身穿白色洋裝，頭髮往上盤起。她長得神似卡珊卓，只是看起來更嬌小、臉蛋更細緻，而且年輕了十幾歲。

他的腳步想必放得極慢，因為他發現畫中的年輕女子容貌十分……讓人難以移開目光。不只是因為她長得很美的緣故。

丹尼爾注意到他的落後，轉過頭微笑道：「那是香娜，我們的女兒。」

「長得很漂亮。」克雷格說。

「她的確很漂亮。」卡珊卓凝視著那幅畫，彷彿那是件藝術品。「她真是人見人愛，上天實在眷顧我們。」

「上天眷顧了我們*兩次*！」丹尼爾接著說：「她十二歲時得過白血病，我們差點就失去了她。但感謝上帝，她總算熬了過來。」

「香娜現在人在澳洲，快要修完學院最後一學期的課程了。」卡珊卓說：「五月她就要畢業了，拿到生物學的碩士學位。」

丹尼爾繼續領路走向克雷格今晚將入住的房間，克雷格偷偷向那女孩看了最後一眼。畫家在女孩眼裡的神韻中捕捉到某種東西——是一段記憶？還是一場美夢？某種像是蒙娜麗莎微笑後的祕密？

克雷格並不是這方面的專家，但他猜像這樣的一幅畫，能讓作畫的畫家成名。

當然，他並不會花心思去考慮什麼名聲，特別是在睡覺時間，那會讓人幾乎無法成眠。

❻ Murphy bed，不用時可直接立起收入衣櫃或牆壁裡的活動床。

克莉絲蒂．史密斯不知道電話鈴聲到底響了多久後，才終於劃破寂靜，將她喚醒。是一次？還是兩次？

她摸索著找到擱在床頭櫃的電話筒，希望在鈴聲吵醒她六歲兒子或癱瘓外婆之前，趕快接起電話。

「喂？」

「我是香娜。」

克莉絲蒂用一隻手肘撐起身子，瞄了一眼五斗櫃上發著光的時鐘盤面：凌晨三點十五分。她清清喉嚨，設法將睡意從聲音裡趕走。

「什麼事？」

「我吵醒妳了嗎？」

她眨了幾次眼，環顧漆黑的臥室。顯然香娜打電話時沒考慮到時差的問題。一定是要緊事。

「對啊，我正在睡覺，不過沒關係。出了什麼問題嗎？」

「不，是出了件好事。我有好消息要告訴妳，我要結婚了！」

像香娜如此美麗的女孩，卻很少傳出有什麼約會對象，所以她的結婚宣言讓克莉絲蒂大吃一驚。

她掀開被單坐了起來，說：「哇喔！妳怎麼了？被澳洲帥哥迷昏了頭嗎？」

「事實上，他來自南加州。猜猜看他是誰？」

克莉絲蒂根本一頭霧水。而且現在是凌晨三點，她也不想玩猜謎遊戲。

幸運地，她的知己好友憐憫她睡眠被剝奪的處境，自己說出了答案：「是布萊德・瑞斯菲德。」

過往點滴如走馬燈般瞬間浮現在克莉絲蒂那睡眠不足的腦袋裡——瑞斯菲德大宅、提基頭像燈籠[7]、摻有烈酒的果汁酒。沒有成年人在場監護的派對。一位金髮的羅密歐將她迷得暈頭轉向。他告訴克莉絲蒂他叫做馬修，但她對他所知也就僅止於此。即使是介紹他們兩人認識的布萊德，事後也不知道為何忘了所有能指認出這人的一切細節。

克莉絲蒂用力閉上眼，一面極力將羞愧壓回記憶深處，一面想搞清楚這則消息到底是怎麼回事。

「我不懂，我以為布萊德在加州修法學院的課程。」她說。

「的確是，他現在也還在那兒念書。」

「那你們兩個怎麼會……」

「我們一直透過電子郵件保持連絡，但大約兩星期之前，我注意到他的改變……嗯，他的語氣不同了。當我對他的改變有所回應，事情便開始進展了。」

所以，他們的感情是透過網路開花結果的？

「然後，這個週末，布萊德暫時從學業脫身，坐飛機到這裡來探望我。」香娜笑了出來，笑聲裡有著克莉絲蒂熟悉的歡愉，一如以往甜美悅耳。「我們在一起度過了美好的夜晚，妳絕對猜

[7] Tiki，為玻里尼西亞神話中的創始祖先，西方年輕人派對中常使用 Tiki 頭像燈籠增添異國風情。

不出接下來發生了什麼事。」

克莉絲蒂當然猜得出來，但她不確定要不要破梗。

「我們聊了整夜。」香娜說：「然後一起看日出，他就是在那時候求婚的。一切實在是太美好、太浪漫了，我根本無法拒絕，只能接受。結婚日期定在八月二十四日。」

克莉絲蒂發現自己心不在焉，更別提對這件事做出任何評論。她又能說些什麼呢？我覺得你們應該放慢腳步？

她不能這麼說。香娜與布萊德是天造地設的一對，這兩人都出身富裕、人見人愛，注定過著童話般的幸福生活。但克莉絲蒂卻感到一陣不安，心情轉為焦慮。

也許這是因為七年前，當克莉絲蒂告訴布萊德，她得找到那位神祕馬修好好談一談時，他並沒有幫上多少忙。

「我對那傢伙根本不熟，他只是朋友的朋友。」他當時這麼說。

克莉絲蒂跑去問了所有參加那場派對的其他人，想找出是誰帶馬修來的。可是沒有一個人供出馬修的來歷。她甚至還去問了參加派對的少數幾個女孩，但當時她和馬修立刻就看對眼然後離開人群，那些女孩們甚至根本記不太清楚是否見過這個人。於是她只好放下尊嚴，回頭去找布萊德。

「我懷孕了。」她承認：「是那天晚上在派對裡有的。」

「真是太糟糕了。有了孩子，會毀掉妳整個人生計畫。」

十六歲就懷孕？而且還要照顧癱瘓的祖母？布萊德說的一點都沒錯。

而既然布萊德無法提供任何連絡方法替她找到孩子的生父，他願意出錢讓她去墮胎。

那時她曾認真考慮過要不要接受他的提議。她一直在學校課業與照顧外婆之間焦頭爛額，但他的某些行為卻惹惱了克莉絲蒂。也許是因為這太像他的一貫作風，就像在派對裡最後一位酒醉青少年離開後，他會雇一組清潔人員到瑞斯菲德大宅，在父母回家前，湮滅所有派對證據。

但現在這樁婚事和克莉絲蒂無關。是和香娜有關。

「布萊德很愛我。」香娜說：「妳相信嗎？」

沒錯，布萊德個性開朗，長得不算難看，儘管也不算英俊。而且他還是瑞斯菲德連鎖百貨公司的繼承人。總而言之，他是所有女人夢想渴求的丈夫人選，更是所有憂心女兒終身大事的父母能放心交付的對象。

但克莉絲蒂還是無法擺脫腦中的疑慮，她就是覺得有什麼地方不對勁，但在凌晨三點，她無法明確指出那到底是什麼。

絕對不是因為忌妒。她沒有喜歡也沒有特別討厭布萊德，她也沒和他約會過，儘管他之前曾對她獻過幾次慇懃。

克莉絲蒂還是青少年時，曾不斷在同儕間尋找白馬王子，而布萊德這種不斷在女人堆裡獵豔的傢伙，當然不會是她有興趣的對象。

但不光是因為他過去的輝煌情史。

她想，應該是他解決問題的態度吧？

不過這似乎不是什麼好理由，讓香娜的希望與夢想破滅。

也許這兩人的訂婚是件好事。也許布萊德已經長大了，並且明白除了出身富裕、成長過程享盡奢華外，遇見香娜，是他人生當中最美好的一件事。

「這消息真是太棒了！」克莉絲蒂總算擠出這句話。

「妳也知道，從八年級開始，我就斷斷續續對他有意思。現在看起來，他對我也有意思呢。」

也許的確是如此，但他們念高中時，克莉絲蒂從未注意到布萊德多看過香娜一眼。他主動追求的女孩，都是能輕易就釣上床的。

還有另外一件事不對勁。整夜談心可不像是布萊德的行為模式，到底是什麼原因讓他徹頭徹尾地改變，成為如此浪漫與情操高尚的男人？

「我還是很驚訝。」克莉絲蒂說。

香娜屏住呼吸，彷彿想說些什麼別的，之後才慢慢說：「好吧，那就說布萊德和我從前都曾對彼此有意。」

在她們兩人用電話談心的那些深夜，可從來沒出現過布萊德的名字。當然，香娜初中時喜歡過他，但在那之後，她們幾乎沒怎麼討論過這個人。

很明顯地，這兩位知己好友對彼此並沒有完全坦誠相待。

但克莉絲蒂並沒有潑香娜冷水，而是說：「恭喜，我希望你們幸福。」

「謝謝。但我打電話給妳的最大原因，是想問妳能不能當我的伴娘？」

香娜一定是在開玩笑吧？她去當伴娘怎麼可能會帶來好運？那些流言蜚語好不容易才逐漸消失。

克莉絲蒂的第一個念頭就是回她：「不可能。」但像香娜．迪蘭科特這樣的朋友，一輩子只會有一個。而真正的朋友更應該要彼此互相支持才對。

但也要互相替彼此注意。

克莉絲蒂對自己是否能在婚禮中擔任如此活躍且顯眼的重要角色感到遲疑，她緊握著話筒，彷彿靠著心電感應就能將她心中的疑慮傳遞到電話的那一端。她問：「妳真的確定希望我積極參與到這個地步嗎？」

「當然，我很確定。我愛妳，妳是我最好的朋友。怎麼樣嘛？妳願意當我的伴娘嗎？」

迪蘭科特與瑞斯菲德這兩家聯姻，在美溪鎮這個地方，等級絕對等同於皇家婚禮，更會是當季社交圈的大事。若克莉絲蒂同意當香娜的伴娘……

但她又怎能不答應呢？

「怎麼樣嘛？我想不到其他人選。」香娜問。

克莉絲蒂張開嘴，但她等了一下，才終於說：「沒問題，但答應我一件事。如果妳因為任何理由而改變心意，想要其他人來代替我的時候，妳會先讓我知道。」

「我為什麼要那麼做？」

「因為……」

老天，香娜怎麼那麼天真？克莉絲蒂虛弱地嘆出一口顫抖的氣，試圖想出該如何解釋給大概還搞不清狀況的某人聽。香娜不用面對群眾的羞辱，與那些常常人還沒轉身便能聽到的細聲閒言閒語。

「別再想那場派對了，克莉絲蒂，都已經快要七年前的事了，拜託。妳遇上一個男人，事情發展得太快，才鑄成錯誤。沒人還會用那件事看不起妳的。」

她把一切說得似乎就這麼簡單。

「好吧，我答應當妳的伴娘，但妳可得對我據實以告，要是事情變得……不對勁，我會把伴娘的位置讓給其他人，到時候就別再多問了。」

「我答應妳。要是真發生這種事，我會站出來替妳說話。但我需要妳幫我個忙。」

「什麼事？」

「我五月中之前都得待在澳洲，妳得替我做些跑腿工作。我們想要溫馨舒適的小型婚禮就好，我不想讓我媽媽太一頭熱。」

糟糕了。另一個潛在危機。迪蘭科特太太絕不會對自己獨生女的大日子袖手旁觀。

「我不敢擔保這點我是否能幫上忙，妳媽媽一定會堅持由她來安排決定所有流程。」

「我知道，所以妳才要先幫我預防。」

香娜其實從來就沒有辦法違抗母親，而卡珊卓．迪蘭科特一旦決意要做什麼，可是咄咄逼人，絕不退讓。事實上，克莉絲蒂可不期待和她硬碰硬，但若情勢所逼，為了香娜，她會這麼做。

於是克莉絲蒂心軟地說：「好，我會幫這個忙，我也會讓妳隨時知道進度。」

「太好了。我這就讓妳回去睡了，過幾天再打給妳好嗎？克莉絲蒂，實在太謝謝妳了，我很感激。」

「沒問題。」但她掛上電話時，身上冒起一陣雞皮疙瘩，她摸了摸手臂，想讓那些疙瘩消失。

她讓自己捲入了什麼樣的麻煩啊？

蕾妮坐在她昨晚睡在上頭的老舊綠毯子中央，打了個哈欠。她昨夜輾轉好幾個小時無法成眠，直到疲倦趕走她對黑暗的恐懼。

現在有隻蟋蟀停在她脖子上，而且她的後背好痛。

晨曦從木板牆壁裂縫隱約透入，灰塵微粒在光束中舞動發亮，如同仙女飛舞時灑下的魔法粉末。

奇妙吧？更奇妙的是，她居然把樹屋當成了自己的家，但對一個從未真正擁有過自己臥房的女孩子而言，還挺酷的，將來她還可以把這段經歷告訴她的孩子。

她不知道現在幾點了。早上七點？還是八點？真可惜她沒有手錶，不過至少她知道今天是星期三。

她伸手抓過背包，在裡頭撈了半天，找到最後一根燕麥棒，她希望這根燕麥棒足以稍微緩解今早讓她餓到痛醒的空腹感，但即使沒辦法，她也計畫在教堂十一點開放慈善食堂時排在隊伍最前頭，然後她會填飽肚子，吃下今天最豐盛的一餐。

一小口一小口地啃完燕麥棒最後一口，在嘴裡盡量咀嚼夠久後，她從背包裡抓起幾乎要擠光的牙膏、牙刷和梳子，再通通塞進口袋裡，這樣她才能雙手並用爬下樹屋。

她打算在公園廁所梳洗一番，然後上街逛逛，找份工作。公園對面的蘋果木道上有幾家裝潢頗夢幻的店鋪與飯館，也許其中一家在徵人。

她準備要爬出樹屋，雙手撐在出入口，雙腳小心翼翼地踏在木頭台階上時，身後響起一道幼嫩的聲音：「喂！妳在幹嘛？」

她往後望，見到兩個孩子就站在那兒。個子比較大的那一個男孩，一頭黑髮，約莫九或十歲，正雙手抱胸，對著樹屋旁一塊已經褪色的手寫牌子點點頭，說：「妳不識字嗎？」

蕾妮一面往下爬，一面看著她昨天忽略的潦草筆跡：「女生不准進入」。

好極了。現在她要被驅逐了。若她每次被趕出去時都有去處，就不會住在一棵蠢樹上了。

蕾妮雙腳一踏到地面，便轉身面對這兩人，說：「這是你們的堡壘嗎？」

「是啊。」有著一頭棕髮，個子比較小、年紀也比較小的男孩用手指沿著長滿雀斑的鼻樑上推推眼鏡，上下仔細打量她。「妳是誰啊？」

「我叫蕾妮。」她對他展開一個微笑。她不需要樹敵。在她以前住過的地方，有些鄰居孩子真的很難搞。「我只是看看這個地方，以一棟樹屋而言，很酷喔。」

「當然啦。」個子較小的男孩說：「我們找到的時候也是這麼想。」

「所以這不是你們蓋的？」

「才不是，但這是我們的樹屋，裡面有我們的東西。」

現在裡面也有她的東西了。

「你們知道嗎？我想要一個像這樣的堡壘已經很久了。你們介意讓我使用幾天嗎？」

「想得美喔！我們當然介意！」年紀較長、一頭濃密黑髮實在需要修剪一下的男孩冷哼一聲。「若是大家都知道，而且想用就用，那算哪門子祕密堡壘啊？」

「況且，妳是女生。」個子比較小的男孩跟著說。

沒得妥協。她想自己也許可以想想該怎麼辦，像是找其他地方過夜，直到她有工作為止，但她身上的現金還是會很快就不夠用。

「如果我付錢給你們，讓我使用樹屋幾天呢？」

「妳是說妳要向我們租這棟樹屋？用真正的錢？」年紀較小的男孩問。

她點點頭，說：「沒錯，我會給你們五塊美金，若你們讓我……呃……」沒必要告訴這兩個孩子她真的要住在裡面。「若你們讓我使用這棟樹屋，把我的東西放在裡面一陣子。」

年紀較小的男孩看向年紀較大的男孩尋求指示，臉上表情充滿希望，說：「丹尼，我們可以去買在海灘用品店看到的風箏！」

「不能只給五塊錢，不夠。」

現在是怎樣？重大房地產買賣協商嗎？蕾妮在胸前盤起手臂，重心移到身體一側。她才不會付給這兩個小傢伙超過五塊美金！尤其她可能運氣背到接下來一兩天都找不到真正能住的地方。

局面似乎僵持不下，於是她想出一個主意，也許能皆大歡喜。她說：「那一天付你們一塊美金如何？」若她很快就找到住宿的地方，就不用花上原本要給他們的五塊美金了。

「嘿，如果她使用一個月，我們就有三十塊美金了。」年紀較小的男孩說。

蕾妮聽到後皺起臉蛋，她連想都不願去想自己會在樹屋裡住那麼久。「但我有一個條件。」她拋出一項規定。「你們不能告訴任何人，我在使用這棟樹屋。若是你們洩密，交易便取消。」

兩個男孩面面相覷。年紀較長的那一個，也就是丹尼，對夥伴聳聳肩，點頭同意了。

她還真有些喜歡和這兩個小傢伙談判呢，然後她想：自己還能再要求多少，於是她問：「你們知道嗎？如果這地方能有些家具配件，我每天再多付你們五十分錢。」

年紀較小的男孩似乎開始算起數學，丹尼則瞇起眼，問：「家具配件是什麼意思？」

「這個嘛，首先，我可以用到毛毯和枕頭，以防我需要……你知道嘛，睡個午覺或需要休息什麼的。」她再次想到要是他們洩漏這個祕密的話，可能會發生什麼狀況。「但就如同我說過的，如果你們不能保密……」她讓無言的威脅在兩個孩子之間發酵。

「沒人的嘴巴比我們更緊。」丹尼說：「我和湯米發現這地方時，發過血誓。若有人背棄誓言，我們就會死掉。」

蕾妮想，讓他們相信背棄血誓的可怕後果，對自己才最有利，所以她保持沉默。

終於，年紀較小的男孩搖搖頭，不再去想那死亡威脅，開口了：「嘿，我媽媽在我們家閣樓上放了一堆不再用的雜物，她甚至不會知道那些東西不見了。」

「除了毛毯和枕頭，妳還需要什麼？」丹尼問。

蕾妮忍住說出她真正需要什麼的衝動，像是有門門鎖的前門與有溫暖流水的浴室，但她想最好有什麼就先拿什麼，於是她說：「只要你們找來的東西能讓這地方更舒適，我就會收下。」然後她內心感到一陣竊喜。

真不知道她之前怎麼沒先想到呢。她說：「嘿，手電筒和一些電池也不錯喔。」

「好吧。」丹尼對她伸出手，作勢要握手。

她握住丹尼的手，交易成立，然後他翻過手掌，問：「錢呢？妳得先付給我們。」

這兩個精打細算的小傢伙顯然不信任她。但話說回來，她也不能怪他們。他們說不定之前吃過虧，就像她一樣。

「你們再也找不到比我還誠實的人。」她這麼告訴他們。

她只希望自己準備好要離開這裡時，這兩個小傢伙能同樣誠實守信用。

她伸手到口袋裡拿出一張一塊美元鈔票與兩枚二十五分硬幣。

她希望身上的錢不會在她找到工作與真正能住宿的地方之前就花完。不然她和肚裡的孩子到時可就麻煩大了。

3

克雷格一面著裝，好準備去園邊社區教堂開會，一面從敞開的浴室門口望向迪蘭科特家的辦公室，亦是他前晚過夜的地方。

他昨晚實在太累，僅隨意看了這房間一眼。但今天早上，從百葉窗縫隙透入的陽光將他喚醒時，他好好地打量了四周環境，這才明瞭那些棒球紀念品的展示陣容有多壯觀。

牆上掛著裱框的棒球服上衣與相片，散發著光澤的橡木書架上則擺放著簽名球，其中一顆有漢克．阿倫[8]的簽名，還有一顆簽著貝比．魯斯[9]的名字。

「希望你也喜歡棒球。」卡珊卓曾這麼說道。

克雷格的確喜歡棒球。或應該說，他曾經喜歡過。自從他受傷後，他沮喪灰心到甚至連棒球比賽都不願去看。

有人輕輕敲了敲房門。

「克雷格牧師？」卡珊卓說。

「什麼事？」

「早餐準備好了。」

「謝謝，我馬上就出來。」他將淺藍色襯衫下襬塞進黑色西裝褲裡，扣上釦子並調整皮帶。

他還打上了領帶，遲早他都得適應這玩意兒。

離開浴室前，他看了鏡子裡的自己最後一眼，確保除了因為被刮鬍刀割傷而黏在下巴上用來止血的廁紙外，今天的他將表現出最好的一面。

他的單件西裝外套仍掛在房裡的衣櫃，他抓起外套迅速穿上。他要走出房門進入走廊時，花了點時間仔細看了最後一眼幾張掛在牆上的黑白相片，每一張都精心裱框。其中一張特別吸引他的目光，那是鐵馬賈里格[10]站在洋基球場的麥克風前，正在告別演說。

克雷格還小的時候，便一遍又一遍地看著在棒球經典電影「洋基之光」[11]中的蓋瑞・庫柏[12]如何飾演賈里格這個角色，他還能逐字背誦出那深深激勵震撼人心的講詞。

「大家都說我運氣實在不好。」飾演賈格里的蓋瑞・庫柏那時對一臉肅穆的群眾這麼說：「但今天我認為自己是全世界最幸運的人。」

克雷格將運氣不好與不得不離場的悲傷結局甩到腦後，步出昨晚過夜的房間，走向客廳。身為本地一間法律事務所的合夥人，丹尼爾・迪蘭科特就坐在一張高背扶手椅上讀著報紙。

---

[8] Hank Aaron，美國職棒全壘打王，曾擊出755支全壘打，此紀錄直至1977年才被王貞治打破。

[9] Babe Ruth，美國棒球史上傳奇人物，人稱「棒球之神」，曾創下714支全壘打紀錄，此紀錄直到1974年才被Hank Aaron打破。

[10] Lou Gehrig，曾與貝比・魯斯號稱爲重砲雙人組，36歲時被診斷出患有「肌萎縮性側索硬化症」，1939年宣佈退休。在退休儀式上，在球迷歡呼聲中，身體虛弱的他在總教練扶持下來到麥克風前，做出告別演說，並與貝比・魯斯相擁告別。1941年病逝，享年38歲，爲了紀念他，此病後來亦稱「賈里格氏症」（Lou Gehrig's Diaease）。

[11] 英文片名爲Pride of Yankees。

[12] Gary Cooper，美國知名演員，曾以「約克軍官」（Sergeant York）贏得第14屆美國奧斯卡金像獎最佳男主角獎。

丹尼爾一聽見克雷格的腳步聲，便闔起報紙放在一旁，站起身說：「牧師，早安。昨晚睡得如何？」

「很好，謝謝。」

「要不要用點早餐？」

「也好。」

丹尼爾一面領著牧師前往黑色花崗岩流理台與不鏽鋼廚具用品的現代化廚房，一面說：「我們夫婦今早聽到一件好消息。我們的女兒，香娜，打電話來宣佈訂婚喜訊。她夏末的時候就會結婚。」

穿著亞麻長褲套裝的卡珊卓站在造型時尚的咖啡壺旁，她抬起頭，對牧師微笑，那雙碧綠眼眸閃亮動人，臉上的妝容更襯托出美貌。她說：「你無法想像我們有多歡喜。她的未婚夫是布萊德．瑞斯菲德，他的雙親都很傑出。」

「恭喜。」克雷格說。

「要喝咖啡嗎？」

克雷格還沒來得及說出「好的，謝謝。」卡珊卓的手已經伸向了一個白色馬克杯。

「要奶精嗎？要加糖嗎？」她問。

「黑咖啡就好。」

卡珊卓遞給他一杯今早才新鮮出爐的咖啡，說：「還有馬芬蛋糕喔，有麥麩、藍莓與香蕉核桃口味。」

「謝謝，那給我一個藍莓口味。」

卡珊卓點點頭，從碗櫃裡拿出一個小盤子。

「瑞斯菲德家擁有許多家連鎖百貨公司。」她將一個馬芬蛋糕從大淺盤移到小盤子上，遞給克雷格。「所以香娜不會有任何經濟上的擔憂，這點讓人很放心。」然後她對丈夫說：「我想，我今早最好和鄉村俱樂部裡負責承辦特殊活動的策劃人員談一談，八月很適合舉辦戶外婚宴，只希望場地沒有被訂光。」

「別忘了克莉絲蒂，香娜堅持一定要她一起計畫婚禮。」丹尼爾說。

卡珊卓皺起眉，前額出現一道鴻溝，減去了幾分美貌。「我明白，但很多事我可以自己來，不需要別人幫忙，尤其不需要她的幫忙。」

丹尼爾在克雷格身邊坐下，說：「香娜非常堅持不能把克莉絲蒂排除在外。」

卡珊卓嘆了口氣，說：「我永遠都沒辦法了解她們那種友誼。」

克雷格將手上馬芬蛋糕底部的紙剝開，想著自己是否該迴避這段對話，並希望自己知道該如何得體地暫時告退。但在他想出能優雅告退的藉口或轉換話題之前，丹尼爾轉頭面向他，更靠了過來，說：「香娜和克莉絲蒂一直很親近。事實上，香娜得到白血病時，克莉絲蒂每天都來探望她。」

卡珊卓遞給丈夫一杯咖啡後，為自己也倒了一杯。

「你不知道，我們夫婦對此有多感激。」丹尼爾又說。

廚房有座巨大的嵌入式冰箱，裡頭塞滿食物，卡珊卓從裡頭拿出約一千毫升裝的盒裝零脂牛奶，在自己咖啡裡加了一點，然後把牛奶放在一旁，說：「不過她的善良卻曾讓我們感到訝異。」

克雷格忍不住問為什麼。

「那可憐的孩子在搬去和祖母同住之前，在街上討生活。」卡珊卓將自己的咖啡杯與裝著馬芬蛋糕的盤子端到餐桌上，在克雷格的對面坐了下來。「我原以為她會很……冷漠無情吧，我猜，只在乎她自己。」

丹尼爾緩緩搖了搖頭，輕輕「嘖」了一聲，說：「我簡直不敢相信，她居然變得這麼多。那時候，克莉絲蒂身材瘦長，有著一頭亂翹的刺眼紅髮與一雙碧綠眼眸，笑起來還會露出缺牙。她第一次出現在我們家前門時，幾乎怕得不敢走進屋內。但我不得不讚美這孩子，她那時候每天下午都來看香娜，帶來回家功課與朋友們的筆記，也帶來一些陽光，讓我這個憂心的父親感到些許寬慰。」

卡珊卓緩緩攪拌咖啡，然後將湯匙輕輕放在瓷杯邊緣上，說：「我得承認，那時她的確是上天賜給我們的禮物。」

克雷格無法避開這個他也許該迴避的話題，只好問：「後來怎麼了？」

「克莉絲蒂比班上大多數女孩大一歲，大概是因為之前居無定所，比較晚入學的關係。儘管她那時長得不怎麼樣，身材又瘦巴巴的，但發育得算早，後來她長出了一雙修長的腿，也讓那頭亂髮變順了。」卡珊卓停了下來，彷彿正思考著在牧師面前該如何做出最佳結尾。

但克雷格已經知道了大概。一頭亂糟糟紅髮的醜小鴨蛻變成紅棕褐髮的長腿天鵝。

「她念高中後，男生都很喜歡她。」

卡珊卓在胸前盤起雙臂，弄皺了身上那件燙得筆挺的襯衫，說：「克莉絲蒂太野了，就像她母親。她高三時懷孕了，沒人知道孩子父親是誰，那件事完全毀掉了她唯一能讓人生有所成就的機會。」

「小珊。」丹尼爾說：「我得承認，那時候我對這兩個孩子的友情一開始就不看好，但她們卻意外親近。」

「是的，我明白，但就算是在那時候，她們根本也沒什麼共通之處。」

丹尼爾推開椅子站起身，走到餐具櫃，拿出隨身杯，將咖啡倒進去後，把馬克杯放在水槽裡。

「儘管如此，我還是計畫在婚禮上讚頌她們的友誼。那時一次又一次的化學治療狠狠打擊著香娜，但克莉絲蒂卻從沒有不管她的死活。香娜太過疲累或噁心想吐、兩人沒辦法玩遊戲時，她還會念書給香娜聽。而且她一次都沒有提過那孩子的掉髮，我永遠都會記得這件事。」

「親愛的，我也是。」卡珊卓在麥麩馬芬蛋糕頂端撕下一塊，說：「但她們根本沒有共通點啊，現在克莉絲蒂在派迪酒吧當服務生，香娜在念書取得碩士學位，更是天差地遠。」

「但她們的友誼仍然持續著。」丹尼爾說。

「親愛的，我明白。但美溪鎮那麼多人，為何偏偏……」卡珊卓越說越小聲，然後專注地一小口一小口吃著馬芬蛋糕。

「香娜已經和很多人疏離了，連我和她媽媽都包括在裡頭，儘管我想那是必然的吧。」丹尼爾說。

「她至少跟你還算親近。」卡珊卓對丈夫說。

接下來是一陣沉默，讓克雷格納悶這如天堂般的模範家庭是否出了問題？

事情並不總是如表面所見。傑西曾這麼告訴他。

但克雷格擺脫掉這念頭。他最不需要的就是太過相信某個流浪漢不著邊際的碎唸。

況且，他還有自己的問題要處理。

克莉絲蒂今天輪的是早班，她的車子故障了，只好搭公車上班，因此她想早點出門。

「親愛的？」祖母在喊她。

「什麼事？」克莉絲蒂走向祖母房間。即使房裡有著古董家具與毛線鉤織的小飾巾，也無法讓人忽略那張暗藏在窗戶附近的醫院病床。

「妳要出門工作了嗎？」老婦問。

「我一會兒就要出門了。」克莉絲蒂走了過去。

老婦的身子部分癱瘓，因此這張能調整高度的病床，能較輕易地抬起她的身體。克莉絲蒂靠過去，吻了吻外婆的臉頰，嗅到一股梔子花與肌肉痠痛舒緩軟膏混合的味道。

「現在幾點了？」外婆轉頭看向床頭櫃上的時鐘，幾綹因為不斷與枕頭接觸而壓扁、糾結的髮絲露了出來。見到外婆白色的髮根，克莉絲蒂的心沉了下去。以往外婆總是會藉助染髮劑與經常造訪第一大道上的美容院，來遮住那些白髮。

「快十點了。」即使外婆自己轉頭去看時間，但克莉絲蒂還是回答了。

外婆深深地吸了一口氣，接著虛弱又筋疲力盡地嘆了出來。

克莉絲蒂急著想讓外婆有某種期待，便說：「看來得再替妳染染髮了。何不明天來把妳弄得漂漂亮亮的？我也可以替妳修修手指甲和腳趾甲。」

外婆疲憊地翻了翻白眼，說：「實在沒必要替我的門面瞎操心，我又不出門。而且除了喬治牧師，也沒人來探望我。」

「我總覺得是妳把那些人轟出去的。」

外婆蹙起滿是皺紋的眉頭，問：「什麼意思？我把他們轟出去？」

「怎麼說呢，當然不是妳開口要他們離開，或是朝他們扔便盆和藥罐。而是關心妳、愛妳的人一聽到妳老是想死，還有妳已經安排好葬禮怎麼進行，哪裡還待得下去？」

「我為什麼不該這麼說？我根本就和死人差不多。善良的上帝只是想懲罰我，才讓我這又老又不事生產的廢物留在這個世界上。我根本就是個負擔，看看我！我沒法畫畫，也沒法種種花草，妳去工作時我甚至沒辦法替妳照顧傑森。」

「我不相信上帝會懲罰一位如此親切，而且過去在教會與社區裡也很活躍的善良女士。」

若上帝要懲罰人的話，一定是懲罰克莉絲蒂才對。

每次她見到外婆躺在那張病床上，被困在不斷衰老退化的身軀中，便再次被提醒當年的粗心大意。

外婆最嚴重的第一次中風發作的那天晚上，要是她人在家裡，而不是在瑞斯菲德大宅的派對上，她就可以打電話給醫護人員，早點幫助外婆。但那天克莉絲蒂直到清晨才偷溜回家，而外婆已經躺在客廳地板上大半夜了。

時至今日，那一夜在她記憶中依舊清晰，當她打開大門，發現外婆就躺在橄欖色的地毯上，無法動彈，也無法言語。那張扭曲的嘴。那冰冷呆滯的目光。

上帝啊，求求您，讓那副景象消失好嗎？她再次懇求。

但那副景象從未被淡忘，那段記憶也從未遠去。她在餘生裡都得要面對這份罪惡感。但她仍然希望外婆坦然接受她們都得面對的現實。難道她還不明白，克莉絲蒂在情感的負荷上已經是蠟燭兩頭燒了嗎？

她盡力不去想這些負面思想與忿怨不平，儘管只要她一鬆懈，這些情緒又會不知不覺侵蝕著她。

「妳還這麼年輕，不該被我絆住。」外婆說。

「別再這麼說。我媽跑掉時，是妳適時介入接下照顧我的責任。從那天開始，我的人生就完全改變了。妳不知道我以前過的是什麼日子，和我媽在交叉路口乞討，在遊民收容所裡一個人哭著睡去。」

「都是毒品讓妳媽變成那樣的，我很遺憾她辜負了妳。」

克莉絲蒂也是這麼想，儘管她無法——不，是她不會——怪罪是毒品惹的禍。而被母親遺棄，至今仍是她心口的痛，即使她已不再多提。

「但是妳並沒辜負我。」她這麼告訴外婆。

這的確是事實。

在外婆的照顧下，克莉絲蒂有了自己的房間，有人煮三餐給她吃，還有個神奇的餅乾罐，裡頭的餅乾永遠都裝得滿滿的。即使當時外婆已經年近六十，她一直是個慈愛的監護人，願意投入年紀只有她一半的家長群裡。每一次校外教學，她總是開著車子送克莉絲蒂到目的地。每一次學校有表演，她總是會來參加。她也從沒錯過任何一場家長會。

而克莉絲蒂是如何回報她的呢？

無疑是用和她母親一樣難以管教的任性。但那段愚蠢叛逆的青少年時期已經結束了，克莉絲蒂會好好照顧外婆，就像外婆當年照顧她一樣。

而她也不會抱怨，從來都不會，儘管那並不表示她喜歡聽到那些遺願。

她勉強擠出一抹微笑，試圖轉換話題，便說：「嘿，我忘了告訴妳，香娜·迪蘭科特八月要結婚了，要嫁給布萊德·瑞斯菲德。」

外婆勉強露出克莉絲蒂現在已經很少見到的微笑，說：「迪蘭科特家應該樂壞了，瑞斯菲德那小子家財萬貫，他們可是釣到了金龜婿。」

克莉絲蒂想都沒想，喃喃脫口說：「我可沒那麼確定。」

「什麼意思？」

克莉絲蒂無意將自己的想法對任何人提起，更遑論讓外婆知道。她說：「我說這句話沒什麼特別意思，只是他有點被寵壞了，而且他過去玩得那麼荒唐，到處播種，他家應該去買座穀倉才對。」

「唉，男生就是這副德行。既然他已經長大了，說不定已經不再少不更事了。」

克莉絲蒂當然也如此希望。

若有人值得擁有幸福，非香娜莫屬。

外婆在床上動了動，無疑想找個舒適的角度躺好，然後皺起了臉。

克莉絲蒂握起她虛弱、長滿老人斑的手，輕輕捏了一下，說：「要去廁所嗎？」

「不用，還不需要。」老婦又無力地嘆出一口氣，說：「真希望妳不用問這種事，我也不需要幫助。我真的很抱歉，替妳添了這麼多麻煩。」

克莉絲蒂按下升起床頭的按鈕，扶起外婆讓她坐得更直些，說：「我愛妳，而且照顧妳一點都不麻煩。」

「喔，老天啊。克莉絲蒂，看看我這副模樣，根本是個廢物。那天晚上我為什麼不乾脆就死了呢？」

「外婆，妳一直是信仰堅定的人。也許上帝讓妳留在這兒，是有原因的。」

「哼，那會是什麼原因？」

「這妳就得問祂了。」克莉絲蒂十分樂意轉移話題，把責任推到心靈與哲學的爭議上。

外婆又「哼」了一聲，克莉絲蒂問：「婚禮就在八月，妳認為我們有足夠時間打理一切嗎？」

外婆躊躇了一會兒，彷彿在斟酌自暴自棄與回應克莉絲蒂問題這兩者之間，哪一樣對自己較有利。最後她說：「米德瑞．沃克的孫女在一年多前就開始著手準備婚禮了。」

「我之前也認為這樣的時間安排才比較充裕。但香娜一心想要在今年夏天結婚。而且，因為她人在澳洲，沒辦法做太多準備，她便要求我來幫忙。」克莉絲蒂拉起百葉窗，讓一些陽光透進來，說：「我想我得動作快點，不過我不介意。」

「我還記得自己結婚的那一天。」外婆憔悴的目光流露出依戀。「我姊姊葛蕾絲幾乎包辦了所有準備工作，連結婚蛋糕都是她烤的。」

「這個嘛，我也不確定自己要參與到什麼地步。香娜要我幫忙籌劃婚禮，但我有預感，最後我會和她媽媽槓上。」而那可不是她所期待的，尤其是那個女人從不認為克莉絲蒂配得上做她女兒的朋友。

當然了，她並沒表現出兇惡的態度，只是用某種再也明白不過的方法，表達她的反對。

「卡珊卓．迪蘭科特是有些難搞，但她人很善良，而且這些年來做了不少慈善公益。事實上，喬治牧師曾提過，她去年秋天策劃了一場時裝秀，收益都用在資助慈善食堂。」

克莉絲蒂聽過這件事，她猜想這筆錢的確對慈善食堂會有幫助，但她可無法想像卡珊卓會願意花時間去食堂親自洗手做羹湯。

當然了，克莉絲蒂又是哪根蔥？她自己根本連支持慈善食堂的時間或主意都沒有。

去參加一個人要價五十塊美金的時裝秀？

做夢吧。

門鈴響了，克莉絲蒂離開床邊，說：「大概是芭芭拉來了，我最好趕快去開門。」

芭芭拉．克雷蕭是名職業護士⓭，一直以來都是上天賜予他們的善心天使，尤其是克莉絲蒂外出工作時，她同時照顧外婆與傑森，讓她不用額外負擔托兒的費用。

「不能叫傑森去開門嗎？」外婆問。

「他和丹尼、湯米出門去玩了。」克莉絲蒂轉身欲離開房間。

「好吧，怕妳出門前我沒見上妳，就先祝妳有個美好的一天。」

克莉絲蒂停下腳步，轉過頭望著外婆，說：「妳也是。」

外婆的眼神顯示那「美好的一天」八成是不可能了。

若克莉絲蒂能想出任何鼓舞人心的回應，她早就說了。但老實說，她自己也不怎麼期待會有美好的一天。

⓭ 美國護士分爲四等級，分別爲Nurse Practitioner（護理診斷師，須具備臨床經驗與護理碩士學位，具有開立藥方資格）、Registered Nurse（註冊護士，須爲專科以上護理學校畢業，等同於台灣的護理師）、Licensed Vocational Nurse（職業護士，護理職校畢業，等同於台灣的護士，須取得州執照後才能在該州工作）與Nurse Aid（護士助理，等同於台灣的看護，不須執照考試，只要完成受訓並通過考試即可取得證件工作）。

4

蕾妮坐在公園遊樂場裡的鞦韆架上，涼鞋前端露出的腳趾塞進了沙堆。

她抓緊鏈子，身子往後傾，抬頭望向天空，想估算太陽的位置。現在是上午，這點她很確定。

既然她沒法子知道何時才是十一點，便決定坐在公園裡，等到看見有人越過街道往教堂的方向走去。

她之前就應該向那兩個小男生要求提供鬧鐘，這樣才能知道時間。若她要去面試工作，或去其他地方怎麼辦？

她的肚子餓得大聲咕嚕叫個不停，她將一隻手放在寶寶正在長大的那一處隆起肚皮上，輕輕撫摸，說：「我會盡快給你東西吃的。」

她想，她可以在教堂門口閒晃，直到慈善食堂開門，但她不想再引起無謂的注意。她現在可不需要某位大善人把她交給社福機構，以為他們是在為她的最佳利益著想。

「好玩嗎？」有個人問道。

她瞄向遊樂場角落，那個嬉皮模樣的傢伙傑西就站在那裡，一隻手上拿著一個棕色小紙袋。

他看來和昨天建議她來美溪鎮時的模樣差不多，仍穿著同一件寬鬆綠色上衣、同一件褪色牛仔褲，她一看膝蓋上那處磨破的洞就知道。

看來這人準是個流浪漢，而且沒地方洗澡。

至少她今早多少還能清理自己，換上另一套衣物。但她不會因此對傑西反感，若她不夠謹慎，也可能落到和他一樣的處境。

「嗨，你也來了。」她說。

他點點頭，說：「我昨晚來的。到目前為止，妳覺得這地方如何？」

「還可以。」她的手更握緊了鞦韆的鏈子，然後用雙腳將自己身子往後推，讓鞦韆盪起來。

「不過，等我找到工作會更好。」

「我總覺得妳待在學校會比較好。」

她停下用腳推鞦韆的動作，感覺到鞦韆慢了下來，然後又用腳踢了一下，一心忽視傑西那句荒謬的話。她問：「為什麼這麼說？」

「我覺得妳看起來年紀很小。」

「是嗎？正好讓你知道一下，我的家族每個人看起來都很年輕。」

「喔，是嗎？」

「我有個遠房親戚就要過五十歲生日了，她看起來就像我妹妹。」

「是嗎？真令人難以置信。」傑西走向鞦韆架。

實際上，的確是難以置信，反正擺明了是個謊言。瑪莉．艾琳生活簡陋，而且她抽的那些菸與喝的那些酒也對留住青春毫無益處。她那頭鼠灰色頭髮、眼周與嘴邊的皺紋，讓大多數人以為她比實際年齡老多了。

儘管說謊讓蕾妮良心不安，但她繼續胡謅下去：「我知道，但這樣挺酷的，對吧？」她討厭騙子，絕大部分是因為她討厭別人對她說謊，但她不能冒險讓別人知道真相。萬一有人發現她不但未成年懷孕，而且還住在樹上呢？

當然了，這個嬉皮傑西看起來不像那些大善人，或許她不用擔心。但為了安全起見，她還是補充了一句：「我們家族的遺傳基因都非常優秀。」

站在離她約半公尺遠的傑西舉起手上的袋子，問：「妳吃過早餐沒？」

「吃過了。」她繼續吹牛皮。「我吃了燕麥粥。」

反正大家都知道燕麥棒就是用燕麥做的。

傑西打開手裡的棕色袋子，伸手進去拿出一顆蘋果，遞給她，說：「給妳，吃些點心吧！」

太棒了。蕾妮讓鞦韆慢下來，從他手裡接過水果，仔細檢查後，用上衣擦一擦，彷彿想把蘋果擦得更亮。她說：「謝謝，我最愛吃蘋果了。」

事實上，她並不是那麼喜歡蘋果。如果有得選擇，她比較想吃口味較酸的青蘋果。但她的胃已經開始餓得發疼，而且她想蘋果裡的維他命和營養對肚裡的寶寶也有益處。

咬第一口時，她還試著裝淑女，但蘋果如此多汁美味，她又這麼餓，恐怕最後還是會落得狼吞虎嚥的地步。

又咬了幾口後，她試圖把焦點從自己身上移開，便問道：「你找工作的運氣如何？」

「我並不擔心找不找得到工作，工作總是會自己找上門來。那妳呢？」

「我還沒找到工作。等等我會順便去趟慈善食堂，然後再開始繼續找。希望很快就能找到。」

「妳有地方住嗎？」他問。

她滿嘴都是蘋果，只能點點頭。把嘴裡的蘋果都嚼完後，她才說：「我租了一間房，住在樓上，風景很棒。」

「知道自己每天晚上有地方睡，總是讓人寬心。」

她點點頭。傑西說得沒錯。

「你知道現在幾點了嗎？」她問。

「快十一點了，我想。」

太好了。她猜他也是在等食堂開門。她問：「你要去慈善食堂嗎？」

「我不會馬上去。」他將一隻手放在眼睛上方，遮住陽光，然後朝遠處望了一眼，說：「我得先去做一件事。說不定我會在食堂下午兩點關門前去看看。」

她想問他要去做什麼，但她想那不關她的事，而且她和傑西又不算是朋友。

她感到一陣惆悵。

她很想念在聖地牙哥認識的朋友梅根與丹妮卡，但瑪莉．艾琳把她踢出家門後，她不得不放棄她們。

有那麼一瞬間，她想責怪瑪莉．艾琳毀了她的一生。但那不是事實。

這一切都是她自作自受。

上午十一點鐘，克雷格坐在園邊社區教堂內的圖書館裡，館裡排滿了書架，十分舒適。他才剛見過長老會成員與資深牧師喬治．羅林斯，一位五十多歲的矮胖男子。

這些人儘管有些沉悶，但相當和藹。大體上這次會面進行得相當順利。

就在不久前，一名長老會成員宣佈他有一場午餐聚會，於是其他成員很快便解散，各自分道揚鑣。

只留下這兩位牧師。

「大家都對你十分讚賞。」喬治說：「而你和魏斯禮．修士頓的關係，更是大大加分。要趕上他，你可有得努力了。」

「是的，我知道。」

克雷格的祖父在擔任荒漠團契——在鳳凰城地區不斷日益茁壯的大群信眾——領導之前，曾寫過一本書，講述傳教體驗，這本書後來成為全國神學院的必讀經典。

「你大概會發現園邊社區教堂的規模比你之前去過的地方小多了，也沒那麼活躍。」喬治說：「但我們教友的人數在日益成長中，而且也正在將服務推廣到社區。我們值得驕傲的事可不少。」

「我相信。」克雷格對喬治牧師露出微笑，他決心要在美溪鎮這個新工作崗位上好好表現自己，即使他原本期望能得到更受器重的派駐，好讓他有更好的機會去改變人們的生命。至少，那看起來才能證明他投入神職是正確的決定。

「你將會帶領我們的青年團。」喬治說：「以及去家庭拜訪那些臥病在床而無法外出的人。

當然了，只要我出城或忙到分身乏術時，你得去佈道和接手我的工作。」

可惜的是，做一個隨時替補的冷板凳運動員從來就不怎麼吸引人。但不論輸贏，克雷格總是很有風度，於是他擺上「一切不過是場比賽」的微笑，對喬治點點頭，試圖裝出對這份工作最起碼的熱忱。

「我帶你去教堂四周繞一繞吧。」喬治說。

「謝謝，麻煩你了。」

這位資深牧師領著克雷格走出圖書館，經過兩人之前見面的正式辦公室。接著喬治指向自己的私人書房，裡頭有著滿滿的書牆與一張磨光的橡木書桌。

克雷格注意到，書房雖小，但令人印象深刻。

再走過兩扇門，喬治停在一間更小的房間前，說：「這間會是你的辦公室，我們已經訂了一張辦公桌，但還沒送來，恐怕直到送來之前，你得湊合一下。」

「沒問題。」

原本說好包含在克雷格薪資內的住屋也還沒準備好，這讓他不禁懷疑園邊社區是否真如主教所想，急需一名助理牧師。

再一次，他忍不住想，這其中是不是出了什麼差錯？也許問題根本就在他自己身上，因為儘管他告訴家人，他是聽到了神的召喚才投入神職，但他其實啥都沒聽見過。

參觀的下一站是禮拜堂，窗戶上飾以彩色玻璃，並有放置靠墊的座席與手工雕刻的祭壇。喬治說：「那可是原來就有的講壇。」

「這間教堂蓋多久了？」

「事實上，這間教堂曾座落在恩辛尼達鎮⑭，上個世紀末，整間教堂被分拆後，用馬車運送到美溪鎮來。」

「真的假的？」克雷格走向前，仔細端詳這棟建築的構造與禮拜堂的內部裝飾，想感受一下歷史的氛圍。

「跟我來，我帶你去看看團契交誼廳。」喬治說。

克雷格跟著他來到一間大房間，約有十五到二十名女性正聚集在那兒做針線活。

「她們在合力縫棉被。」喬治在門口說：「縫完後，我們會在七月的社區義賣會上用對獎的方式出售，收益用來資助慈善食堂。」

喬治向女士們介紹克雷格後，她們每一位都露出溫暖微笑，喬治擺擺手要他先出門，自己隨後跟著也走出去。

「我們也讓社區活動在交誼廳舉辦。」喬治說：「事實上，今天下午有男童軍在這裡聚會，今晚還會有匿名戒酒者協會。」

克雷格很高興得知教堂對非教友也提供協助。

「來吧，我帶你去看看外頭環境。」喬治說。

一來到外頭，克雷格環顧教堂四周，發現大量的樹木提供了濃密的遮蔭，營造出僻靜的隱修

⑭ Encinitas，位於加州聖地牙哥，爲一海岸城市。

氛圍。

喬治指著對街，說：「那是桑果公園，每年十二月我們會舉辦一項社區活動，叫做『星空下的聖誕夜』，總是吸引很多人潮。我們提供熱巧克力、茶、咖啡、手工餅乾與其他美味食物。我們會唱聖誕頌歌，也會朗讀聖誕節故事。明年我們打算多安排一幕現場演出的基督聖誕劇。」

「有多少人會參加？」克雷格問。

「幾百人，而且人數每年都在增加。」

「聽起來很有趣。」

「的確如此。暑期聖經班期間，我們還會帶孩子去遊樂場，在草坪上做戶外活動。說到這，我們還有一隊男子壘球隊呢！你有興趣參加嗎？」

「再說吧。」克雷格露出微笑，但事實是，他寧願玩另外一種運動——球速快、打擊狠、充滿競爭的那一種，大學校隊程度或更進階的……

「最後還有一處很重要的地方，我帶你去慈善食堂看看，那又是另一件你得負責的事情。我想把你介紹給藍道夫夫婦。」喬治說。

克雷格跟著喬治來到一棟位於停車場角落的組合屋。

「食堂有一個諮詢委員會，棠恩與喬伊．藍道夫這對夫婦也在其中，他們負責每日的運作。棠恩與喬伊實在是幫了大忙，要是沒有他們，我們真不知道該怎麼辦才好。」喬治說。

喬治打開門，然後等著克雷格踏入，屋內塞滿了一張張長方形的餐桌，只有幾張椅子上坐著人。

「我們從上午十一點到下午兩點提供餐點，所以直到兩點前，會不斷有人來來往往。」喬治說。

一位年約五十歲的高大男子才剛從後頭房間走出來，瞧見喬治時露出笑容，然後大步走向兩人。他穿著的海藍色上衣，上頭以白色大寫英文字母寫著「美溪鎮消防局」。

「喬伊，我來介紹克雷格．修士頓給你認識，他是新來的助理牧師，會與你和棠恩一起共事。」

高大的男人伸出手，克雷格握住，說：「喬伊，很高興認識你。」

「我也是。我和我太太都很期待與你共事，希望你能積極參與這個食堂的活動。」

「一定會。」克雷格說。

「喬伊是消防局的隨隊醫護人員。」喬治補充道：「只要他不用值勤，便會來幫忙。但棠恩每天都在這兒。」

「說到棠恩，她一直很想早些認識你。不好意思，我先去告訴她一聲，說你已經到了。」

「你走之前，說說最近情況如何？」喬治問。

喬伊在胸前盤起手臂，環視屋內，說：「和平常沒什麼兩樣，人潮通常在下午一點左右出現。」

「之前電力短缺的問題解決了嗎？」喬治問。

「解決了，但現在又有另外一個問題。」喬伊將手放在這位資深牧師的肩頭上，說：「我聽到傳言，有一群屋主計畫去參加下週二的市政府會議，想叫我們的食堂搬走。」

「搬到哪？」

「搬到哪不重要，只要不在城裡就行。」

「這樣有什麼好處？我們想餵飽的那些人，大部分都沒有交通工具或沒辦法每天城裡城外來回跑。」

「很明顯，有一群人在抱怨我們把不良份子引到這處座堂，而教堂又離公園這麼近，有孩子的家庭常會聚集在公園裡，他們也擔心安全方面的問題。」

喬治搖搖頭，嘆了口氣，說：「有時候我們甚至餵飽的是整個家庭。那些父母，不論單身或已婚，常常是待業中或是暫時沒有能力工作，他們可以帶孩子來享用溫暖且營養豐盛的一餐，之後還能帶孩子到遊樂場去玩一會兒，棠恩常建議他們這麼做。這樣一來，至少幾個小時內，他們有機會能好好享受生命，忘卻煩惱。」

「雷夫．葛利森抱怨那些不良份子時，我試圖這麼解釋。但有些人只要自覺有理，怎麼說也說不通。」喬伊說。

喬治凝視著克雷格，說：「我想你最好做好準備，也去參加那場會議，代表教堂出席。希望喬伊和棠恩能和你一起去，但如果他們無法出席，他們可以告訴你，哪些人會用什麼樣的手腕對付我們。」

克雷格點點頭，明白自己的工作才剛剛添了些重要性。

老實說，他並不介意管理食堂。從前他父母每次帶他去印度探望祖父時，他曾見過那些人有多麼窮困，而不只提供精神食糧的教堂，對他們又有多麼大的幫助。

他第一次去印度時才六歲，所以一開始想親近在不同文化中長大的孩子時，有些不適應，但他很快就發現在玩耍這方面，他們有許多共通點。

當然這是兩碼子事，但倒是給了他機會去實踐在傳教學課堂上的所學。

「棠恩還撐得住嗎？」喬治問喬伊。

「她還可以。母親突然過世儘管令人難以承受，但她信仰堅定。」

「我知道。這些年來她承受的失望也太多了。」

兩個男人在閒聊時，克雷格便觀察著這間食堂，注意到形形色色的人物聚集在這兒用餐。坐得最靠近他的，是兩位老婦。他納悶她們是否無家可歸，或只是手頭拮据。

不管是哪個原因，他看得出來教堂贊助的餐點，的確能讓這些老人家的社會福利金不會左支右絀。

他在心中下了註記，向市政府發言時要把這點記在心裡。

有幾位男士隔著幾張桌子坐著，其中一位頭戴寫著「海外作戰退伍軍人協會」的鴨舌帽。他和身旁同伴說話時，講得眉飛色舞。

一名年輕女子單獨坐著，整個上半身傾向餐盤，一頭油亮長髮全往前掉，遮住了她大半張臉。她的手肘撐在桌面上，手臂圍著自己的盤子，彷彿在保護食物，怕有人會在她吃完前奪走。

他看了她一會兒，她簡直是狼吞虎嚥。

他注意到她吃的是家常肉餅與烤馬鈴薯，還有青豆以及一份……水蜜桃派？看起來都十分美味，他想這都是棠恩．藍道夫的功勞。

「我們得再跑一趟好市多，紙盤又要用完了。」喬伊告訴喬治。

克雷格想也許他應該多注意那兩人的談話，但他發現自己對到食堂裡用餐的這些人更感興趣。

「我可以花點時間，向食堂內的客人自我介紹一下嗎？」他問喬治。

「當然可以。這主意很棒，去吧！」

克雷格走向頭戴「海外作戰退伍軍人協會」鴨舌帽的灰髮老人。他父親在沙漠風暴行動[15]中陣亡後，當地美國退伍軍人協會對他與母親伸出援手，自那之後，他便對退伍軍人特別富有感情。

每年的陣亡將士紀念日[16]，他們總是會為父親或母親在戰爭中陣亡的孩子舉辦特別活動。失怙的日子儘管不好過，但他很感激那些退伍軍人的體貼，以及對他母親的支援。

「我可以打斷你們的談話一會兒嗎？」克雷格問那三人。

戴著帽子的高瘦傢伙露出微笑，說：「沒問題，坐。」

克雷格坐在一名穿著藍色連身工作褲的矮壯男子旁，說：「我叫克雷格．修士頓，是這裡的新助理牧師。我不是故意要打擾各位，我只是想說，我很感激你們對這個國家的付出。」

他的這番發言似乎振奮了這三人，戴著帽子的那位男士伸出手來要與他握手，說：「我是沃德．歐蘇利文，韓戰退伍軍人。」

沃德接著介紹他的兩位同伴：雅各．波特——曾打過越戰的海軍陸戰隊隊員，與哈諾．史林寧——曾在第二次世界大戰中於歐洲服役的軍醫。

他們聊了幾分鐘後，克雷格便先行告退，轉而走向那兩位坐在一起的老婦人。她們抬起頭時，他便自我介紹。

凱薩琳．愛琳斯說她收入很有限，這座食堂實在是幫了她大忙。而她的朋友艾莉．洛克，則是話不多，頭髮往後糾結成一團，彷彿很久沒用過梳子。

克雷格和她們兩人聊了一下，接著告退，準備去向他唯一還沒打過照面的食客說說話——他懷疑對方還未成年。但他走向她時，她已經吃光了盤子裡的食物，正拿著盤子走向垃圾桶。

他看著她環顧擺放食物的餐台，有位穿著紅格子圍裙的女子才剛在一壺檸檬汁旁補上一壺隔熱玻璃瓶。

「我們還有很多咖啡。」女子宣佈後，又回到廚房。

一直站在餐台旁的女孩，猛地拿走幾個麵包捲然後塞進運動衫的羅紋下襬，使得她的腹部隆出了一些。

是為晚餐儲存食物嗎？他這麼猜想著。

女孩轉過身面對他時，雙手正抓著貼在腹部的寬鬆上衣下襬，好讓麵包不會掉出來。他避開視線，不讓對方知道他已經看見了一切。

⑮ Operation Desert Storm，1990年，伊拉克無故入侵科威特，北大西洋公約組織會員國共同出兵制裁伊拉克，此一行動即為「沙漠風暴行動」。

⑯ Memorial Day，又稱「國殤節」。

她走得更近後，他這才看著她，微笑說：「謝謝妳過來用餐。」

她輕輕咬著下唇，彷彿良心處於某種僵局中，然後報以微笑，說：「謝謝你們讓我來用餐。」

「我是克雷格牧師，請問妳是……？」他又問。

「蕾妮．迪蘭妮。」

他甚至沒考慮伸手去和她握手，免得那些麵包捲掉出來，沒必要讓她難堪。於是他說：「很高興認識妳，希望有機會能再次在這裡見到妳。說不定是明天？」

「是啊，說不定。食物真的很好吃，所以說不定你明天又會見到我。除非我找到工作。」

「妳在找工作？」他問。

「是啊，我什麼都可以做。你知道有地方在徵人嗎？」

若克雷格已經有自己的居處，並且也已經設法存下一些薪水，他會提供她某種工作，即使只是割割庭院的草或是洗洗窗戶。

「我會幫妳留意。」他說：「妳有電話嗎？萬一我要連絡妳的話？」

她再次咬住下唇，然後說：「我還沒有電話，我才剛搬來這兒。」

「我也是。」他又對她微微一笑。

她的雙腳似乎移動了一下，然後對門口點點頭，說：「好吧，我得走了，再見。」

「再見。」他看著她走出食堂，頭抬得很高，肩膀卻垮著。

可憐的孩子。

「牧師？」

克雷格轉過頭，見到喬治正走向他，身旁跟著一個女人，正是那位穿著紅格子圍裙的中年女子，她有著一頭深褐色的頭髮。

「這位是棠恩．藍道夫。」喬治說：「若不是她一肩扛起，自願採買所有雜貨與負責烹飪，食堂早在幾個月前便關門大吉了。」

棠恩的鼻子四周散佈著雀斑，讓她看起來比實際年齡更年輕。她伸出手來歡迎克雷格時，一抹微笑點亮了她的棕色眼眸。「很高興認識你。」

「我想我們將來會一起共事。」他說。

「我聽到的正是如此，很期待你來幫忙。」

「妳丈夫提到有一群人想要教堂把食堂搬到城外。」他說。

她將一綹頭髮塞到耳後，說：「有時候，社會上的問題被隱藏時，人們不認為有需要去修正這些問題。」

「你們招待很多遊民嗎？」他想到了昨晚遇到的傑西。傑西知道有個地方每天都提供熱騰騰的餐點嗎？

「是的，我們也盡可能去幫助他們重新振作。婦女勸助會[17]一直在收集二手衣物，若她們發現能穿去面試工作的衣服，像是西裝或是能搭配的襯衫與領帶，便會拿去乾洗，或是洗完之後熨

[17] Ladies Aid，由女性所主辦、爲所屬教會募集資金。

燙好，然後把搭配的整套服裝放在塑膠折疊衣袋裡。」

「這主意真棒。」

「我們也提供教堂的地址與有語音信箱的電話號碼，以備他們申請工作時的需要。」

克雷格想到剛剛才走出去的那名年輕女孩。

「之前有個女孩在這兒，我猜很年輕。她正在找工作，但沒有電話。如果我早點知道這件事，就能這麼告訴她了。」他說。

「你是說那個一頭油亮金髮的小女生？」棠恩問。

「妳注意到她？」

「我每個人都會注意，尤其是年輕孩子。」

「妳猜她大概幾歲？」克雷格問。

「很難說，也許十六歲？」

「我也是這麼想。不知道她父母在哪兒？」

「誰知道？希望是在工作。一開始我都會試著用友善的態度歡迎他們。我最討厭一下子表現得太強勢。有些人不喜歡被提及自己需要施捨，所以我會花上一些時間去慢慢了解他們。但我總是會多注意一下年輕的孩子。」

克雷格能明白。

「我打算下次再多了解她一些。」棠恩說：「假設她還會來的話。」

「她會回來的，我有種感覺，她不是三餐都有食物吃。」

「我們所幫助的主要人群，大部分都是窮困潦倒的成年人。有些固定來食堂的老年人，只是在月底社會福利金支票還沒寄到的前幾天，手頭拮据，沒辦法再有額外支出。還有些人的確是遊民，而且大概會因為各種原因，一直保持這個狀態。」

「因為毒品和酗酒嗎？」他問。

「他們之中的確有些人是有這種問題。除非他們願意接受幫助，不然很難強迫他們改變。」她在胸前盤起雙臂，嘆了口氣，說：「恐怕有些人一輩子都無法振作，但他們還是會肚子餓。」

「妳不會受到影響嗎？服務這些並不總是想要得到幫助的人？」他問。

「會啊，但很多前來這座食堂用餐的人，只是需要一個起步而已，需要有人推他們一把，給予他們一點點的愛與慈悲。」棠恩將雙手插進圍裙的口袋裡，繼續說：「見到全家人都被趕出來，流離失所，實在令人難受。我總是盡力幫忙。如果喬伊晚上出去值勤，我一個人在家，便會做些填充動物玩偶和布娃娃。做完後就放在廚房的一個箱子裡，偶爾有小孩跟著父母順道來這兒用餐，我就會把這些娃娃送給他們。」

「有沒有成功重新站起來的例子？」他想在市政府會議上，也許會需要一些相關的成功案例。

「事實上，的確是有幾個人洗心革面，這些例子也更加強了我們要繼續做下去的決心。」

那兩位老婦人用完餐收拾妥當後，離去途中停下來向棠恩問好。

「我好喜歡肉餅，嚐起來就像我母親以前做的那樣好吃。」凱薩琳說。

棠恩露出微笑，眼睛卻變得水汪汪的。她說：「這是我母親的食譜，今天是她的生日，所以我做了這道菜來紀念她，很高興妳喜歡吃。」

另外一個頭髮往後糾結成一團的老婦人拍了拍棠恩的上臂，問：「還是沒有懷上寶寶嗎？」

「恐怕不會有了，艾莉。」

「好吧，我仍然在為妳祈禱。」

棠恩對艾莉露出衷心感激的苦笑，說：「謝謝。我很感激妳為我祈禱。但喬伊和我已經接受了不會有孩子的事實。」

「實在太遺憾了，每個人年老後，都需要家人的。」艾莉說。

克雷格不知道艾莉自己有沒有家人。若她有，她的家人有沒有花時間去探望她，或是邀請她出去吃一頓家常菜？

棠恩伸出手臂摟住了駝背的老婦，輕輕捏了捏她的肩膀，說：「艾莉，妳說得沒錯。但不用擔心我和喬伊，妳和其他每天到這兒用餐的人，都是我們的家人。」

克雷格環顧了一下食堂裡的餐桌，觀察著那些聚集在這裡、只為一頓免費午餐的人們。

他會覺得這些人就像自己的家人一樣嗎？

他很期待與他們一起共事，並且盡力幫助這些人，但他不認為自己能稱他們是朋友與家人。

5

一如每週三的夜晚，派迪酒吧熱鬧喧騰。來此享受歡樂時光的客人們，從下午四點便開始聚集在這兒，以美酒解渴，大嚼愛爾蘭馬鈴薯塊與辣雞翅。

顧客之中有些人喝多了酒，開始變成討人厭的酒鬼。

「給我兩杯店裡的夏多內[18]白酒和健力士[19]啤酒。」克莉絲蒂對酒保藍迪說。

「沒問題。」

她在等著酒送上來時，悄悄脫掉右腳上的鞋子，用腳背去摩擦吧台底下的擱腳板。她不用看手錶也知道該打卡下班了，但她還得忙上好一陣子。

在像這樣的日子裡，她痛恨自己的工作，痛恨腳上的那些水泡，還有背痛。

派迪酒吧幾個月前盛大重新開幕後，她才到這兒工作，若不是薪水比她之前工作的餐館要高，她早就辭職不幹了。

派迪酒吧過去只是間不入流的破舊酒吧，但大約一年前，一群投資者買下這地方重新裝修，擴充廚房，並增加了用餐空間。外頭也做了一些改變，但最大的改善還是在內部。現在酒吧的牆

⓲ Chardonnay，白葡萄酒。

⓳ Guinness，愛爾蘭產啤酒。

壁覆以仿製的白色石膏面板，並飾以深色的橫木樑。

最主要的裝飾重點放在一面岩石砌成的牆上，那兒展示著一座巨大的壁爐，爐柵、風箱與懸掛在半空中的鑄鐵水壺等配備，一應俱全。壁爐旁擺著木製長凳與長椅，讓客人們能坐在那兒享受愛爾蘭風情。

當時克莉絲蒂得知員工必須要穿著愛爾蘭服裝上班，好增加異國氣氛時，她幾乎要拒絕接受這份工作。但酒吧的新老闆解釋他們在休息室提供衣物櫃，全體員工都能將外出便服與個人物品放在裡頭。

穿著一身十七世紀小酒館女侍裝徒步走過城裡，未免太丟人。

即使沒人提過，但克莉絲蒂懷疑，自己的一頭紅髮[20]才是得到這份工作的賣點，但她並不以為意，尤其若這代表她能得到更多小費的話。她需要錢讓日子過下去。

但她仍然比較喜歡送餐點的工作，因為輕鬆些，壓力也較小。她今天已經端盤子超過了八小時，但珊卓拉・畢勒普斯請病假，她被調到吧台區服務，代替珊卓拉，直到有人代班為止。

吧台區的小費豐厚多了，所以她毫無怨言地接受了換班要求。但她仍舊不喜歡和醉鬼打交道，不管他們扔了多少錢、工作有多重要、壓力有多大，被逼得不得不來派迪酒吧解放一下。

「嗨，甜心。」一位坐在角落、越來越討人厭的客人大喊。「妳何不放下托盤過來這兒？我很樂意妳來陪陪我。」

那傢伙一進門時還很安靜拘謹，但還不到下午四點，他就開始不斷猛灌愛爾蘭威士忌，清醒程度於是每況愈下。

被他拋在一旁的外套本來掛在椅背，現在滑到了地板上，絲質領帶皺成一團，堆在餐桌上。是該叫他閉嘴滾蛋的時候了。

保鏢伊恩去哪裡了？絕對是跑去和他之前悄悄勾搭上的那個金髮大胸脯女郎調情，大秀肌肉。

這群人真是夠了。

酒吧的新老闆也許已經盡力去迎合高層次的顧客，但酒吧的老顧客依舊繼續每晚捧場，賴著不走，直到營業時間結束。

酒吧中間似乎有一條看不見的界線，將整個區域分成兩邊：名聲好的一邊與名聲不良的一邊。但就克莉絲蒂看來，只要幾杯黃湯下肚，這兩邊根本沒什麼差別。

她不時能聽見老顧客中有人抱怨現在大家變得有多跩，到處擺闊。

但對她而言，新裝修過的派迪酒吧可沒那麼讚，在這裡鬨混的人也沒好到哪裡去。只要在酒吧裡工作，就能更堅定她再也不碰一滴酒的誓言。

她端著要送到七號桌的酒，正要轉身，卻差點撞上一個穿著破舊牛仔褲與白色馬球衫的黑髮男子。

她隨口吐出一句道歉，一面試圖平衡手上的托盤。當兩人目光相接時，她認出了老朋友。

雷蒙·岡札勒緩緩對她一笑，說：「我不是故意偷偷跟在妳後頭的。」

⑳ 愛爾蘭女子多擁有一頭紅髮與一雙綠眸。

克莉絲蒂並不是很喜歡碰見以前念書時的朋友，但雷蒙例外，她也回以笑顏，說：「我通常在用餐區工作，但今天這兒缺人手。」

這是藉口。只是想讓他明白為何克莉絲蒂會在這兒當一個雞尾酒女侍——她多麼希望能回到過去，從頭再來，有完全不一樣的結局。即使已經過了七年，她還是想努力替自己正名一下，尤其是在一個過去總是對她很友善的人面前。

她說不定其實不用解釋。在學生時代，雷蒙便是個害羞與內斂的人，從不在人們背後評頭論足。

黑髮的拉丁男人雙眼直視著她，問：「妳還好嗎？」

「還好，你呢？」

他半聳了聳肩，說：「我很好，生意不錯。」

克莉絲蒂升上六年級後，雷蒙的父親便一直在瑞斯菲德大宅擔任管理員。她會記得這件事，是因為雷蒙當時是學校的新面孔，所有的女孩子都迷上了這個不會說英語的可愛黑髮小男生。

事實上，她明白雷蒙即使學會了英語，仍是個不多話的人。

當大多數的畢業生繼續就讀大學，雷蒙卻用一輛破舊的老豐田載貨車與在清屋拍賣[21]找到的工具，創業成立一家行動景觀美化公司。就她所聽到的消息，他生意越做越有起色，不再只是替人修剪草坪和整整籬笆而已。

克莉絲蒂調整了一下手上沉重的托盤，說：「我看到你弄出來的花園了，就在公園遊樂場旁的噴泉四周，好漂亮。你不但園藝做得好，對配色也很有見解。」

「謝謝。」他看著她的眼神，彷彿有什麼心事。

兩人還是學生時，她便不時注意到他這類似的表情，如同無辜小狗般的目光，難以解讀。她納悶是否曾有人花時間去解讀在沉默背後的真正意義？

雷蒙對她放滿酒杯的沉重托盤點點頭，問：「妳能休息一下嗎？我想和妳談談。」

曾有段時間，在他們還是高三時，雷蒙和香娜交往過，但之後迪蘭科特太太得到風聲，大發雷霆，沒多久這段感情便結束了，香娜從此也不想再多提。一直到最後一個學期結束前，香娜一直鬱鬱寡歡，最後在夏天要結束時，才終於重新振作起來。當然，那段時間克莉絲蒂自己也是一個頭兩個大——意外懷孕與外婆中風後身體迅速衰弱——所以那時她並沒有太多心力去陪伴香娜度過難關。

然而雷蒙和香娜這件事，自然而然便淡去，沒人再提起了。

克莉絲蒂瞄了一下手錶，說：「沒問題。我可以休息一下，等我把這些送完就過來。好久沒見到你了。」

「是啊，的確是很久了。」

雷蒙找了個面對門口的位置坐下，看著那位動人亮眼的紅髮女侍將酒送到窗邊幾位女士的桌上。

㉑ Estate sale，和一般家庭自行舉辦的車庫拍賣不同，是仲介代屋主拍賣，所得約四成歸仲介公司，價位較一般家庭車庫拍賣高。

他一直都很喜歡克莉絲蒂。許多年前，兩人還在念高中時，他的化學一直很差。是她主動接近他，問他是否需要化學家教。自己對於這門課的不在行居然全校皆知，讓他羞窘到差點想拒絕。但他重新考慮過後，決定嚥下自己的男子氣概與驕傲。他們放學後在圖書館碰面，她會用溫斯洛那老傢伙無法辦到的方式，解釋說明給他聽。

克莉絲蒂那時是個化學奇才，雷蒙一直認為她那到處放縱玩樂的壞名聲，部分是出於無聊，因為學業對她而言實在易如反掌。她沒照計畫去念大學，再繼續攻讀醫學院，實在可惜了。她說不定會成為很棒的醫生。

雷蒙在座位上放鬆身子，思忖著要不要在她回來前悄悄走人。但他沒有離去，而是坐得挺直，並痛斥自己為何只要遇到和香娜．迪蘭科特有關的事情，便無法置之不理。

他腦袋到底在想什麼？為什麼會為了一個愚蠢的謠言而認為應該要來找克莉絲蒂問清楚？他又為什麼要多管閒事？

他和香娜許多年前就玩完了。也許甚至早在第一次約會前，就知道這段感情不會有結果。

克莉絲蒂回來後，問他是否要來一杯？

「有可樂娜[22]啤酒嗎？」

「在這間酒吧？」她笑出聲來，然後瞄了一眼位在手工雕製的沉重吧台後的酒架，說：「愛爾蘭所有的麥芽釀製酒類，我們都有，但老闆不准其他種類的啤酒上架。你應該去『瘋狂公牛』[23]串門子才對。」

他往後靠在木椅上，這張椅子坐起來的感覺不像在「瘋狂公牛」那樣舒服，然後對她微笑，說：「是沒錯，但妳沒在那工作，而我又想問妳一件事。」

「什麼事？」

「我聽說布萊德飛到澳洲去看香娜。」

她臉上的微笑消失了，眉頭也皺了起來，說：「你聽到的消息沒錯。」

他低頭往下望，手上胡亂玩弄著桌上推銷麥芽威士忌與啤酒的廣告小木架，然後才又將目光轉回看著她，問：「他們兩人之間是不是發生了什麼事？」

她盤起手臂，弄皺了身上那件過大的愛爾蘭農婦上衣，對於一個曾喜愛展示自己曼妙身段的女人而言，這件上衣完全無法為她的魅力加分。她聳聳肩，說：「他們八月要結婚。」

這消息如同晴天霹靂，幾乎讓雷蒙為之窒息，但他還是勉強點了點頭。他不明白自己為何有這樣的衝動跑來質問克莉絲蒂。他為何就是無法釋懷、不再去在乎香娜，一如他過去那樣？

他想，她要嫁人的念頭的確會讓他心神不寧，但她和布萊德．瑞斯菲德在一起，感覺就是不對勁。首先，他從來就沒喜歡過那被寵壞的富家小子，所以光想到香娜和他這種人在一起，便讓他心情又酸又苦。布萊德配不上香娜。事實上，很多人都配不上她，這也是為何當初她對雷蒙提出分手時，他沒有爭辯。好吧，除了這點之外，香娜亦曾提過，若他們的交往無法完全保密，她希望兩人的戀情能保持低調。

㉒ Coronas，可樂娜，墨西哥啤酒，而克莉絲蒂工作的地點是愛爾蘭酒吧。

㉓ El Toro Loco，應爲墨西哥小酒館或酒吧。

但雷蒙的自尊心不允許他接受這樣的交往條件。

「你聽到什麼傳言？」克莉絲蒂的目光直透他內心深處。

「布萊德在登機前去了一趟Tiffany's買鑽石戒指。」

「哇喔，消息傳得可真快。」

「尤其是透過瑞斯菲德員工的人脈。」

克莉絲蒂對這件八卦並沒有表現得特別熱衷，既然她和香娜是多年好友，雷蒙猜想，香娜要嫁給布萊德這事，是否也讓她措手不及？

「妳看起來沒有很高興。」他說。

她聳聳肩，說：「只是有點太突然了，就這樣。」

雷蒙很少顯示自己的真正心思，對任何人皆是如此，但即使他不怕與人分享心事，克莉絲蒂要憂慮的事情也夠多了，她扛的擔子太重，要照顧孩子和外婆並維持一家生計。

他在胸前盤起手臂，此刻只希望自己沒跑來蹚這渾水——尤其克莉絲蒂看起來知道的不比他多。他說：「這消息大概是突然冒出來的。」

「是啊，我知道。」

可見雷蒙並不是唯一對這場意外訂婚有疑慮的人。但既然克莉絲蒂沒說太多，他也不太方便去從她口中探出更多他不知道的消息。

他看著香娜的知己好友，真正地看著她。她念高中時是個大美人——事實上，沒有男生不拜倒在她裙下。在過去，她曾刻意裝扮自己，用化妝品與對衣飾的獨特眼光，充分展示出她美麗的五官與特質。

但現在她卻一切保持低調，而他想自己知道原因。她從未談起那一夜的派對——布萊德趁著父母離城時舉辦的眾多派對中的第一場。她也從未提過孩子的父親。

真相於是流於揣測與八卦閒談，令人不堪。讓她懷孕的傢伙應該站出來，像個男人扛起責任，那傢伙一定早就知道了這件事。

「嘿，紅髮小妞！」坐在角落的某個醉鬼對克莉絲蒂大喊：「妳把我忘了嗎？」

她皺起臉，翻了翻白眼，說：「我最討厭應付這種傢伙。」

雷蒙點點頭，牽過她的手，輕輕捏了捏，說：「克莉絲蒂，妳該去念醫學院的。」

「是啊，只是人生不盡是會如人意。」

的確如此。

克莉絲蒂的目光彷彿知情，或那只是同情與諒解？於是雷蒙明白，她知道他與香娜之間的事。但她什麼都沒說，他也不想挖出往日記憶。

她收回手，對他苦笑，說：「我可以拿店裡的飲料單給你看看。」

「不用麻煩了。」他站起身時椅腳拖過地板。「我家裡有啤酒，我想我寧願晚上一個人過。」

「我也是。」她苦悶地嘆了口氣，說：「但我還要一小時左右才能打卡下班。」

她轉過身後，雷蒙伸手到口袋裡掏出一張二十塊美金紙鈔，留在桌上。

這算小費吧？或者也許可以當成是家教費，感謝她從前為他上的那幾堂課，讓他的化學成績從及格邊緣進步到七、八十分。

但再細想，也許這是他表達懺悔的方式，因為他沒有告訴她，有可能在哪裡找到她孩子的父親。

克雷格花了整個下午的時間，讓新工作慢慢上手。他想過，能發揮自己用處的最好辦法，就是跳下去馬上動手做。所以，下午兩點慈善食堂關門後，他便幫忙喬伊與棠恩清理善後，並為隔天的開張做準備。

然後他回到辦公室，這間小斗室在他到來之前，八成是用來放置掃除用具。他檢查過了電話線插槽與電線插座，這樣辦公桌送來時，他才知道如何妥當安置。接著他在自己的行事曆上排定日程。他原本想在電腦上排日程，但顯然電腦也已經訂購但還未送到。

他已和教堂祕書羅瑞娜談過，並且彙整了一批教會青年的名單。然後他逐個打電話過去，介紹自己，並邀請他們週六晚上來參加披薩派對。他告訴這些年輕人，接下來幾個星期，他們會做些特別的活動，只是他還沒想出來要做什麼。他認定自己有足夠時間想出某項有趣又令人滿意的活動來吸引這些青少年。

接著，靠著羅瑞娜的幫忙，他擬了一份臥病在床的教友名單，他們無法在週日來教堂做禮拜。接下來他大略規劃好去探望每一位的時間。

「這一位特別難應付。」羅瑞娜指著一個名字道：「據我所知，她中風前，人人喜愛，但現在卻很難相處。」

「為什麼？」他問。

「問題出在她的態度。我想她很氣上帝，而且似乎把這股怨氣都出在去探望她的人身上。」

「有誰一直在持續去探望她？」

「我想是婦女勸助會的大部分成員曾經輪流去探望她一會兒，但她根本就是把她們都轟出去。據我所知，喬治牧師是唯一還持續去探望她的人。」

這表示克雷格將得接下這任務。

儘管他很想將羅瑞安．史密斯移到名單最下方，但他卻把她的名字擠到最上方。他可不是愛自找苦吃，只是他通常寧願先把最棘手的事處理完畢。

他還沒回過神，五點又到了，這一天的工作結束了。

十分鐘後，他回到迪蘭科特家，用卡珊卓稍早給他的鑰匙自己開了門進屋。即使丹尼爾與卡珊卓盡力讓他感覺賓至如歸，但沒敲門便走進屋裡，還是讓他覺得彆扭。即使豐盛晚餐的香氣——是烤牛肉嗎？——也無法緩解他的不自在。

「我回來了。」他禮貌地喊了一聲。

「喔，很好。」卡珊卓在玄關和他照面，臉上帶著微笑。「丹尼爾還沒回來，恐怕今晚要工作到很晚——他時常這樣。所以我會把他的菜先留下，這樣我們隨時都能用餐。」

「恐怕我今晚得出門。」他說。

她臉上那上揚的微笑似乎往下垮了些，但他並不是很確定，因為若她曾感到失望，也很快就恢復了正常神色。

「如果你想吃的話，我現在就可以把晚餐擺出來。或是我可以幫你把菜留下，就像我替丹尼爾做的那樣。」

克雷格並不特別餓，因為他午餐吃得晚——是慈善食堂剩下的肉餅——但他想最好別提起。

「若不會太打擾，我可以在出門之前吃晚餐。」他說完後，很高興見到她的微笑又回來了。

「只要等一下就好。」

過了一會兒，克雷格洗完手，脫下外套，掛在房間衣櫥內。然後走到屋裡的餐廳，與女主人一起用餐。桌子正中央擺著玫瑰圖樣的淺碗，裡頭裝滿尚未盛開的黃色花苞。

她端上一個托盤，上頭有兩個盤子，但他知道她其實準備了三人份的餐點，也注意到她用了上好瓷器、水晶與銀製器皿。他不知道她是否是刻意做給他看的，還是她總是如此大費周章替家人準備餐點。

他猜想那也不是真的有多重要。

她請他入座，他依言坐下。接著她將一個盤子放在他面前，上頭盛滿了烤牛肉、紅皮小馬鈴薯與糖汁胡蘿蔔。

她為自己端上菜時，他拿過自己的亞麻餐巾，然後她問克雷格是否能帶一下飯前祈禱，他禱告完後，便伸出手去拿叉子。

但他沒有馬上開動，而是先說：「卡珊卓，一切都看起來美味極了。謝謝妳如此大費周章，準備這麼豐盛。」

「別客氣。我很愛下廚款待大家。」她看了一眼在自己座位對面無人使用的餐具擺設，又看向他，微笑道：「能有人欣賞我的廚藝，總是令人高興。」

克雷格納悶丹尼爾有多常加班？說不定經常加班晚歸。

「你今天晚上要去哪呢？」卡珊卓一面問，一面伸手拿過自己的亞麻餐巾。

「去探望羅瑞安．史密斯。妳認識她嗎？」

卡珊卓將餐巾放在大腿上，說：「我認識，她是克莉絲蒂的外婆。」

「是那位婚禮伴娘？」他問。

「是的。」卡珊卓拿過叉子，說：「羅瑞安六、七年前中風後，身體便急速衰弱，那次中風之後，她又有幾次小中風。現在她只能躺在病床上，實在令人惋惜。她以前在教會非常活躍，她也是位畫家，事實上，我們家客廳裡的那幅香娜肖像畫，就是出自她的手筆。」

知道這一點挺不錯，克雷格可以用來當破冰的開場白。他說：「今晚見到她後，我得好好稱讚她一番，能畫出這麼棒的作品。」

「我相信她會很感激的。她在晚年才開始畫畫，我們夫婦在找人替香娜畫肖像時，她堅持要羅瑞安來畫。我得承認，當時我想委託有人推薦的職業畫家，但丹尼爾對香娜的要求讓步。」卡珊卓用叉子叉起一塊胡蘿蔔，說：「他總是如此。」

「我不是什麼專家。」克雷格承認：「我也還沒見過香娜，所以也分不出來畫得到底像不像，但那張肖像畫的確很棒。」

「是啊，確實如此。現在回想起來，我真懷疑當時是否還能找到其他人，能把我們家女兒畫得更美麗傳神。」

他們繼續用餐，偶爾只聽見銀製餐具碰撞瓷器的清脆聲響，但克雷格實在對史密斯一家人感到好奇，終於忍不住打破沉默，問：「克莉絲蒂和她外婆住在一起嗎？」

「對，從她十二歲起就一直住在一起。」

「她母親呢？」

「我不知道。據我所知，羅瑞安和克莉絲蒂都很多年沒她的消息了。」

「她怎麼了？」

「據羅瑞安所說，蘇珊向來放縱叛逆，在這樣的出身教養下，這點很令人訝異。羅瑞安與她丈夫數年來一直想生孩子，卻無法受孕。所以能領養蘇珊的機會到來時，他們簡直樂壞了。但蘇珊不但沒有珍惜新父母與溫暖家庭，反而叛逆得很，一直不斷惹麻煩。」卡珊卓舉起水晶高腳杯，小啜一口，說：「你知道，就是酗酒、抽菸，還有毒品這些問題。」

「實在令人遺憾。」

「的確令人遺憾。蘇珊念高中時，羅瑞安的丈夫史坦因為動脈瘤而過世，留下羅瑞安一個人應付這女孩。據我所知，蘇珊常常逃家，一逃就好幾天不見人影。」

「羅瑞安一定很不好受。」克雷格很感激得知史密斯太太的背景，儘管這並沒有讓他感覺這次探訪會變得比較輕鬆。他想，反正不管怎麼樣，場面都會尷尬。

「羅瑞安成天擔心得要命，倍感挫折。」卡珊卓拿起刀子切牛肉，說：「蘇珊滿十八歲沒多久，就搬了出去，再也沒回家。她告訴羅瑞安，她已經結婚，也懷孕了。你大概以為羅瑞安會擔心死了，但事實上，她認為蘇珊成為母親後會有所改變，最終肯好好安定下來。」

「我猜結果不是如此。」

「恐怕正如你所料。之後蘇珊的丈夫因為吸食毒品過量而死，結果呢，小克莉絲蒂念小學時，便一直在收容所進進出出。」

克雷格情不自禁對那位被教堂祕書冠上「難相處」名號的老婦感到難過。但他同時也同情克莉絲蒂，聽起來她早年的日子過得很辛苦。

「州政府有介入，把克莉絲蒂從蘇珊身邊帶走嗎？」他問，猜想說不定之後就是這樣發展。

「他們一直都沒有介入關懷，這也是我一直搞不懂的地方。但有天晚上，蘇珊就這樣把她一個人留在收容所，再也沒回來過。沒人知道她到底怎麼了？很有可能是她厭倦了當母親，逃走了。」

「難道沒人想過她可能是遭遇到不測嗎？」克雷格問。

「我想是有可能。香娜一直堅稱，儘管蘇珊有毒癮，卻很愛克莉絲蒂，絕對不可能拋下她，我相信是克莉絲蒂這麼告訴她的。香娜也說蘇珊懷著克莉絲蒂時，戒掉了毒品，但那是不可能的。」

「為什麼？」

「因為她根本離不開收容所。」

克雷格不確定自己該相信哪一邊。但他想，有些人會無家可歸，背後一定有很多理由，不一定都和毒品或酒精有關。

「反正，克莉絲蒂還小時就被拋棄，她一輩子都得面對這創傷。」

「有很多人能夠克服不正常家庭與家人所帶來的問題。」克雷格說。

「我想，以你的職業而言，你得保持這麼樂觀，我也希望你說得沒錯。」卡珊卓拿起餐巾輕拍雙唇，說：「只是我很不喜歡香娜想太多。她心腸太軟，總相信人性本善。」

「那不是壞事。」

「是不錯，但她父親和我一直努力去保護她，我擔心有人會利用她的純真與善良。」

「去念大學也許讓她成長不少，我想她應該不會像以前那樣天真了。」

卡珊卓將餐巾放在盤子上，遮掩住她明顯不打算吃的剩餘食物，說：「牧師，我希望你說得沒錯，但我真不知道她現在是不是還這麼天真？香娜和我之間，感情不再像從前那樣親密了。」

克雷格不確定自己該對這個情況做什麼評論，於是選擇保持沉默，將餐點用完。

「我做了蘋果派當飯後點心。」卡珊卓一面站起來，一面開始動手收拾盤子。

「聽起來很美味，但不麻煩了。」

「是我自己做的。」她一臉認真，語調裡帶著期望。

「不是我不想吃，而是我真的該出門去史密斯家了。」

卡珊卓勉強擠出一抹微笑，說：「我了解。」

「不過，我很樂意回來時吃上一大塊蘋果派，這樣可以嗎？」

「當然。到時我會加上香草冰淇淋一起端出來。」

「太好了。」克雷格把餐巾放在盤子上，連忙推開椅背，說：「我很快就會回來。」

他走向大門時，有股衝動想回頭看看卡珊卓。

不知道為什麼，他直覺這個女人其實內心比外表脆弱許多。

他走出屋子，關上大門，朝車子走去。才走沒兩步，傑西說過的話開始在他心裡發酵。

事情並總不是如表面所見。

克雷格回頭望向屋子，透過百葉窗的縫隙，隱約顯現出屋內的燈光。

6

換上平日外出服後，克莉絲蒂從酒吧後門離開，朝公車站走去。今天的值班時間實在長到她快撐不下去了，因此打卡下班時，她感到特別高興。

只可惜她不能直接鑽進車裡，開車回家，外婆那輛十二年老雪佛蘭轎車的變速器壞了，而她在週五，也就是發薪日之前，根本沒錢修理。所以，一如過去這一週以來，她此刻只能坐公車回家。

遠方傳來狗嚎，最靠近派迪酒吧的街燈閃爍不停。有那麼一瞬間，她感到有點發毛。酒吧的新老闆也許重新裝修了酒吧，而且加建了用餐區，希望能更吸引一般家庭人士來光顧，但他們卻對酒吧四周的低劣環境束手無策。

她應該在酒吧裡再待一會兒的，但她實在受夠了那群無賴客人、噪音與酒臭。她沿著人行道步行，看著車輛駛過她身旁，彷彿每一輛車子都在開往回家的路上，和自己比起來，她好羨慕那些駕駛能早早就回到家。

她走到了位於第一大道與樹叢道交叉口的公車站，候車的地方只比路口角落的那張長凳大不了多少。她坐了下來，才過一會兒，一個穿著深色外套的男人走了過來，鞋底一路拖在滿是砂礫的人行道上。

今天客人賞她的小費比平常多，所以她將手提包放在大腿上，雙手抱緊。但接著她注意到他拖著腳步在走路，肩膀也彷彿背負著人生難以承受的重擔，整個垮了下來。

他一頭亂髮，鬍髭叢生，一看就能猜出這傢伙是遊民。

很多人可能會趕他走，但克莉絲蒂不會。她過去曾有段相當長的時間處於類似的處境，因此她不會像其他人那樣麻木不仁。儘管有些遊民有心理疾病或藥物上癮的問題，但她知道很多人只是運氣背到谷底罷了。

「不好意思，請問妳可以借幾塊錢給需要搭公車的人嗎？我不知道什麼時候能還妳，但我一定會還的。」他的聲音比實際外表要輕柔多了。

若她有能力，會給他十塊或二十塊美金，但拜傑森上次鏈球菌性喉炎發作之賜，他去看了兩次小兒科醫師，使用一種昂貴的抗生素治療，她只得從原本這個月要付的水電雜費中，先挪用一些拿去墊醫藥費，其他支出就先不管了。所以若週一之前她無法生出一百二十六塊美金，市立自來水局就會停掉他們家的水。

「事實上，我現在手頭很緊。」她說。

他的眼眸是非常漂亮的碧藍色，即使是在昏黃的街燈下，也令人難以忽略。他對克莉絲蒂露出苦笑，說：「我了解。」

他轉身要離去時，她抓住他的前臂，將他拉回來，說：「我不是這個意思。我是想再多給你一點，不過我絕對能替你付公車費。」她伸手到手提包裡掏出自己唯一多出的四塊美金現金，然後說：「很抱歉，錢不多，但我只有這麼多了。」

「我不想讓妳落得身無分文。」他說。

「沒關係。」

他的微笑以某種難以言喻的方式直達她的內心深處，於是她猜想著這人背後有什麼故事？他為何會失去了一切？

「謝謝。」他說：「不論妳借我多少錢，我說我會還妳，是真心的。」

「我知道你會的。」她露出微笑，沒戳破他，儘管她並不預期日後還會見到這人。

她希望他不要用這些錢去買毒品或酒，但面對這些被人踩在腳底的可憐人，她總是很容易被騙，部分是因為她和母親過去也常處於類似狀況。

即使她們母女倆在街上乞討，已經是好多年前的事，她永遠都記得被路人當成幽魂而視若無睹的滋味。

她很想大喊：我們就在這裡啊！我們很餓！不要假裝你們看不見。

心裡有道聲音告訴她，到此為止就好，別再和那人有牽扯。但她知道被視為二等公民是什麼滋味。

「我叫做克莉絲蒂，你呢？」她說。

「傑西。」他坐在她身旁，離克莉絲蒂有段距離，以表示尊重。

瞧吧？她告訴自己，有些人可能是被迫乞討與無家可歸，但總還是保有一些自尊與人性——只要你願意去發掘。

她望向街道另外一頭，看看公車是否來了，確定公車還沒來之後，她轉過身看著這位流浪漢，問：「你住在附近嗎？」

「暫時而已。我只是路過這裡。」

兩人沒再交談下去，這是可以預期的。他也許不太喜歡和陌生人分享太多事情，她可以理解。她自己過去也有些祕密只想深鎖心底，即使全世界早就知道了。

「工作很累嗎？」他問。

「反正差不多每天都是這樣。」她對他疲倦地笑笑。不需要抱怨她的工作，至少她還有份工作。

「情況會好轉的。」他這麼告訴她。

什麼會好轉？她的工作？人生？還是對未來的期望？

克莉絲蒂假設他不過是在維持友善的閒聊罷了，也就繼續陪著他假裝下去，她更展開微笑，點點頭同意：「是啊，我知道。總是會好轉的。」

「克莉絲蒂，人生是一趟旅程。妳的旅程到目前為止一直很艱辛，一路上不但蜿蜒曲折，還處處有坑洞，而且其中許多坑洞並不是妳自己挖的。」

為什麼她會認識這麼多流浪漢，個個都認為自己深曉人生智慧，成了路邊的蘇格拉底？

「一切都會開始漸漸明朗的。」他又說。

她很想冷哼一聲，說：「你又知道多少了？」但她卻只是說：「我相信一定會的。」

「妳肩上的負擔一直很沉重，但很快就會減輕。」

柴油引擎的咆哮聲傳來，她指著南方，很高興能打斷這場對話，說：「公車來了。」

他站起身，她也跟著站了起來。

市區公車慢慢停了下來，傑西把手放在她的肩膀上，說：「妳母親並沒有遺棄妳。」

她猛地與他目光相對，問：「你怎麼會……」

他聳聳肩，說：「我無法解釋原因，但我知道她那天晚上離去，並不是因為不愛妳。妳想的一點都沒錯。」

「你到底是什麼人？靈媒嗎？」她問。

「不算是。」

「那你怎麼會認識我母親？」

他還沒來得及回答，公車司機已打開了車門。

傑西的手臂掃向正等著兩人上車的公車，示意女士優先。車門都開了，她不能拖著不上車，便踏進了車門，然後停住，身子一半在車內、一半在車外，問：「我問你是怎麼認識我母親的？」

他對她露出溫和微笑，說：「就說我……有某種天賦吧。」

「喂！我要照規定時間開車，你們到底要不要上車？」公車司機喊。

克莉絲蒂上了車，傑西緊跟在她後頭。她在第一個空位坐了下來，他則挑了個她對面的位置坐下。

隨著變速器嘎嘎作響、引擎再度咆哮，公車笨重地慢慢開回路上。

克莉絲蒂試圖去合理解釋傑西剛剛說的話。他並沒有提到她母親的名字，他也並未承認曾親眼見過她。

他是怎麼知道她母親真的有天晚上就這麼離去，完全沒說她要去哪裡，或是何時會回來？他很有可能輕易便聽到一些謠傳與八卦，她這麼猜測——若他曾在城裡到處打聽的話。

公車開到了下一站蘋果木道，傑西站起身要下車。

克莉絲蒂忍不住伸手扯住他的外套袖子，他低頭往下望時，她又問：「你是怎麼知道的？」

「我無法解釋。」

「難道你能通靈嗎？」她再度提出這個問題，這次語氣裡不再帶著任何諷刺。

「不是隨處可見的那種通靈，如果妳是那個意思的話。」臨走前他拋給她一個微笑，與這麼一句話：「克莉絲蒂，妳的母親儘管麻煩纏身，但她是全心全意愛妳的。」

然後他拖著腳步跨過通道，下了公車。

公車伴隨著引擎噪音開回馬路上，克莉絲蒂靠在椅背上，她希望傑西真有某種通靈天賦，而他所說的那些關於母親的事情，也是真的。

但他恐怕不過是個隨處可見的瘋漢罷了。

靠著手機的地圖服務應用程式，克雷格輕易便找到了羅瑞安．史密斯的住家。他將車子左轉，駛入糖梅巷，這條巷子裡全是早期維多利亞式房屋，每一戶各有古老典雅的風情。他沿路慢慢開著車，看著路旁的街牌號碼，找到了162號。

屋前的車道上停著兩輛車，於是他以為已經有人來陪著史密斯太太。若真是如此，他可以先打聲招呼，日後再找其他時間過來。

他將車子停在較靠近鄰居屋子的路邊，然後走過來敲門。

過了一會兒，一位年約四十的黑髮女子前來應門。她微微歪著頭，仔細審視著他，問：「有什麼事嗎？」

「我叫克雷格．修士頓，是園邊社區教堂的新任助理牧師。我過來探訪羅瑞安．史密斯。請問她在家嗎？」

「她在。」女子自稱是芭芭拉．克雷蕭，她站到一旁，讓他進門。

他走進客廳，她請他先坐下，然後去告訴羅瑞安有人來了。

「謝謝。」他四下瞧了瞧能坐在哪兒：客廳裡有一張棕色粗花呢沙發，椅背上披著一條秋天色彩的阿富汗披肩，還有兩張綠色塑膠材質躺椅。他選了沙發坐下，但還沒坐穩，一個穿著蜘蛛人睡衣的小男孩，光著腳輕輕走進客廳。

一頭棕髮的小男孩上上下下打量著他，然後問：「你是誰？」

「我是克雷格牧師。」

「為什麼喬治牧師沒有來呢？」

要說實話嗎？因為喬治已經把這件不討好的例行工作交給了克雷格。但他不會這麼回答，而是說：「喬治牧師在家裡。這次輪到我探望你的曾外婆了。」接著，他想了想後，又問：「她是你曾外婆，對吧？」

小男孩點點頭。

「你叫什麼名字？」克雷格問。

「傑森。」

這孩子看起來年紀挺小，也許才小學一年級，但既然克雷格會接手園邊社區教堂的青年團，那麼他想，問問孩子對目前教會進行的課程有何感想，也許是個不錯的主意。

「嘿，傑森，我可以問你一件事嗎？」

「可以啊。」小男孩朝沙發更走近些。

「你覺得主日學怎麼樣？」

「我不知道，我從沒去過。」

有些小孩因為不同理由，而寧願和父母坐在一起參加禮拜。克雷格不知道傑森不去主日學的原因和老師有關？還是因為整個組織或課程？

「你不喜歡主日學嗎？」

他聳聳肩，小臉皺成一團，彷彿影集「小英雄」[24]裡的那位可愛童星。「也還好吧。我只去過一次，那一次是我在丹尼家過夜，他媽媽要我們去的。」

「你母親不會帶你去嗎？」

「不會，因為她要上班。」

「週日也要上班？」

[24] Leave it to Beaver，美國早期影集（1957~1963），以白人中產階級的小孩觀點出發的情境喜劇。之後停播並非不受歡迎，而是因爲劇中童星皆已長大。

「嗯，有時候要。」

看來，儘管史密斯太太過去曾是教會常客，克莉絲蒂卻和虔誠教徒根本扯不上邊。

好吧，他試圖和小男生找出話題的努力到此為止了。也許克雷格該問問他是不是喜歡運動，或有更好的選擇，像蜘蛛人就會是不錯的話題。

「牧師？」芭芭拉在門口喊他。

「什麼事？」

「我帶你到屋後，她的房間在那兒。」

克雷格站了起來，但在芭芭拉領著他通過走廊前，她用一隻手遮在嘴邊，低聲說：「我最好警告你一下，她很不高興喬治牧師把她交給別人。」

真是好消息。克雷格想，自己不能責怪她覺得受到了傷害，但從他得到的所有與羅瑞安相關的資訊來看，能把這些難纏的病人移交到別人手上，喬治牧師只怕高興都還來不及，尤其是這一位。

「羅瑞安。」芭芭拉領著克雷格來到一間小臥室，裡頭聞起來有些霉味與藥味。「這位是克雷格牧師。」

因臥病在床而一頭白髮散亂的老婦轉過頭看他，皺紋明顯的臉龐一沉，說：「根本沒必要。」

「什麼沒必要？」

「你來探訪。」

好吧，現在是怎樣？神學院可沒教他該怎麼應付這狀況。即便有，他一定是在那堂特別的課程上不小心做白日夢做過頭了。

克雷格走近老婦躺著的病床，說：「喬治要我一定要過來自我介紹一下，他說妳以前在教會很活躍，是位人人都喜愛的女士。」

「那是很久以前的事了。」

房間裡一片沉寂，他想找些話題，但他努力了半天，自覺簡直就像溺水的人想抓住水中氣泡那樣毫無效果。

「我現在住在迪蘭科特家，卡珊卓非常稱讚妳。」

羅瑞安揚起一道灰白眉毛，卻沒說話。

「我看見妳為香娜繪製的肖像畫了，就掛在他們家的客廳裡，我的目光馬上就被吸引住了。我從未見過他們的女兒，但妳捕捉到她神韻中的一種……一種……」

「揮之不去的心事？」羅瑞安問。

「我想是吧，彷彿她心頭在想著某件事，只有她知道是什麼。」

「我只是畫出我見到的罷了。」

「妳的天分實在令人驚嘆。」

她「哼」了一聲，說：「那又怎樣？我還不是落到這地步。」

「我們並不知道為什麼這種事情會發生在自己身上。」克雷格說道。

羅瑞安沒讓他說完，便說：「年輕人，你聽好了。看看你，全身充滿活力，你和喬治．羅林斯沒兩樣，都想滔滔不絕地說服我應該要有多快樂，即使我被困在這張床上，不能走路、不能畫畫，也不能照顧我的小外曾孫，好讓她母親不用付錢請保姆。要是你還認為我該好好享受在這個世界上剩下的最後日子，那得想辦法把我們這棟不起眼的小屋也賣給別人算了。」

好吧，他的確有心理準備會遇到一些負面態度，但並不表示他知道該怎麼回應，說出那些高尚的聖經文句來導正她的世界。

「史密斯太太，我很抱歉。」

「你是該感到抱歉，因為你根本不了解被奪去自己所愛的一切，是什麼滋味。」

他不了解嗎？

但在某種程度上而言，職業棒球生涯似乎比不上健康與行走能力。

上帝啊！我在這兒做什麼？實在太格格不入了。

他望了一眼放在五斗櫃上的鐘，想著自己還要待多久。

好吧，他得趕快想出新的話題或是某種策略，不然新牧師才來這兒不到一分鐘就被史密斯太太轟出去的消息，馬上就會傳出去。

然後，除了克雷格本人外，其他人也會質疑牧師是否真是他的天職了。

克莉絲蒂下車的地方離家還有將近兩個街口。她急著想踢掉鞋子、泡在浴缸，然後睡一下，所以即使雙腳疼痛，她還是加快了步伐。

她走到糖梅巷口後轉進巷裡，在路邊轉角處往前方看，發現自家屋前的路旁停著另外兩輛車子。一輛是職業護士芭芭拉的車子。

另外一輛福特轎車她從來沒見過，她猜想可能是鄰居家訪客的車子。她沒怎麼多想，一路走到前門，打開門進屋。

電視開著，芭芭拉坐在沙發上，那條阿富汗披肩蓋在她的大腿上。傑森坐在她身旁，一塊兒蓋著披肩，聚精會神地看著電視螢幕上的卡通。

「嘿。」克莉絲蒂一見到兒子，整個人都精神起來，說：「全世界最乖的小孩在哪裡？」

「在這裡！」傑森跳起來衝向她，很快抱了她一下後又匆匆跑回自己的位置，鑽進披肩裡，繼續全神貫注地看著卡通。

克莉絲蒂把外套掛在門口附近的衣帽架上，卻沒感受到暖氣送出令人舒心的溫暖。自動調溫器又壞了嗎？她希望不要，她此刻實在沒有多餘的錢換一台新的。外婆過去幾年存下的一筆小存款，因為要付芭芭拉薪水，已經所剩無幾。但不管怎麼樣，都還是得修理，這個春天仍有許多冰冷的夜晚要度過。

「今天還好嗎？」她問護士。

「還可以。」

克莉絲蒂想，這樣的答案已經很令人滿意了。

「妳知道停在屋前的車子是誰的嗎？」

「大概是新來牧師的車子。他現在在臥房裡，和妳外婆聊天。」

糟了，上星期喬治牧師就提過教堂會來一位新人，那人會暫時住在迪蘭科特家。喬治牧師也暗示過新來的牧師會接手探訪外婆的工作。喬治牧師離開後，外婆還發過牢騷，說：「我想喬治認為我不值得他費這麼多心思，所以要把我扔給別人了。」

克莉絲蒂曾想過先打電話給教堂，警告他們一聲，但她又想，也許他們大概受過訓練，懂得如何應付這種狀況。

她沒聽到走廊另一端傳來任何聲音或吼叫，也許這位新牧師比她所預期的還能應付外婆。

芭芭拉拿開阿富汗披肩，站起身後，確認披肩蓋好傑森的身子。

「羅瑞安今天沒抱怨太多，但我仍認為醫生應該開立藥效比較強的抗抑鬱劑。」她說。

「她下次看病時，我會和醫生討論。」克莉絲蒂用手摩擦雙臂驅走寒意。這棟老房子，儘管古雅又溫馨舒適，卻沒有做好適當的隔絕措施，通風太過良好，門邊和窗邊經常冷颼颼的。

「好了，我得趕快回家了。要是哈瑞睡覺前我不在家唸他兩句，他會偷吃冰淇淋。他的膽固醇高得實在不像話。」

有時候，克莉絲蒂很好奇有個要記掛的丈夫，有個能替她分擔生活重擔的人，不知是什麼滋味？不過，把早已厭倦人世的半身癱瘓外婆、父不詳的兒子、年久失修的老房子與入不敷出的家境，都加諸在一個男人身上，也很不公平。

「明天我可能又要很晚才能回家。」她告訴護士：「我得幫別人代班。」

「沒問題。妳能在七點前到家嗎？我和哈瑞正計畫要看『牛仔狂歡會』，那是電視特集，廣告已經打了一整個星期。」

要是克莉絲蒂的車子沒壞，她不用依賴公共交通工具的話，七點到家不會是問題。她說：

「我盡量找人送我一程，這樣就能七點到家。」

芭芭拉從櫃子上拿起總是擱在那兒的手提包，走向門口。她伸手去握門把時，轉過頭來說：「我說不定該先向妳提一下。哈瑞申請了一項升遷調職，申請成功的機率不小。若申請成功，我們就得搬到洛杉磯了。」

克莉絲蒂的心整個沉了下來，差點沒停止跳動。要是失去了芭芭拉，她該怎麼辦才好？她想自己得另外再找人，可是要找到人代替將她兒子視如己出的芭芭拉，並不容易。但她還是努力擠出微笑，說：「看來只有到時候看情況再說了。」

芭芭拉打開門，走到門廊，又說：「公司裡有另外一個人，年資更久，所以目前也只是有這個可能而已，但我不想讓妳突然之間沒有心理準備。」

「謝謝，我很感激。」

芭芭拉關上了門，克莉絲蒂坐在兒子身旁，伸出一隻手臂環抱著他。

「這部卡通看起來很酷喔。」她說。

他的眼睛仍黏在螢幕上，嘴裡說：「是啊，有些地方很好笑。」

走廊裡響起腳步聲，克莉絲蒂瞄了一眼門口。當她的目光落在那位新來牧師的身上時，瞬間屏住了呼吸。

她不知道自己之前預期會見到怎麼樣的新牧師——年輕的菜鳥牧師吧？因此，不用說，當她見到這位身材高大、肩膀寬厚的帥哥，有著一頭如衝浪員似的陽光般燦爛金髮與喜愛戶外活動的健康氣色時，她驚訝到完全說不出話來。

她很快站起身想表示禮貌，新來的牧師也走了過來，縮短了兩人間的距離。

他伸出手問候：「我是克雷格．修士頓。」

「我……呃……我是克莉絲蒂．史密斯，羅瑞安是我外婆。」她記不起來自己是什麼時候握住他伸出的那隻手，但她感覺到自己的手指被握在他溫暖堅定的手心裡。

「很高興認識妳。」他放開她的手。

她的手指蜷成笨拙的拳頭，手臂垂在身側，說：「我希望外婆沒有太刁難你，她有時候很難相處。」

他聳聳肩，那模樣幾乎像是孩子氣，說：「我得承認，一開始我的確沒處理好，但我還是堅持下去。她是我們的教區子民，教會願意滿足她的需求。」

克莉絲蒂臉上緩緩展開一抹諷笑，說：「是啊，那可得祝你好運了。過去七年來，我一直在試著滿足她的需求，那可不是件容易的事。」

「我可以想像妳的辛苦。」他的表情恢復成熟，然後一下子又像個男孩，說：「很抱歉，我不該自以為是，覺得自己能了解妳的挫折感。妳一定看出我是個菜鳥了吧？」

她臉上的笑容此刻完全綻開，說：「老實說，在面對她陰晴不定的脾氣時，我也常覺得自己手足無措，她和從前簡直判若兩人，所以我絕對能了解你的感受。」

「謝謝。」他對門口的方向點點頭，說：「好吧，我該走了，但我下週還會再來。」

「看來她沒成功把你趕跑。」

「她的確是盡力想趕我走。」

克莉絲蒂笑出聲來，那輕鬆愉悅的笑聲差點讓她整個人愣在當場。除了和傑森、香娜在一起，她與別人相處而這樣放聲大笑的時刻，實在少之又少。而這是她第一次發現有個安全可靠的人，能同病相憐地去分享自己悲慘的處境。

牧師都會遵守所謂的保密原則，對吧？

她實在希望如此，因為她不想讓自己照顧外婆的挫折感傳到外頭。

克雷格走到門邊時，轉過身，目光掃了過來，他的眼神讓她心頭小鹿亂撞。要是她沒看錯的話，這個男人正在……打量欣賞她。

「晚安了。」他說。

「謝謝你過來看她。」

「不客氣。」

即使沒這個必要，她還是尾隨著他走到戶外門廊，然後關上了門。

她告訴自己，她只是出於禮貌才送到門口，而她之所以跟著走出屋外後隨手關上門，是不想讓夜晚的寒意進入屋內。

克雷格並沒有直接走向自己的車子，而是也流連了一會兒。

他只是客氣而已，她決定這麼認為。

那接下來呢？

「我可以請婦女勸助會的成員在週日上午過來陪羅瑞安坐坐，這樣一來，如果妳想帶傑森來上主日學，就沒問題了。」

克莉絲蒂不在乎這個男人到底有多英俊，說到底，他終究是個牧師，而她不是那種勤上教堂的人。她說：「謝謝你的好意，不過那沒必要。」

「為什麼？」

外婆中風之前，她就沒上過教堂了，所以並不是因為沒人看顧外婆，她才不去教堂的。儘管她十分想當頭扔給他一句「這不關你的事」或裝出一般常見的回應，但她想最好與他坦誠相對。如此一來，若他早先真的是在打量欣賞她，發現自己對她有那麼一丁點兒興趣，她便算同時幫了兩人一個大忙，在事情開始有任何進展前，就此打住。

「我和上帝一直無話可說。」她承認道。

「很遺憾聽見妳這麼說。」

她大可以到此為止，但她決定更進一步，讓他知道，他對她可能懷有的任何興趣都是踰矩，尤其是對牧師而言。她說：「幾年前我犯了大錯，到現在仍在付出代價。」

「妳不認為上帝能幫助妳？」

「我甚至不想找祂商量。」

他凝視著她，她感受到他眼光中流露著一股悲憫。

「若想得到第二次機會、重新開始，教堂是個好地方。」他說。

「也許吧，但我去教堂還是會不自在。」

「為什麼？」

「因為我是這個社區的害群之馬。」她本打算對自己的發言嗤笑幾聲帶過，但他眼裡的那抹目光卻讓她一句話都說不出來。

有那麼一瞬間，她察覺到這個男人看穿了她身上那副脆弱的盔甲。若果真如此，那可是破天荒頭一回有人能看透她的內心。

大部分的人根本連試都不試。

7

昨天接近傍晚時，兩個男孩帶了一個枕頭與一條被子給蕾妮，於是她在樹屋度過的第二夜睡得比第一夜要安穩些。但她還是很晚才睡著，半夜醒來好幾次，所以她才決定去慈善食堂吃午餐前，先小睡一下。

她才剛躺下來放鬆身子想休息，就聽見一個男孩扯著嗓門喊：「嘿！蕾妮，妳在上面嗎？」

「我在。」她爬起半跪著，將頭探出樹屋的門，就瞧見她那個頭小小的房東們，手裡抱滿更多的補給品。

但這一次他們帶了一個年紀更小的男孩一道來。

「我們又找到一些用不著的舊東西給妳。」丹尼說。

「謝謝。」她的目光轉到新來的孩子身上，又轉回到丹尼身上，說：「我以為這是我們的祕密耶。」

「我知道。但這是傑森，是他先發現這個要塞的，所以我們得讓他知道。」

她不希望自己的祕密被傳出去，每多一個人知道她在這兒，她就越有機會成為整座城裡人盡皆知的新聞快訊報導對象。

他們說不定會在報紙頭版上這樣寫著：

住在樹上的懷孕少女。社工認為她神智不清，不適合當母親。

「傑森不會把祕密說出去的，他年紀雖然小，但很酷喔！」

是啊是啊，她是不知道若他只有五、六歲的話，到底能有多酷。不過這孩子看起來倒很可愛。

傑森扯了扯丹尼的上衣，說：「我得在我媽回來前到家，她已經出門一段時間了。」

「沒關係啦，我們只在這兒待一下就好。」丹尼放下手上的東西，然後一隻手遮在眼前擋住陽光，抬起頭看著蕾妮說：「他媽媽得帶他曾外婆去看醫生，所以他在我們家待一會兒。」

湯米看了看樹屋小徑四周密佈的叢林，說：「我不知道為什麼，不過他媽媽不喜歡他到探險小徑來，即使我們告訴她會好好照顧傑森。」

「探險小徑？」

「是啊，就是這條穿過樹叢的小徑。我們有時候是探險家，有時候到處狩獵，妳知道的嘛。」

她想她大概知道。

「傑森的媽媽實在很大驚小怪。」丹尼又說：「我媽也是，在有些地方啦，但我還在傑森這個年紀時，她就讓我來這裡玩了，那時候還沒有大孩子在旁邊照顧我呢！」

蕾妮要當個嚴格的母親，她不會讓自己的孩子吃垃圾食物或很晚才上床睡覺，而且也會確認他們做好回家作業。她甚至會看孩子從學校帶回來的活動通知，然後去參加園遊會或之類的活動。

她的一些朋友曾說過她很幸運，因為她可以自由來去，沒人管她。但她並不覺得自己幸運，若有人能關心她到會生氣的程度，那有多好？像傑森的媽媽，大概就是這樣。

她看著這個小傢伙，他年紀很小，或只是以這個年紀而言，身材很瘦小。

但還是有哪裡不對勁。

「你們說是他發現這棟樹屋的，如果他不准到這兒來，又是怎麼發現的？」

「只要他待在丹尼家，就會和我們一起到處跑。」湯米轉頭看著傑森，用手指把眼鏡推回鼻子上方，說：「小傑，抱歉，你媽媽人真的很好，但她老是把你當小孩子對待。」

她當然應該把他當小孩子對待，蕾妮這麼想。他本來就是啊。

「妳要我們把東西放在哪裡？」丹尼問。

「我下來拿。」蕾妮爬下去拿那些東西。

她一隻腳才踏在地上，就聽見有個女人的聲音在樹叢間迴盪著：「傑森！丹尼！你們在哪裡？」

「糟了。」湯米把一直拿著的木頭小墊腳凳遞給蕾妮，說：「傑森的媽媽回家了，他這下屁股要挨一頓打了。」

「才不會呢。」年紀較小的傑森說：「我媽媽才不信打屁股那一套。不過我還是得趕快閃人了，她可是很信吼人和暫時不准出來玩這兩招有用，還會一整個星期不讓我看電視或吃點心。」

「那你最好趕快離開。」蕾妮說。

丹尼對那條小徑點點頭，說：「我最好也趕快閃人了，我得確定他平安無事到家，不然我麻煩可大了。我晚點再回來收租金。」

「沒問題，但我四點之前可能不在。」她還沒找到工作，所以今天開始得更賣力尋找。但她仍想在天黑前回來。這附近的樹叢在暮色時分實在讓人毛骨悚然。

男孩們離開後，蕾妮得上下來回好幾趟，才把她的新家具全搬進樹屋裡。東西全搬完並收好後，她往後跪坐在自己的腳跟上，環視這間她暫時的家。

呵，她甚至還有藝術品呢！一幅小小的加框獵狐圖很快就能讓木牆增色不少，只要她找到釘子和槌子。

她也相當自豪能擁有一座電池發電的手持電扇，若天氣熱了，會很實用。

「上帝啊，請讓我在夏天之前能住進一個真正的家。」她嘀咕著。

她檢查男孩們帶來的米老鼠鬧鐘，推想現在大約快十點。她設定好鬧鐘時間，然後轉上發條，但她聽不到鬧鐘滴答的聲音。說不定這種鬧鐘是不會發出聲音的類型。

接下來她看了一眼那張三腳擱腳凳，她不確定能拿來做什麼用，也許當椅子吧？

總的來說，這間小樹屋越來越像一個家了，儘管她不確定這是好還是壞，不過她實在不希望這地方變得太舒適。

她一面將被子、枕頭收好擺在一旁，一面想著洞悉她祕密的那三個男孩。她實在希望自己能信任他們。

她也希望傑森不會被他媽媽修理得太慘，尤其是他可能會拿她住在樹上這個祕密作為交換條件，求媽媽饒他一次。小孩子有時候就是會這樣。

但至少他母親不會打他屁股，這點倒讓人欣慰。

蕾妮自己可是被人狠狠揍過不少次，其中幾次簡直慘不忍睹。但那已經是很久以前的事了，是她還住在海登家的時候。

那兒可有個女人相信打屁股這一套，不論是打她自己的孩子或是其他人的孩子。但一味回想過去有多悲慘，對蕾妮一點好處都沒有，尤其是她現在正積極努力要重新開始，開創一個美好未來。

她望了一眼鬧鐘，希望這鐘能更準時。若她回家前見到有人戴著手錶，她會重新設定鬧鐘。不過，她不認為現在已經十一點了。但也許早一點去教堂也無妨？若她比其他人先到，她可以自願去幫忙。當然，至少在她找到工作之前可以這樣做。這樣她就不會覺得自己只是個吃白食的人，而是可以做出某些貢獻，特別是若她一直偷偷多拿額外麵包或其他食物的話。

她有種預感，那叫做克雷什麼牧師的傢伙，昨天見到了她拿走那些麵包捲。她差點就要把麵包從衣服底下拿出來，道歉然後還給他們。但她的燕麥棒已經吃完了，而那些麵包讓她今早起碼有頓還算像樣的早餐。

她一面爬下樹屋，一面希望能有辦法把樹屋上鎖，因為現在屋裡有屬於她的一些家具了。然後她往教堂的方向走去。

她抵達慈善食堂時，注意到門是開著的，於是她邊張望邊小心翼翼地走進去，問：「嗨，有人在嗎？」

一名棕色卷髮的女子，也就是昨天穿著紅圍裙發放食物的那位女士，從廚房門口探出頭來，說：「嗨！妳好。」她帶著友善的微笑走向蕾妮，說：「現在還有點早，但歡迎妳先進來等著。」

蕾妮把雙手塞在牛仔褲的口袋裡，說：「呃，其實，我是想，如果你們需要幫手，我可以做一些打雜的工作，就算是報答我昨天吃的那一餐。」

「妳人真好。」這位女士在圍裙上擦了擦雙手，說：「我叫棠恩，如果妳願意的話，我很樂意派些工作給妳。」

「太棒了。」

空氣中滿是番茄醬、大蒜與羅勒的香味，蕾妮的肚子起了反應，大聲叫了起來。她隨著棠恩回到廚房時，問：「你們今天提供什麼食物？」

「義大利麵。」

「嗯，好吃！我最愛吃義大利麵了。」

「我也是。」棠恩說：「我們今天還提供沙拉、大蒜麵包，還有香草冰淇淋當點心，所以今天可是妳的幸運日。」

蕾妮當然希望如此。她過去可沒多少好運，但看來她好像真的會開始走運了呢。

週日上午，芭芭拉特地過來幫忙，陪著外婆幾小時，好讓克莉絲蒂能出門處理一些雜務。她也把車子讓給克莉絲蒂使用，因為外婆的車子仍然沒修好。

「記得帶上一份午餐，這樣你們就可以在公園待上一小時左右，我相信傑森一定會喜歡。」芭芭拉說。

克莉絲蒂的時間總是排得很緊，她沒能有多少時間好好陪陪兒子，所以她感激地抱了抱芭芭拉。

芭芭拉實在是上帝賜給他們的大好人，克莉絲蒂希望她和丈夫能一帆風順。哈瑞依然在和其他人競爭那份升遷調職，然而公司上層的決定一直還沒下來。

「其實這次升遷不太可能會成功。」芭芭拉曾這麼說過，但有時候就是會有好結果發生。

不過克莉絲蒂現在不想煩心這件事，她得專心開車。

車子轉進貝德福公園大道時，她瞧見一群青少年圍聚在一起。她以為那不過是一群閒晃的孩子，沒怎麼多想——直到她注意到是傑西被圍在中間。

一個滿頭粗亂金髮的高大男孩揍了傑西一拳，幾乎讓傑西當場就站不住腳。

她從手提包裡拿出使用預付電話卡的手機，那是她只打算在緊急時刻使用的奢侈品。要是傑森不在她車上的話，要是她……

喔，管他的。誰知道警察什麼時候會來？她不能就這樣無動於衷，眼睜睜看著他們這樣欺負一個可憐的傢伙。

她把手機放在儀表板上，按下喇叭，然後把車子停靠在路邊。

那群男生轉頭望向喇叭聲來源時，她將車窗整個打開，絕對足以讓他們聽見她的聲音：「你們這群傢伙到底在幹什麼？」

那名金髮少年，穿著鬆垮到掛在臀部邊緣的褲子，轉頭看著她，然後在胸前盤起手臂，說：「我們是在告訴這傢伙，他得到別處去混日子。」

「為什麼？他做了什麼傷害你們的事情嗎？」

「他是遊民！」另外一個少年說：「都是因為那無聊的慈善食堂！把這些人都引到美溪鎮來！」

「如果你們不放他走……」克莉絲蒂拿起手機，在他們面前閃過，說：「我就打電話給警察。」

「妳打啊，這傢伙只是暫時逗留在這裡，而且妳也知道，有管制遊民的法條。這些懶惰鬼應該都被抓起來關進去，直到他們改進，然後好好去工作。」

「傑西！」就像她脾氣快要爆發時對傑森發作的語氣，克莉絲蒂喊著：「快上車！」

「對，他需要有人載他到城外去。」一直囉唆個沒完的少年說道。

其他少年一面發出鼓譟聲，一面傲慢地移動位置，看著傑西快步走向車子。

克莉絲蒂替他打開車門鎖，他上了車，坐進乘客座位。

她按下車門鎖鍵，然後吐出一口氣——她根本不曉得自己之前一直在憋著呼吸。她將自動排檔換到駕駛檔，然後把車子重新開回馬路上。

車子一開到路上，她便對車後點了個頭，問：「剛剛到底是怎麼回事？」

「我只是在去教堂的途中，那個大聲叫囂的小孩就自作主張，要我打消想在美溪鎮安頓的念頭。」

「他們真不該這樣找你麻煩，抱歉。」

「這不是妳的錯。別人要怎麼想，妳無能為力，妳只能改變自己的想法。」傑西轉過頭看著傑森，然後露出微笑，說：「嗨，你好啊。你沒被嚇到吧？」

「我沒事。」

克莉絲蒂不確定傑森在車裡到底是好事還是壞事？但在這件事過後，她絕對會和他好好談一談。她當然不希望傑森長大後，變得像那些少年一樣冷漠無情。

她一面繼續開車，一面側過頭，目光越過汽車儀表板，看著傑西，問：「教堂的食堂在週日也開放嗎？」

「有，但下午一點才開，不過今天只發午餐盒。但沒關係，一個三明治加一片餅乾也很夠了。」

她想應該是吧。

她轉進教堂前的車道，見到教堂的停車場幾乎空無一車。顯然今天的禮拜已經結束了，大概這也是食堂下午一點才會開門的原因。

「你來得有點早。」她說。

「沒關係。」傑西指向一個走過停車場、正往自己車子方向前進的男人說：「我先晃一晃，再和克雷格牧師聊聊。」

陽光在這位年輕牧師的金髮上閃耀著，男人結實的身材與典型美國男人的俊帥外表，深深吸引住克莉絲蒂，讓她無法移開目光。但在其他人發現她的目光未免流連在牧師身上太久之前，她很快轉過了頭。

她實在還沒有準備好再投入另外一段感情，而即使她下次想找個好男人，一個好父親、好丈夫，她也知道最好別把眼光放得太高。對她而言，牧師正是如此高不可攀的對象。

就算她真的眼高於頂又如何？

但即使她願意與像克雷格牧師這樣的男人交往——而她可絕對沒存這個綺念——他也不會對別人用過的女人感興趣。

傑西伸手去握車門把，說：「多謝了，不只是因為這趟便車。」

「不客氣，我很高興剛剛多事。」

傑西站在打開的乘客座車門前，把頭又低下，探進車子裡，說：「我走之前，可以和妳兒子分享一個故事嗎？」

克莉絲蒂不知道他要說什麼，但她想也無傷大雅，便說：「沒問題，說吧。」

傑西單腳跪下，說：「很久很久以前，有一個喪妻的國王，他擁有一切——土地、黃金與權力。但他一生最愛，是他的女兒，一個才剛學會走路的小女娃。他只要一有空閒，就和他的小女兒在一起——直到他的王國發生了戰爭。

「國王知道軍隊唯一能獲勝的關鍵，在於他是否隨軍親自出征，但那即表示他必須將摯愛的女兒留給其他三個人照顧：保姆、階位最高的大臣，與一位計畫在王國內蓋一座禮拜堂的牧師。

「保姆是一位美麗的女子，國王希望她不只能在他離開時好好照顧關愛公主，並且能教導公主成為最有教養的淑女。大臣則是王國裡最具有智慧的人，所以國王指示他，要教導公主所有必須知道的一切事情，因為公主有一天會繼承王位。

「但國王不只要公主具有美麗的外表與智慧，因此他選擇了牧師。他希望這位服侍上帝的男人能以一切純淨、正義與真誠來引導公主的心。」

克莉絲蒂望了一眼傑森，發現他微微睜大了雙眼，聽得十分入神。她凝思著傑西分享這個特別故事的可能原因。

取悅她兒子，作為她好心的回報嗎？

傑西輕輕「嘖」了一聲，緩緩搖頭，說：「但很不幸地，保姆因為太美了，所以她只是成天站在鏡子前讚嘆自己的美貌。而大臣越來越忙，因為他替國王管理這個國家。這份職責很重要，也很累人，於是他認為不該把時間浪費在一個小小孩童身上，因為有太多重要人物需要他去關注。

「甚至連牧師都忙於建造禮拜堂，他白天忙著建造禮拜堂，晚上忙著佈道，好得到全國每一位人民的愛戴，讓每週日的禮拜堂長凳上都坐滿信眾。所以大部分的時間都沒有人去管小公主。」

傑西望了克莉絲蒂一眼，她想是要看看她有沒有在聽這個童話故事吧？她一直都在聽著。但他的目光暗示這個故事不只是說好玩的而已，而是擁有更深的含意。

他停了一下，又繼續說下去：「如果國王能回來，一如他自己所盼望的，情況就不會變得如此糟糕。但戰事又長又殘酷，國王必須在外多年，一直不在皇宮。但他仍舊相信——並且信任——那三人會全心全意照顧他的女兒。」

「但他們沒有。」傑森說：「他留在公主身邊的人，並沒有做好他們答應國王的事。」

「你說得對極了。那三個人被國王賦予重任，卻辜負了國王所託。很快地，小女孩就長大了。歲月讓保姆得到了報應，她的皮膚開始鬆弛，頭髮變得灰白，但她反而更把注意力放在外貌上，哀嘆自己逝去的美貌。大臣將這個國家治理得興旺繁榮，忘了還有位真正的國王。牧師已經蓋好了華麗的禮拜堂，並且累積數量可觀的信眾，他讚嘆自己此生的成就，很快就開始忙著數起每週不斷湧進捐獻箱的金幣。」

「那個小女孩呢？」傑森問。

「她開始相信自己一點都不重要，沒有什麼價值。」

「真令人難過，那些人都沒盡責好好教導她。」傑森說。

「事實的確如此，有好一陣子，她讓其他人偷走了她的價值感。」

「什麼意思？」傑森問。

「她完全不懂流行或是如何整理頭髮，但當她仔細瞧著鏡子，端詳自己的五官，卻不像保姆那樣迷戀讚嘆自己的外表時，她發現自己長得並不難看。而即使她沒受過教育，光憑著她成長所見，也已經學會了重要的一件事，那就是過多的虛榮、驕傲與貪婪會扭曲人的靈魂，讓人忘記生命的真正意義。

「接著，當她開始探視自己的內心時，她猛然領悟了一項令人吃驚的事實。一個她早該知道，卻幾乎忘記的事實。」

「什麼事實？」傑森問。

「那就是，她是公主，是國王的孩子，是深受父親寵愛的年輕女子。但在過去那段時間，她卻讓別人決定她的價值。直到她挺身站出，要求恢復她在王國的地位，這才得到原本就該屬於她的一切。」傑西直起身子，一隻手放在車門邊緣。

「這個童話故事還挺怪的，和其他的都不一樣。」傑森說。

「我想也是。」傑西露出微笑，轉頭對克莉絲蒂說：「公主，妳已經歷經了不少事，別低估了自己的價值。」然後他關上車門，轉身往教堂走去，留下她沉浸在他剛才說的那個故事中。

還有那些弦外之音。

她最後終於將車子開離路邊時，從乘客座位的車窗望出去，見到傑西正朝克雷格走去。

她很好奇，不知道他對牧師會說什麼樣的故事？

8

克雷格從後車廂搬出一箱紙盤與餐巾紙後，「砰」的一聲關上後車廂蓋。他才剛要往食堂走去，就聽見有腳步聲接近。他往腳步聲的來源轉過身子，瞧見傑西正往他這兒走過來。

傑西依舊滿臉鬍碴，即使今天並不像前幾天那麼涼，他還是身穿同一件深色外套。看來他一定沒有放置衣物的衣櫥。

克雷格注意到傑西臉上的微笑似乎很勉強，但他仍回以對方微笑，問：「嗨，傑西，最近如何？」

「還可以。你呢？」

「正在適應中。」克雷格對那棟組合屋後方點點頭，說：「我正要去食堂。來吧，我陪你一起去。」

傑西跟上克雷格，腳步微微拖在地上。他問：「你今天在食堂工作？」

「今天下午本來不用的，但我還是想和棠恩確認一下，確保一切都沒問題。」

「大家都很感激到這兒用餐的機會。」傑西說。

「教會見到這個需求，於是擔下責任。有些人只是需要一點協助，直到他們能重新振作為止。」

「你知道，講到那些需要協助的人，我前兩天才和一個人談過，他正想把一群弱勢孩子組織成棒球隊。」傑西說。

克雷格將箱子移到左手，這樣才能伸手去握門把。他說：「那很好。」

「是啊，我也是這麼想。所以，如果下週六你下午有空，可以順道來球場看看他和那群孩子打得怎麼樣。我想他一定會很感激你能提供的任何協助。」

克雷格從未向美溪鎮的任何人提起自己過去打棒球的日子，也無意提起。他說：「我不太會帶球隊。」

「是嗎？」傑西一面問，一面跟著克雷格走進食堂。

「你是說，因為我是牧師的緣故嗎？那好吧，在某方面來講，我算是適合。」但，真正說老實話，克雷格還比較適合在球隊打雜。他在一排桌子前慢下腳步，說：「你先找個位置坐下吧，我看看能不能湊合些午餐讓你現在先吃點。如果食物已經好了，還讓你等就沒意思了。」

「謝謝。」滿臉鬍碴、一頭亂髮的男人拉開一張椅子坐下。

「我馬上就回來。」克雷格抱著箱子進入廚房，棠恩和一名金髮少女正在裡頭包裝外帶午餐飯盒，那名少女昨天也在這兒用過餐。

「嗨。」他把紙箱放在流理台上，說：「今天有人來幫忙了。」

「這不是很好嗎？」棠恩對少女微笑，說：「多虧蕾妮，我們已經差不多都忙完了。」

「太好了，因為我們已經來了第一位客人，沒道理讓他在外面閒晃空等。」尤其是有些當地人正在抱怨「不良份子」的問題。但克雷格沒說出來，因為蕾妮會聽到。

棠恩拿過一個已經裝好食物的小飯盒，裡頭裝著一份三明治、一顆蘋果與一片巧克力碎片餅乾。她將飯盒塞好、蓋上，遞給蕾妮，說：「妳可以拿去給外頭那位客人嗎？」

「沒問題。」蕾妮伸手去拿一罐瓶裝水，問：「也要給他水嗎？」

「是的，可以請妳送過去嗎？」

少女離開後，克雷格緩緩走到棠恩身旁，問：「妳怎麼有辦法找到幫手的？」

「是她自願要來幫忙的，我就派了工作給她。我想這樣可以讓她覺得在這兒吃飯，沒那麼不自在。」

「真希望我們有預算能正式雇用她。」克雷格從敞開的門口望出去，見到蕾妮正在對傑西說話。「她昨天多帶了好幾個玉米馬芬回家，所以我有種預感，她平常吃的根本不夠。」

「那樣實在太可憐了。我會給她十塊美金，當作今天幫我做事的酬勞，我也會要她多帶一個飯盒回去。」

「好主意。若她明天又來，我會再多捐十塊美金。」當然，克雷格無法一直持續每天都給蕾妮十塊美金，也許他終究得替她找到一份正式的工作，儘管他仍毫無頭緒。

「你看她有幾歲？」棠恩問。

「很難說。我猜大概是十五歲，也許十六歲。」

「我也這麼認為。」棠恩將一綹棕色髮絲塞到耳後，說：「但她告訴我，她二十一歲。」

「我想有可能吧，有時候很難從外貌來判斷年紀。」

「我知道，但我還是懷疑。」

「如果妳擔心的，是她成年了沒有，她只要滿十八歲，就是成年人了。」克雷格說。

「你說得沒錯，我就是婆婆媽媽了些。」

蕾妮走回廚房，兩人的談話聲立刻停了下來。

「喬伊呢？」克雷格問棠恩：「我上午還在教堂見到他的。」

「他送羅傑斯太太回去了，她已經無法再開車了。」

「她住得有多遠？」克雷格望了一眼側牆上的時鐘，想著喬伊現在應該回來了才對，除非羅傑斯太太住在另一座城裡。

棠恩笑出聲來，說：「他通常會開車到麥當勞，買奶昔給她當零食，但我有預感，他也給自己買了一份，他那個人就是喜歡吃甜食。」

「所以他很快就會回來？」克雷格實在不想留下棠恩，自己先行離去。

「隨時會到。」

「那好吧，看來妳們兩人把前置作業都處理好了，所以如果妳們不介意，我要回去迪蘭科特家了。卡珊卓準備了週日大餐㉕，我實在不想拖太晚回去。」

「我去卡珊卓家吃過幾次大餐。」棠恩說：「她可是我們這兒的超級女大廚，料理得一手好菜，所以你最好快走吧！明天見。」

克雷格點點頭，走出了廚房。離開食堂途中，他順道停在傑西坐著的那張桌前，拍了拍這位流浪漢的背，手指擦過那件老舊外套肩膀處的磨損接縫。他說：「希望明天還能再見到你。」

「我想應該會的。」

克雷格離開食堂後，走向自己的車子。他將車鑰匙插入駕駛座車門時，瞄了一眼對街的遊樂場。今天的遊樂場算是相當冷清。有一家四口坐在公園中央一株巨大桑樹的樹蔭下用餐，還有兩個男孩在草地上和一隻狗玩著飛盤。但他的目光卻落在並肩盪著鞦韆的一名女子與一個小孩身上。

他一認出那頭紅髮，手上的動作便停了下來，認真看了一下克莉絲蒂．史密斯與她兒子。

他發現自己不知為何收回了車鑰匙，放進口袋裡。他有上百個理由走到公園去向她打招呼——都是和教堂事務有關的。

首先，她是教區居民的外孫女。再者，身為牧師，他有責任邀請她來參加週日禮拜，並且確保她出席時不會覺得不自在。

她同時也會是香娜．迪蘭科特婚禮上的伴娘，除非這個計畫被全盤推翻，儘管他隱隱察覺到這並非不可能。所以呢，說不定萬一他會被叫去調解糾紛，現在多認識她一些也無傷大雅。

於是他邁步越過馬路，一面往遊樂場走去，一面仔細端詳她。

上週三晚上她曾稱自己是害群之馬，但他看著她在自己的小兒子身旁盪著鞦韆，無憂無慮，盡情大笑，她長長的紅色卷髮在輕柔海風中飄揚，看起來一點都不叛逆與難相處。

另一方面，「負責」這兩個字浮現在他腦海裡。很多人會把一個難以相處又行動不便的女人直接丟到療養院，這對他們而言容易多了，但過去七年來，克莉絲蒂卻一直把外婆留在家裡照顧。

㉕ Sunday dinner，此處dinner非指晚餐，而是一週裡只有在週日才會吃到的豐盛餐點，通常於下午兩點左右開飯。

他跨過草坪，往鞦韆架走去時，發現克莉絲蒂一點都不符合他之前的預期。當然，她身材高挑，又有一頭紅髮，一如迪蘭科特家所暗示過的，但她身上那件過大的上衣與鬆垮的牛仔褲卻讓她看起來平凡，一點都不像卡珊卓口中那位擁有修長美腿、讓男生為之瘋狂的狂野女孩。

他走到沙場邊緣，微笑說道：「在陽光底下玩耍真不錯。」

她抬起頭，滿臉訝異，說：「喔，嗨。」

「妳常到公園來嗎？」

「還不夠常來。」她停下用腳推鞦韆的動作，鞦韆便慢了下來。她說：「芭芭拉，就是那天晚上你見到的那位女士，正在替我照顧外婆，所以我能外出辦些事。」

克雷格認為她是個好母親，特地排出時間陪兒子玩。他母親以前也會這麼做。他問：「所以在公園玩，也是妳要辦的事情之一？」

「沒錯。」克莉絲蒂雙腳擦過沙地，更加減緩鞦韆的衝力，然後說：「但老實說，我們應該要辦完事才來公園，而不是一開始就先跑來玩。」

「所以妳想自由放縱一下，便改變計畫了？」這樣的她才比較符合他之前從別人口中聽來的印象。

「那些自由自在的日子恐怕已經離我很遙遠了。」她的嘴角幾不可見地揚了一下，說：「其實，我在去雜貨店採買的途中，遇見幾個少年在騷擾流浪漢。我趕走那些少年，把那位流浪漢載到教堂的慈善食堂。既然教堂對街就是公園，我便決定先來這裡。」

「妳說的一定是傑西。」克雷格說。

「是他沒錯。你也認識他？」

「我來城裡的第一天就認識了他。」克雷格將雙手伸入褲子口袋裡，感覺到車鑰匙就躺在口袋底。他讓車鑰匙繼續擺著，問：「為什麼那些孩子要刁難他？」

「他們要他收拾東西快滾，不過我懷疑他連行李箱都沒有。」

「我就怕這樣的事情會發生。社區裡已經有人向我們抱怨，他們不喜歡見到城裡出現遊民，要我們把食堂移到離公園很遠的地方。」

「眼不見為淨嗎？」微風將一綹紅色卷髮吹拂過她的臉頰，她將頭髮撥開，說：「那樣實在很不好。」

傑森原本在母親身旁盪著鞦韆，這時從鞦韆上跳了下來，雙腳落在沙地上。他重心不穩踉蹌了一下，一屁股跌坐下去，接著又馬上跳起來，跑向溜滑梯。

「他真可愛。」克雷格說。

「他是很可愛，他實在是上天賜給我最好的禮物。」她轉身呼喚兒子：「傑森，我們就要走囉。」

「不要嘛，媽。」他皺起小臉，說：「一定要那麼快走嗎？」

「寶貝，對不起，我還有很多事情要辦，而且我們得在兩點之前到家。」

克雷格猜是為了要接替護士照顧外婆。他問：「妳外婆還好嗎？」

「還不錯。很抱歉那天晚上她讓你難堪。她臥病在床太久了，讓她整個人都變了。信不信由你，她過去可是人見人愛。」

「我聽說她過去在教堂很活躍，所以我並不會感到驚訝。」

克莉絲蒂在鞦韆完全停下後，站起身子，說：「我們也常常被她那乖戾的脾氣折騰，但顯然那天晚上你完全知道要對她說什麼。你離開之後，我沒聽到半句抱怨，那可不尋常。」

「這個嘛，一開始我也不曉得如何是好，然後我找到另外的方向切入。」

「喔？是嗎？」她離開鞦韆走向他，問：「我一直很歡迎別人給我建議。你到底做了什麼，她才沒把你轟出去？」

克雷格不是很確定喬治牧師會怎麼想，或是神學院那些教授會怎麼說，但他當時的坦率與誠實，多少緩和了老婦煩躁易怒的語氣。他說：「我告訴她，人生有時的確會跌到谷底，她說的一點都沒錯。壞事有時發生在好人身上，是很不公平。」

「你感同身受地附和她的話？這招有效？」克莉絲蒂皺起眉頭，凝思著他對外婆說的這番話。「其他人都只是想引用聖經裡的話，說些振奮人心的陳腔濫調，結果只收到反效果。」

「我不是說我用的方法正確，或其他牧師也會贊同。但她並沒有回嗆我。」

「好吧，聽起來總是個好兆頭。」克莉絲蒂笑了，那雙碧綠眼眸也一下子明亮許多。

她真該更常微笑的，她實在比他之前所以為的要美麗多了，即使她臉上沒有化妝。或者，大概正是因為她沒有塗抹那些女人用來撐起美貌的化妝品。她整個人散發出一股健康清新的感覺，相當吸引人。

「下次她再抱怨的話，我得記住要附和她。」克莉絲蒂的語調有些輕快。

克雷格感覺她彷彿在取笑他，卻又不是很確定。

「但恐怕不只如此而已。我也承認我能認同——至少能稍微認同——她所經歷過的那一切。」

「怎麼說？」

他並不是有意要切進和棒球有關的主題，他也不想現在談起，但他想自己還是得給克莉絲蒂一個解釋，便說：「我告訴她，我在高中時曾經想打職棒，但一生難求的機會到來時，我卻受了傷，不得不推掉了那個機會。」他沒提在那之後他被迫做出的決定。

又何必呢？那並不關其他人的事。況且，他也不希望城裡有人懷疑他的心思其實並沒有真的放在傳教上。那會讓他變成什麼樣的牧師？

他看了一眼手錶，發覺已經花了太多時間在公園裡，便說：「我最好趕快回去了，週日大餐還遲到，實在很不禮貌。」

「而且很蠢。」克莉絲蒂說：「迪蘭科特太太燒得一手好菜，也很會招待客人。」

克雷格想到了婚禮，卡珊卓曾在今天的早餐桌上提過她要如何詳盡安排一切，但他沒把這件事說出口。迪蘭科特夫妻倆都對女兒所選擇的伴娘人選不是很中意，而他隱隱知道，克莉絲蒂知道的話，也不會特別驚訝。

不論如何，他都不想冒險把事情搞砸，也不打算去蹚渾水，除非情況逼得他不得不選邊站。於是他從遊樂場旁退開一步，說：「週三傍晚見了——如果我去探望妳外婆時，妳在家的話。」

「我那天完全沒有排工作，所以你說不定會見到我。」

他本想說：「太好了」，但還是忍了下來，而是說：「你們慢慢玩吧！」

然後他走過草皮，朝教堂停車場的方向而去。

令他驚訝的是，他居然真的期待週三晚上去探訪羅瑞安了。

而這和教會事務一點關係都沒有。

棠恩站在蕾妮身旁，兩人站在作為餐點提供處的桌前，發放午餐飯盒給每個前來食堂用餐的人。

週日的慈善食堂通常只提供輕食。儘管長老會成員之一的查理·艾姆斯曾建議安息日完全不供餐，但其他人卻同意即使是週日，大家也需要進食，而簡便的午餐飯盒不用費太多力就能完成。

棠恩並不介意額外的工作，這樣能讓她保持忙碌，不去想那些傷心事。不然每次喬伊去值班，偌大的空蕩屋子裡只留下她一個人穿梭時，那些悲傷有時甚至會將她整個人淹沒。

所以她很感激蕾妮今天的陪伴，當然，還有她的協助。工作空檔時，能有個人說說話，實在不錯。況且，棠恩特別關心孩子，而她認為蕾妮正是一個孩子。這女孩絕對不可能已經二十一歲了。但就像克雷格牧師說過的，十八歲是個神奇的年紀——不論她的外貌看起來像幾歲。

只是，棠恩再次冒著被發現的危險，斜眼瞧了一下身旁這位嬌小的金髮女孩，看著她大概是第十次撫摸著自己的腹部。不論是寬鬆的衣服或隆起的肚子，平常都不該在一個少女身上見到。這個年紀的女孩多半穿著貼著身體的緊身上衣，露出細到快折斷的小蠻腰。

棠恩也曾有過一副好身材，但十五年的婚姻與數次流產的懷孕，讓她增加了不少體重，變成現在這副所謂的豐腴身材，只比敦厚、穩重，或講白了就是發胖，好聽一些。

所以要分辨懷孕或是吃了太多份點心而肚子變圓，對棠恩來說並不難。

自從棠恩與喬伊想成家以來，她便一直特別注意懷孕的母親，並能在人群擁擠的房間內一眼就瞧出誰有著母性光輝，或是誰的肚子因為懷孕而隆起——她曾一度願意付出任何代價，只為了擁有那樣的光輝與隆起的肚子。

所以這孩子的確很有可能懷孕了。若真是如此，實在不公平。

為何有人如此輕易就能受孕，有人試了多少年，卻只能月復一月地不斷失望痛哭。

棠恩與喬伊兩人年近三十才成婚，延後生兒育女的計畫，直到他們買了房子。五年前他們找到了理想的居住地點，一處佔地廣大的家，擁有四間臥房與寬廣後院，以及對孩子極為友善的好鄰居。

但他們的計畫卻不如預期中那樣順利。

幾次令人心碎的流產與因此而導致的子宮切除，終使棠恩不得不接受她和喬伊永遠都不會有孩子的事實。

他們當然討論過領養孩子，但不久棠恩的母親生病了，於是她大部分的時間花在開車載媽媽去洗腎、看醫生，直到上個月她過世為止。所以她和喬伊一直沒時間填寫那些申請文件。而據她所知，現在能供領養的嬰兒短缺，而想要領養他們的父母卻排到了天邊。誰知道他們要等上多久呢？

她又偷偷看了一眼蕾妮。又來了，蕾妮又在撫摸著自己圓滾滾的肚子。

棠恩想，也許這女孩天生就大肚子，但又不太可能。蕾妮那雙嬌小細緻的手，和她臃腫的身體中段根本不搭。

「妳老公還沒回來耶。」蕾妮的話讓棠恩從沉思中回過神來。「妳想是不是出事了？像是車子爆胎還是其他問題？」

「有可能，但他有手機，所以要是出了事，他早就打來了。我想很有可能是他和羅傑斯太太閒聊起來了。她丈夫最近才去世，他們結婚已經有五十六個年頭，她因此變得很寂寞，喬伊很同情她。我想他正在替她做些雜事或修理什麼東西吧。因為她沒有孩子，沒人照顧她。」

棠恩猛地領悟到自己未來也會陷入羅傑斯太太目前的悲慘處境，她努力克制自己的臉龐，不要因一陣悲痛而肌肉抽搐或蹙起眉頭。

她的未來就是這樣嗎？她會在暮年時孤單無助，只能等著鄰居或朋友來幫忙，開車載她出去，替她修理塞住的水槽嗎？

蕾妮將一綹油亮頭髮塞到耳後，笑說：「這樣挺酷的，妳不覺得嗎？」

「什麼東西很酷？」棠恩想她沉浸在自己未來的寂寞命運時，恐怕是漏聽了什麼。

「妳老公真是個好男人，對一位老婦人這麼好。」

「喬伊總是對老年人特別心軟。」

「為什麼？」她問：「我不是說這樣很怪，而是老人家都有點……嗯，這麼說吧，以前和我住在同一棟公寓裡的老人家，都很刻薄，而且脾氣很暴躁，所以我都盡可能離他們遠一點。」

「喬伊來自大家庭，他的祖父母就住在家裡，陪著他一起長大。他們都已經過世了，喬伊很想念他們。」

蕾妮似乎對這點思考了一會兒，然後說：「我很高興知道這世界上還是有真正善良的好人。」

棠恩猜蕾妮是被某個不怎麼善良的壞傢伙弄大了肚子——若她真是懷孕的話。但她再次聳聳肩，不去想這個可能性，說：「妳說得沒錯，喬伊是好人。我遇上他，實在幸運。」

韓戰退伍老兵傑洛德．馬汀戴爾，從與哈維．金曼一塊兒坐著的桌前站起，對棠恩揮手，大喊：「明天見！我得回去了，鄰居要我在他們不在家時，把狗放出去跑一跑。」

棠恩也對他揮手，說：「傑洛德，祝你有個愉快的下午。」

「他看起來人也不錯。」蕾妮悄悄說。

「記得提醒我，把羅傑斯太太介紹給妳認識。她一點都不難相處，我想妳會喜歡她的。」

「好啊。」

棠恩情不自禁地開始猜想蕾妮之前是住在什麼樣的地方。實在很難去想像，所有的年長住客都很刻薄。但最讓她憂心的，還是蕾妮目前的狀況。

「妳現在住哪？」她問。

「離這不太遠。」

「哪條街呢？」

蕾妮停頓了很久，彷彿記不起街名，然後說：「樹叢街。」

棠恩是知道樹叢道在哪裡，所以蕾妮講的一定是某條小街，但她就是想不起來有這樣一條街。她又問：「妳住在獨棟房子裡？還是公寓？」

「我想那算是某種套房公寓吧。很小，但很乾淨。裡頭有裝潢，而且視野很棒，所以也沒什麼好抱怨的。」

至少她有家可歸。但棠恩猜她大部分的錢都拿去付了房租，說不定就是因為這樣，她才會來慈善食堂用餐。

「妳和其他人同住嗎？」棠恩不知道她是否有父母或朋友。

「我一個人住。」

也許棠恩關心得太過頭了些，但她有種感覺，蕾妮這些年來身邊並沒有太多人支持她——不管她實際上和其中多少人同住過。

不論如何，和這少女保持友好，也無傷大雅。她說：「克雷格牧師提過妳想找工作。妳進行得怎麼樣了？」

「不是很順利。我和幾家店的經理談過，像是乳品店和眼鏡店，但他們現在都沒有要徵人。我在陽光小館留下一份應徵資料，但我沒有電話，沒辦法留電話給他們，只好每天都去問。」

陽光小館是一家位於桑果公園對面的時髦小餐館。事實上，她提到的這些店全都在公園附近，她只在這個區域找工作嗎？

棠恩望了一眼時鐘，注意到已經快要一點半了。喬伊一定是在替羅傑斯太太修理什麼東西。但她開始納悶為何他一直都沒打電話過來。

她正要回廚房拿出手機，檢查他是否打過電話，食堂的門打了開來，海蓮娜．維佛利走了進來。海蓮娜曾是一家當地建築配管承包商公司的經理，在一場車禍中被無險駕車人[26]撞上後，從此行動不便。

「海蓮娜，妳來得正是時候。」棠恩對她露出溫暖的微笑。

「很抱歉我遲到了。我上半身側邊一直痛得要命。」海蓮娜說。

「那真是太糟糕了。」棠恩伸手去拿飯盒準備遞給她，問：「妳去看醫生了嗎？」

「我的健保[27]已經到期了，現在又是月底，我手頭有點緊，所以一直盡量拖著不去看醫生。」

「妳何不去社區診所看看？」棠恩把飯盒遞給她，說：「我想那兒有收費遞減服務[28]。」

「我想我得去那兒看看了。」海蓮娜用一隻手拿過飯盒，另外一隻手則接過蕾妮遞來的水，問：「我從沒去過那地方看病，在哪裡？」

「在第四大道上，離小學不遠。」

海蓮娜帶著午餐去桌前坐下，棠恩看著她一拐一拐走路的時間比平常更久。這可憐的女人日子實在過得辛苦。

「第四大道離這兒有多遠？」蕾妮問。

「怎麼了？妳需要去看醫生嗎？」

---

[26] Uninsured motorist，無保險之駕車者，亦即駕車者並未加保汽車相關保險，駕駛撞傷人後沒有保險公司可支付理賠給受害者。

[27] 美國尚無全民健保，人民須自行購買醫療與健康保險。

[28] Sliding scale，依照患者收入付費。

「我……呃……也許應該要。」

「妳生病了嗎？」

蕾妮再次遲疑著沒有馬上回答，然後說：「不算是。我只是想我該去打個預防針或什麼的。」

棠恩試著不去對蕾妮的解釋有任何反應，但她壓根不信打預防針這套說法。

這女孩絕對是懷孕了。

9

週一晚上，克莉絲蒂從酒吧打電話給芭芭拉，告知她又要加班。她原本希望在七點前能到家，但事情接踵而來，直到晚上九點，她才有辦法到公車站去等車。

芭芭拉原本像以前那樣願意借她車子，但克莉絲蒂卻婉拒了。要是有什麼緊急狀況發生，而芭芭拉需要交通工具時怎麼辦？

不過，此刻克莉絲蒂沿著住家附近的寂靜街道走路回家，一路上只有幾盞路燈還算明亮，她兩手伸進牛仔褲口袋裡，想讓手保持溫暖。她衷心希望這是她沒車可用的最後一個晚上——也的確是有這個可能。

有位酒吧常客是汽車修理店的老闆，他知道她一直搭公車通勤上班後，同意若她明早把車子開到他店裡修理，可以給她優惠折扣。

他說，若她沒辦法把車開到店裡，就叫人拖吊過去，這樣也許還比較省事。但即使她修理汽車能有折扣，還是得想辦法讓每個月的收支盡量平衡，不然她就得再次動用已經不斷減少的存款，她實在不想這麼做。

即使不是數學天才，也知道按照這種花錢速度，不到一年就會花光所有存款，到時候她要怎麼辦？

若她有虔誠信仰，大概會試著祈禱，但她曾祈禱過，而上帝似乎沒怎麼注意她，或是她的需求。

顯然祂也沒怎麼注意外婆的需求，外婆幾乎將一生都奉獻給教會與他人，若上帝連外婆這樣的好人，都沒有聽取她的需求，又何必把心思放在克莉絲蒂身上？

她走到家附近，注意到人行道上處處可見垃圾桶與回收容器，提醒她得把家裡的垃圾與回收物也拿出來。

令人難過的是，她已經開始用收垃圾的日子來記錄逝去的每一個星期[29]，每次她一回過頭，就又是一個週二清晨。

她打開前門走進屋內，盡量不弄出聲音，以免吵醒任何人。

屋裡燈光昏暗，電視開著，但聲音轉小了。芭芭拉在沙發上打瞌睡，腿上蓋著那件針織阿富汗披肩。

「芭芭拉？」克莉絲蒂低聲喚。

這位護士猛地坐正，眨眨眼，說：「喔，親愛的。我不小心睡了一下。很抱歉，我不是故意的。」

「不要緊。對不起，我這麼晚才回來。」

「沒關係，我知道酒吧很缺人手。」芭芭拉站起身，將披肩折好，說：「但恐怕我同時有好消息和壞消息要告訴妳。」

「是什麼消息？」

「哈瑞打電話來，說他得到那份升遷工作了。」

克莉絲蒂的心往下沉，但她仍努力擠出不受情緒影響的真心微笑，說：「雖然要找到人代替妳很難，但我知道哈瑞的升遷和搬到洛杉磯，對你們而言都是好事。」

「謝謝。老實說，我真的很高興，這表示我終於能退休了，但同時也代表我們得搬家了。」

「多快要搬走？」

「這就是棘手的地方了。他下週就要上工，我不懂他們為什麼花這麼久的時間才做好決定，卻告訴我們一切都得動作快。公司會買下我們在美溪鎮的房子，幫我們重新再找新房子，但還是有好多事情要做。我們得和科斯塔梅薩[30]的一位房屋仲介談談，還有……唉，我甚至不確定該先從哪裡著手。」

「我得開始找人來接替妳的工作了。」克莉絲蒂說。

「實在很抱歉，讓妳這樣為難。」

「不用感到抱歉。」克莉絲蒂微笑說：「這就是人生。」

而說到人生的話……

說來還真是巧，克莉絲蒂今早要離家去工作前，接到了迪蘭科特太太的電話，邀請她週五晚上一同與迪蘭科特家的未來親家聚餐。克莉絲蒂實在很想回說自己因為要工作所以沒辦法去，

[29] 美國大部分地區一星期只收一次垃圾，收垃圾時間由各地自行制定。依照原文，美溪鎮收垃圾時間可能爲週一晚間或週二上午。

[30] Costa Mesa，位於加州橘郡內的一座城市。

這的確也是事實。但她已經答應了香娜要插手這件事，而她首次得為這位未來新娘挺身說話的場合，就是這場特別安排的親家聚餐。所以她得設法出席，儘管她寧願去和牙醫預約做根管治療。

「記得我提過有人邀我週五晚上去吃晚餐嗎？」克莉絲蒂問。

「記得。我那時說過那天晚上我有空，但現在沒辦法了。哈瑞得到了那份升遷，他週末會開車去歐文市[31]，看看新環境。他週五下午就要去見新上司，所以他希望我們中午左右就離開這裡。希望這不會對妳造成困擾。」

事實上，的確會，但沒必要承認，讓芭芭拉對她無能為力的事情感到歉疚。於是克莉絲蒂說：「妳別再多想了，我相信總會有辦法解決的。」

反正在最糟的情況下，她可以請丹尼的母親，馬莉亞．若德奎來幫忙帶孩子。但馬莉亞得照顧三個孩子，還有份工作，也是忙得不可開交，而且克莉絲蒂實在很討厭自己總是開口麻煩別人。

「妳週三晚上能來嗎？」克莉絲蒂問：「我可以和珊卓拉調換週五的班，不過她只有那一天能和我換班。」

「週三沒問題。」

也許芭芭拉沒問題，但對克莉絲蒂而言卻似乎是個問題，因為這樣一來，她就會錯過克雷格牧師的探訪了。但說真的，她不能心裡老記掛著這件事。若她居然會對一名牧師心動，那她一定是瘋了——不管他長得有多英俊。

有那麼一瞬間，她忘了自己過去的不良紀錄，腦海中浮現傑西的童話寓言，但沒多久後她就回到了現實。克莉絲蒂根本就不是什麼公主。她也絕對不會和牧師約會——若克雷格真的跑來約她出去的話。

「好了。」芭芭拉拿起手提包與外套，走向門口，說：「我得走了。」

「我也得把垃圾拿出去。」

芭芭拉上車啟動引擎，克莉絲蒂則走到屋側，打開柵欄，把垃圾桶拖到街上。塑膠容器拖過水泥車道的聲音在夜裡迴盪，今夜聽起來特別清晰與冷清。

「需要幫忙嗎？」一個男人問。

突如其來的男聲嚇得克莉絲蒂整個人往後一跳，然後四處搜尋，想看清是誰在說話。

是傑西。

她很訝異見到傑西出現在自家屋前的街道上，有那麼一瞬間，她覺得不安，但他眼裡流露出的溫暖與柔和，掩飾了他無家可歸的無助和絕望。

一陣冷風吹來，他打了一個顫。

她注意到他只穿著一件破舊的長袖上衣，便說：「你的外套呢？前些天晚上你還穿在身上的。」

「今天下午天氣很暖，我便脫下了，但顯然有人比我更需要。」

「有人偷了你的外套？」

㉛ Irvine，美國加州南部城市。

「如果他們只是想借穿的話，他們忘了告訴我一聲。所以我想他們比我還需要那件外套。」他對她露出苦笑。

「在這兒等我，我拿件外套給你。」她回到屋裡，爬上樓梯，來到一間無人居住的房間，外婆把過世丈夫的遺物都放在這兒。房門多半時候關著，克莉絲蒂進去只是為了打掃。

進房後，她摸索著找到電燈開關，打開了燈，照亮整個房間。她環顧房間內部，吸進一股時間與回憶的淡淡霉味，還帶著些許她上週用來擦拭古董家具的檸檬油味。

窗邊有一張鋪著老舊絨織床罩的雙人床，佔據了房間大部分的空間，窗戶上裝飾著一層蕾絲薄窗紗，另有一層拉下的實用遮陽布帘。

深色橡木的床頭櫃上擺著一部黑皮聖經，書背已經磨損破裂，聖經旁放著一支菸斗、一副角框眼鏡，與一座金葉鑲邊的華麗古董鬧鐘。

外婆中風前，克莉絲蒂曾好幾次發現她在這間房間裡，拿著一件舊法蘭絨上衣貼在鼻尖，想要嗅進多年前便已辭世的丈夫氣味。

克莉絲蒂從未見過史坦．史密斯。克莉絲蒂母親還在念高中時，他便去世了，但衣櫃裡仍塞滿他的衣物。

她無法理解外婆為何把這些東西都留下。克莉絲蒂還小時，有好幾次曾溜進這個房間裡四處窺探，想要了解外婆曾深愛過卻又太早失去的那個男人，是個怎麼樣的人。但那種彷彿侵入聖地的壓迫感總是讓她受挫，於是她會趕緊再溜出去，一如她溜進來時那樣迅速。

但今晚她可不會了。

她不再去想那些關於聖地的敬畏念頭，往衣櫥裡搜尋，想要找一件外套給傑西。衣櫥裡有好幾件外套，她卻選了一件尼龍材質的藍色鋪棉外套。她想這件大概比較保暖，還能防雨。

她一時興起，檢查外套口袋，只是想確定裡頭沒東西。

但口袋不是空的。

其中一個口袋鼓得很大，於是她打開口袋拉鍊，伸手進去，拿出一個對折的白色信封。還沒拆開信封，她就猜想裡頭可能裝著錢。

她打開信封蓋往裡頭瞧。「哇喔！」她拿出一疊百元美金鈔票，算算超過五千美金，這筆意外之財可以讓她和外婆再撐上好一段時間，不用被迫賣掉房子。

仍未從突來好運的驚嘆中完全恢復過來，她帶著現金回到自己的臥室，把錢藏在手工雕製的松木音樂珠寶盒裡。木盒底部有一層假的襯底，很適合用來藏東西。她把珠寶盒放在床頭櫃的第一個抽屜，好好保管。

藏妥錢之後，她帶著外套去屋外找傑西，把衣服遞給他。

他仔細檢查外套，輕輕撫摸鋪棉衣料表面，又將外套緊貼在胸前，然後才將手臂套進外套袖子裡。他那總是讓人驚豔的藍色眼眸現在更加明亮了，他說：「謝謝妳，克莉絲蒂。妳不知道我有多感激妳的大方。我一定會報答妳的善心。我不再需要這件外套時，也一定會還給妳。」

克莉絲蒂大可以記下他說的話，日後把外套追討回來，但她不會費這個工夫去要回來的。

「你沒欠我什麼。這件外套放在屋子裡好多年了，放著也沒什麼用。所以請你留下這件外套吧！我很高興終於有人能穿上它。」

「謝謝妳。」那雙令人讚嘆的藍色眼眸凝視著她，說：「妳看起來很累，妳不該這麼累的。」

「我想我的確是累過頭了，大部分是因為我要兼顧太多事，總是蠟燭兩頭燒，一切卻沒多大進展。」

她知道那筆錢是幫上了忙，但她還是得找到一個符合資格的人，在她工作時照顧外婆和傑森。若只有傑森需要照顧，她可以讓他放學後去基督教青年會[32]，然後只上白天班。但外婆需要有人能居家照顧。

「讓事情更棘手的是，之前照顧我外婆的人走了，她同時也是傑森的保姆。」她又說。

「是嗎？那實在太糟了，不過我知道有人正在找一份像這樣的工作，我可以誠心推薦她。」

「是誰？」她才問出口，便想到她需要找的人，應該要有更可靠的推薦人，而不是一個她才認識不久的流浪漢。

「她叫做蕾妮。人很年輕，但很善良，而且她也需要一份工作。她收的費用說不定比妳之前那位還要低，對妳們雙方都有益。」

「我得先和她談談。而且這份工作也沒那麼容易。我外婆之前已經把那些看護轟走過好幾次，所以現在也說不準她能做多久。」

「妳和祖母相處的時間不多了。」傑西說：「所以好好珍惜妳和她在一起的時間。」

雞皮疙瘩沿著克莉絲蒂的手臂冒出來，但不是因為寒冷，更多是因為不安。

這聽起來實在太像某種預告或是預知，尤其是傑西之前說過他有某種「天賦」。

但她不會讓自己受到影響。

他所揭露的不過是很容易就能猜到的預測。外婆已經年近八十，身體又不好，人生已走到暮年。只要稍有常識，都能推斷她大概不久於人世了。

於是她驅走自己的不安。

傑西也許與眾不同，但他實在太過神祕兮兮，說的話讓人難以信服。

「嘿！蕾妮！」丹尼的聲音在樹叢裡響起。

週一到週五，每天只要學校放學後，這幾個小男生就會出現。蕾妮發現自己很期待他們的到來，不是因為他們會帶更多東西給她，而是其實能有人和她說說話解悶也不錯。

她從樹屋的門口探出頭，看見他們扛了更多禮物過來。

這次傑森又跟了過來，這似乎不是好主意，尤其是他媽媽並不喜歡他來樹叢區，不過蕾妮不會因此對他唸個不停，而是爬下了樹，檢查這次他們帶來的東西。

丹尼拿著一個用鐵條衣架做成的鳥籠，裡頭裝飾著一隻假金絲雀、人造的紅花與綠葉。他說：「我想妳會想把這東西找個地方掛起來。鳥是假的，不過還挺漂亮的。」

若她有得挑選，才不會選這種東西，但她會找到地方放的。

湯米舉起一個拿著步槍瞄準目標的鍍銀士兵小雕像，說：「這很酷吧？」

㉜ YMCA。

蕾妮皺了皺臉，說：「大概吧？若你喜歡大英雄[33]卡通的話。」

湯米把眼鏡推回鼻樑上，仔細端詳手上的小雕像，問：「有什麼不對嗎？」

若她有個真正的家，也許會拿這玩意兒擋門用。她說：「我想男生才會覺得這東西很棒。」

「我早告訴過你，她會比較喜歡那幅邱比特畫像的嘛！」丹尼說。

蕾妮的目光很快掃過所有物品，說：「你們是從哪裡拿來這些東西的？我不想讓你們因為拿這些東西過來而被人責罵。」

「這些都只是沒人要的舊東西而已，有些是在我們家閣樓裡找到的，這個軍人是在我家車庫找到的。我媽媽只在屋裡放她要的東西，我想她正打算把這東西送給救世軍[34]二手商店。」湯米臉上一喜，說：「嘿，有意思。」

「什麼？」

「你們看，一個金屬小士兵要去救世軍了？」他笑出聲來，但在場其他人沒人跟著笑。

傑森拿著另一個時鐘，這時鐘又大又笨重，但有著美麗的金色鑲邊。蕾妮納悶這會不會是古董？

「你確定這是沒人要的東西？」她問。

「是啊。」傑森說：「我在我們家堆舊東西的房間裡找到的。那間房門通常是關起來的，但今天早上門卻是開的，所以我就進去找找有沒有什麼妳能用的東西，然後就找到了這個。我想這鐘還能用，但可能需要電池。」

蕾妮更加仔細地研究了一下這個時鐘，它有一個能上發條的小玩意兒，太好了，因為她這兒可沒有電。於是她試著轉了一下發條，時鐘果真開始滴答響了起來。

「太棒了，這時鐘沒壞。謝謝。」

等她有了新的落腳處，絕對會帶著這個時鐘。

她看了一眼年紀最小的傑森，問：「嘿，你又跑到這裡來，不會惹上麻煩嗎？」

「才不會。直到我媽把車從修車的地方開回來為止，我都會和丹尼在一起，負責看著丹尼的人是華特，他說我可以來探險小徑。所以要是我媽生氣了，她得去對一個大人生氣。」

「是啊。」丹尼說：「華特很酷喔！他是有點老，妳會以為他大概忘掉當小孩的滋味，但他還是記得很多他小時候玩過的有趣玩意，而且他認為樹叢很適合我們玩耍。」

蕾妮抱著一堆東西爬上樹時，一隻涼鞋從木階上滑了下來，她攀著木階的雙手同時一鬆，身子失去重心，她整個人摔到了地上，臀部重重落地。

她睜大雙眼，雙手立刻摸上腹部。她希望沒傷到什麼地方——或是把寶寶給震鬆了什麼的。

「妳沒事吧？」湯米問。

「希望沒事。」她本來打算這週快結束時，或找到工作後，就去那家診所檢查一下，但看樣子也許她最好早點去。有些像她這個年紀的女孩，會很高興出了意外而導致流產，但蕾妮不是這

㉝ G.I. Joe，原爲美國玩具廠商Hasbro（孩之寶）於1964年所生產之軍事可動式人偶，後由Marvel Comics（驚奇漫畫公司）發行漫畫，並改編爲卡通影集，於1983至1987年播映。近年更改拍爲眞人電影：G.I. Joe: Rise of Cobra，台灣譯爲「特種部隊：眼鏡蛇的崛起」。

㉞ Salvation Army，爲教會組織之二手商店。

樣的人。她越來越喜愛自己的寶寶，即使寶寶現在看起來就像某種外星生物。她甚至開始認為肚裡的這個孩子是個小女生，就像傑西之前說過的。

但這樣想可能太一廂情願了些。這孩子也可以是男孩。

可惡，她的臀部好痛。她的肚子也好痛。

她的臉一定是緊緊皺成一團，因為丹尼問：「妳確定真的沒事嗎？」

「我想沒事吧。」她站起身，拍拍身上的灰塵。她彎腰要撿起掉在泥土上的鳥籠時，腹部一陣絞痛，她又皺起了臉。

「妳摔得很重耶。」湯米說：「而且妳走路也怪怪的，也許妳摔傷了背或什麼地方？」

「如果我真的有事，現在還躺在地上起不來呢。但我擔心我可能傷到了……」

「傷到了什麼？」

慘了。她絕對不能告訴他們。要是他們不能守住祕密怎麼辦？

但神奇的是，這幾個小傢伙已經多少感覺像是她的朋友了——她在美溪鎮僅有的朋友。而且他們一直以來都待她不錯。

況且，她手上還有那張假身分證，可以應付萬一有人要確認她是否真的二十一歲了。

「進來樹屋裡。」她告訴他們：「我要告訴你們一件事。但你們得用一百本聖經發誓，絕對不告訴任何人。」

她爬上木階——這次更加小心，因為她那雙破鞋實在太鬆了——那三個小男生跟著她也爬了上去。一旦大家都進到樹屋裡，他們便面對面地盤腿坐著。

「這個大祕密是什麼？」丹尼問。

蕾妮把雙手放在膝蓋上，說：「我懷孕了。」

「那是什麼意思？」傑森問。

「是她要生小寶寶的意思。」湯米告訴他。

年紀最小的男孩看著她的肚子。事實上，他們都在看著她的肚子。她將雙手放在隆起的腹部上，讓他們見到她肚子裡寶寶正在長大的地方。

「寶寶有爹地嗎？」傑森問。

「有的，但寶寶永遠不會知道他是誰。」

傑森看著自己盤起的大腿，陷入一陣憂傷。

丹尼用手肘推推他，說：「嘿，傑森，別覺得這樣不好。我知道我爸是誰，但也沒什麼了不起。」丹尼看著蕾妮，說：「他媽媽不知道他爸爸是誰，有時候他會因為這樣感到難過。我爸爸在監獄，因為他和人打架，把人打死了。所以有個父親，也不一定總是好事。」

蕾妮伸出手，拍拍傑森的膝蓋，說：「嘿，幾乎打從我從有記憶開始，我爸爸就不在身邊。依我來看，有個爸爸，有時候反而招來更多麻煩呢。」

「是啊。」湯米說：「有些小孩還有兩個爸爸呢！實在很怪。」

「你怎麼會有兩個爸爸？」她問。

湯米又調了調自己的眼鏡，這似乎是他的習慣，然後說：「我第一個爸爸選擇了另外一個家庭，所以他和我媽離婚了。然後我媽又再嫁給麥克。」

「是啊，但你爸爸會買一堆很棒的東西給你，因為他離開你們實在過意不去。而且麥克也很酷啊！」丹尼轉頭對蕾妮說：「他的繼父是警探，什麼槍啦警徽啦這些東西他都有。」

天啊，她之前都不知道湯米的繼父是警察。這可能會出問題，尤其若有法律規定禁止人住在樹上的話。即使沒有這條法律，萬一他問起她的年紀，還要檢查她的身分證怎麼辦？那張證件弄得挺像一回事，但恐怕還是無法瞞過一個警探。

她突然覺得自己不該把這個祕密告訴這些小男生，但為時已晚。

「妳要生小寶寶了，好妙喔！」湯米說。

蕾妮看著這三個男孩，他們全都聚精會神聽她說話、盯著她瞧，彷彿她很酷，但其實她怕得要命，人又不機靈，根本不知道接下來該怎麼辦才好。

她從小的願望就是要出人頭地，有自己的一片天空。但看看她現在的處境——快要十六歲了，是個缺課太多被退學的高中生，還住在一棵樹上。

「不用擔心我們會說出去。」丹尼說：「妳是我們的祕密。夥伴們，對吧？」

大家都點了點頭。

「好吧，但我還有另一個問題。」蕾妮說：「我得找到一份工作，可是現在沒有地方在徵人，他們都告訴我，夏天時再去找他們確認看看，但我等不到那麼久。」

就她所能做的預測，寶寶在七月就要出生了。即使現在的房租一天只要一塊五美金，到時候她說不定也把錢用光了，然後她就得繼續住在樹上。什麼樣的母親會把寶寶帶回樹上住啊？

「芭芭拉不再替我們工作了。」傑森說：「我媽媽很需要找人。」

蕾妮精神一振。她可以打掃房子，或是燙衣服，或是做做其他家事。她問：「芭芭拉都做些什麼工作？」

「她是我的保姆，也照顧我的曾外婆。」

「你曾外婆怎麼了？」她以為傑森的曾外婆大概就像那些住過鬧鬼豪宅的老人，有些瘋瘋癲癲。

「她沒辦法走路。」傑森說：「所以她得待在床上，除非有人把她搬到輪椅上，帶她到客廳來。但她比較喜歡待在自己的房間裡。」

「這工作不容易。」丹尼說：「因為他曾外婆需要人幫忙才能上廁所。我可不想找這種工作。」

「而且她有時候脾氣會很壞。」傑森又說。

此刻蕾妮已經走投無路了。況且，她已經習慣了人家對她刻薄，尤其是老人。她說：「傑森，我對這工作非常有興趣。去告訴你媽媽，你有認識的人能應徵這份工作。」

「好啊。」他臉上露出喜色，說：「蕾妮，妳來當保姆一定很酷。」

她還沒來得及回應，一個女人的聲音便喊進了樹叢：「傑森！傑森！」

「糟了，我最好得走了。」

男孩們起身離去，蕾妮看著他們離開，心中希望自己沒有犯下大錯，和他們分享太多個人隱私。她從未向他們承認她其實就住在這棵樹上，而不是只是偶爾使用而已。但她想他們一定早已知道了。

「別忘了告訴你媽媽，我想要這份工作。」她對傑森喊。

「我會記住的！」他說完後蹦蹦跳跳地走了。

克莉絲蒂站在樹叢邊緣，雙手放在臀後。她才不管那個什麼華特．克林菲特告訴這些男生去探險小徑玩耍沒問題。傑森知道她不會同意，所以他應該要大聲說不行的。

等他們一到家，她就要和傑森針對這點好好談一下。

「我在這裡！」傑森喊著，其他兩個男生跟在他後頭。

丹尼的母親馬莉亞認為樹叢相當安全，但克莉絲蒂最擔心的是傑森。他才六歲，其他兩個男生年紀大多了。也許等他也長到那麼大，她就不會這麼大驚小怪。不過，說不定到時候她仍會放不下心。樹叢裡說不定有蛇，更別提這個世界已經不像她小時候那麼安全了。

男孩們走過來時，她裝出最嚴厲的表情，說：「我告訴過你們所有人，我不喜歡讓傑森到樹叢區去。」

「是沒錯，但是華特說——」

「我不管他說什麼。你們應該要告訴他，傑森是不准去那裡的。華特會尊重我的意願。」至少她希望華特會這麼做。

她把手放在傑森的肩膀上，領著他準備回家。

「嘿，媽，我忘了告訴妳，我知道有位很好的女士需要工作，而且她會是很棒的保姆，我想曾外婆也會喜歡她。」

克莉絲蒂停住了腳步，問：「你在樹叢裡遇見她的？」

傑森睜大了雙眼，似乎在思索她的問題或是猶疑該怎麼回答，然後說：「不是，我是前幾天遇見她的。」

「在哪裡遇見的？」

「在……她那時正從她家裡出來。」

「她是我們的鄰居嗎？」

「是啊，她住得很近。」

至少那樣很方便。克莉絲蒂說：「我想和她談談。你告訴我，她家在哪裡，我會去見她。」

「我……呃……不能這樣做。」

「為什麼？」

「因為傑森沒辦法記清楚她住在哪裡。」丹尼插嘴道：「但是我知道。那我去告訴她，說妳想找她商量工作的事情好不好？然後她可以到你們家去和妳談一談。」

「也好，這樣對我來說比較方便。丹尼，謝謝了，我很感激。我今天下午得工作，但如果她今天上午有時間和我談談的話——」

「我相信她有時間的！」丹尼一下子衝了出去，朝通往樹叢的小徑跑去。

「他去哪裡？」她問湯米。

「去那位女士的家。她算是住在公園旁，他從探險小徑那兒抄捷徑。」

二十分鐘後，克莉絲蒂正在洗碗，傑森在客廳晃來晃去，不時從窗戶往外望，等著那名女士現身，這時門鈴響了。

「媽，她來了！」

克莉絲蒂在洗碗布上擦乾手，走到客廳，傑森已經讓那位「女士」進來了。她端詳著這一頭油亮金髮的年輕少女。

「嗨，我叫蕾妮。」

她是傑西提過的那個人嗎？

克莉絲蒂自我介紹後，伸出手歡迎她，說：「很高興認識妳。」

蕾妮將一綹油亮的髮絲塞到耳後，微笑說：「丹尼說妳需要保姆。」

「其實我也需要護士。」

蕾妮的臉垮了下來，說：「好吧，我沒當護士的經驗，但我能煮飯和打掃，而且我什麼都願意做，也許除了打針或和醫療相關的工作不行。」

「妳幾歲了？」克莉絲蒂問。

「二十一歲。」穿著淺粉紅色毛線上衣與牛仔褲的女孩，伸手到口袋裡，說：「妳要檢查的話，我有身分證可以證明。」

克莉絲蒂很習慣在派迪酒吧向客人要身分證來檢查，但她自己雇人的時候卻不會這麼做，只是她實在很難相信蕾妮年紀已經這麼大了。她瞄了一眼那張證件，上頭是有蕾妮的相片，但她沒仔細端詳太久。

「我也有推薦人。」蕾妮又說。

「妳之前在哪裡工作？」

「其實我一直跟著棠恩．藍道夫與她丈夫喬伊，在慈善食堂做志工。我也和克雷格牧師共事過。我不知道妳認不認識他，因為他才新來沒多久。」

「我倒的確是認識他。」

蕾妮微笑了，她那雙碧藍眼眸裡閃著希望的光芒。她說：「我空閒時一直在教堂幫忙，但我真的需要一份有薪水的工作。所以也許我可以替妳工作，只要先付我最低薪資或隨便付些就行了。之後如果妳喜歡我，再付我更多錢也可以。」

好吧，雇用她是比雇用芭芭拉便宜多了。而且，若她在教堂當志工，這是個好跡象。克莉絲蒂不認識棠恩．藍道夫，但她肯定也會先找克雷格牧師談談。畢竟沒有可靠負責的保姆和看護，她就沒辦法去工作，即使她發現了那筆錢，也很快就會用完。所以儘管不想這樣，但她此刻也有些走投無路，沒其他選擇了。

「這樣吧，如果妳週五晚上能來，我就給妳一次機會試試。可以的話，就從週五開始計算薪水。」克莉絲蒂說。

「太棒了！」蕾妮面露喜色，說：「妳需要我什麼時候過來？」

迪蘭科特太太說過晚餐是在六點，所以克莉絲蒂希望蕾妮能更早過來，好帶她看看屋子，順便多認識她一些。於是她說：「五點怎麼樣？」

「沒問題，到時見。」

蕾妮離開了屋子，但克莉絲蒂可以發誓，她見到這女孩對傑森眨了眨眼。

10

去迪蘭科特家晚宴的那天晚上，克莉絲蒂站在浴室鏡子前，努力想將人造鑽石耳環穿入右耳耳垂，同時想著：不知道外婆在她十六歲生日時送她的一套珍珠頸鍊與耳環，會不會比較適合這場合？

那時她拆開外婆送的禮物，還曾認為這對耳環與頸鍊對一個少女而言太老氣。她原本想把這套飾品拿去換成比較時髦一點的，但意外接踵而來——那愚蠢的派對、外婆的中風、她的懷孕——結果她一直沒去換成。

幸運的是，這套飾品現在可以派上用場了。於是她回到臥室，在五斗櫃的抽屜裡仔細翻找，希望還記得當初把這套珍珠飾品收在哪裡。

門鈴響了，她停下尋找的動作，抬頭看一眼在櫃子上的時鐘：四點四十三分。

「她來了！」傑森在客廳裡喊，他一直在那兒等著新保姆。

蕾妮同意五點到達，所以她提早幾分鐘現身，是負責任的好跡象。

克莉絲蒂沒關上抽屜，走進客廳裡，看見傑森已經把蕾妮迎了進來。

她穿著牛仔褲與一件寬大的紮染上衣，及肩的頭髮也往後綁成了馬尾，讓她這天傍晚看來特別年輕。

「這件洋裝真美！」她說：「妳看起來真漂亮。妳要去哪裡？」

「去赴一場晚宴。謝謝妳的稱讚。」

蕾妮不知道克莉絲蒂已經從衣櫃裡翻出多少件衣服試穿過，即使這件香娜去年聖誕節送她的黑色洋裝，從一開始就是她的第一選擇。

妳得走出去。去年十二月，她和香娜兩人在克莉絲蒂家，坐在客廳裡那棵閃閃發亮的小聖誕樹旁，香娜這麼對她說。

是啊是啊，我要找人臨時幫我看小孩已經夠麻煩了。況且，我自己一個人也沒地方去。我是說出去和別人約會。

在內心深處，克莉絲蒂早就知道好友在意指什麼，但她對男人一點興趣都沒有——至少到現在還沒有，除了克雷格．修士頓。

「謝謝妳過來。」克莉絲蒂說：「我還不急著走，但我想妳能早點過來比較好，這段時間也算在薪資裡。」

「沒關係，反正我也沒其他事情做。」

把外婆和傑森交給一個她不是很認識的女孩，克莉絲蒂有些不安，但蕾妮在教堂做過事，多少讓她感到放心。她也實在是別無他法了。

「妳家真棒！」蕾妮一面說，一面看著需要重新粉刷的奶油白牆壁與還堪承受磨光與整修的深色木樑。

「謝謝。」

很多喜歡這種老式維多利亞時代住家的人常被吸引到糖梅巷來，有些屋主將房子翻修得比其他屋子更加美侖美奐，但其中少數住家，就像這一棟，就需要不少工夫好好整修了。連屋內的裝飾，那些破舊的家具與黃褐色的窗簾，也都乏善可陳。所以克莉絲蒂想蕾妮指的是這地方的整體感覺吧。

「我會留下妳能找到我的電話號碼。」她告訴蕾妮：「我也烤了一些雞肉和馬鈴薯。我不知道妳吃過了沒？但如果妳願意和外婆與傑森一起用晚餐的話，份量很足夠。」

「聽起來真棒，謝謝。」

「外婆今晚會出來到客廳裡與你們一起看電視，所以我在離開前，會幫妳把她扶上輪椅。」克莉絲蒂已經對外婆提過蕾妮會過來工作，而外婆，想當然耳，對新人的到來不怎麼關心。但克莉絲蒂堅持若外婆能離開房間，坐在輪椅上，在客廳看電視並監看情況，她會覺得比較妥當。

她也打算給外婆一支已經設定好的隨身電話，只要按一個鍵就能撥出911或是撥到克莉絲蒂的手機。

有趣的是，克莉絲蒂講解情況與安排好的計畫給外婆聽時，外婆僅僅只是一開始咕噥了幾聲，卻沒有再抱怨。

克莉絲蒂發覺這可是外婆這七年來，除了剛中風的第一年做過復健之外，頭一次被賦予一件小任務。克莉絲蒂並不是沒有試著鼓勵外婆發展新興趣，但她一直拒絕，直到克莉絲蒂只好放棄。

所以，根據從克雷格牧師那兒學到的經驗，她在心裡默默註記：對外婆坦承，人生的確糟透了，總之讓她有事情做就對了。

不過克莉絲蒂心裡知道，事情不會那麼簡單。

「還有什麼我應該要注意的嗎？」蕾妮問：「像是有沒有人會過敏？或是這類的問題？」

「沒有。傑森今晚不准出門，還要盯著他看什麼電視節目，不能有暴力和粗話。只能看普遍級節目，妳懂我的意思吧？」

「沒問題，我完全懂。」蕾妮露出微笑，她那雙如同海洋色澤的碧藍眼眸散發出光芒。「這些規矩很容易遵守。」

克莉絲蒂希望如此，她說：「妳現在可以幫我把外婆從床上移下來嗎？」

「沒問題。」

另外一個好跡象。若蕾妮對幫忙搬動外婆有任何疑慮，克莉絲蒂絕對不可能會長期雇用她。

「只要告訴我，妳要我做什麼就好了。」女孩跟著克莉絲蒂經過走廊時說：「我學得很快。」

克莉絲蒂走進她在一樓特地為外婆安排的臥房，跟在她身後的腳步似乎在入口處停了下來，但僅僅只是停了那麼一下，她不確定蕾妮停下腳步是出於尊重，還是那張醫院病床令她卻步。但她想那不重要，因為蕾妮已經來到了她身邊。

「外婆，這位是蕾妮。」

外婆隨意往蕾妮這兒望過來時，女孩說：「很高興認識妳。」

「妳不是護士。」外婆說。

「我不是，但如果妳需要醫療協助，我可以打電話給醫護人員。」

外婆輕輕「哼」了一聲，說：「我想沒這個必要。」

「但願如此。」克莉絲蒂希望能讓蕾妮自在些，便說：「來吧！我來示範怎麼把她扶到輪椅上，妳多少可以幫些忙。」

要搬動外婆，一開始有些困難，但克莉絲蒂不得不稱讚蕾妮，她及時加入，盡力幫忙。

她們在客廳安置好外婆，並打開電視後，克莉絲蒂便回到房間裡整理頭髮。

她幾乎想不起來除了把頭髮綁成馬尾或自然垂下之外，上一次她變化髮型是什麼時候。所以她花了好一陣子，才讓自己的手指和卷髮乖乖聽話。

十分鐘後，她回到客廳，頭髮已經盤起，耳朵和頸子上閃耀著珍珠。

「哇喔，妳看起來美呆了！」蕾妮說。

「對啊，媽。」傑森笑容滿面地說：「妳若戴上王冠，看起來就像公主耶！」

「謝謝你，寶貝。」

有那麼一瞬間，傑西說過的那個國王之女的故事浮現在她腦海。克莉絲蒂仍難以想像自己會是個公主，但她決定，今晚她前去迪蘭科特家之際，她要試著以優雅舉止與氣度展現自己，一如出身高貴的女子。

但問題是，她怕自己會覺得更像是一隻池塘裡的鴨子——水面上安詳平靜，水底下卻拚了命地猛划腳掌。

蕾妮很高興有人付錢請她工作，即使這份特別的工作，並不完全是她原先打算找的。

不過還是有好的一面。這份工作讓她有晚餐可以吃——一餐熱食，讓她換換口味。而且她也可以看一會兒電視——她已經很久都沒有享受這麼奢侈的事了，因為瑪莉．愛琳在她的公寓裡從沒裝過天線，沒了天線，電視的收視品質慘不忍睹。

當然，也有不好的一面。即使蕾妮想要額外再多做些什麼，好讓自己還能有機會回來這兒工作，她卻不是很清楚傑森的媽媽對她有什麼樣的期待。

她還得處理史密斯太太的問題。她臉上一直是副不好惹的刻薄模樣，拒絕對蕾妮回以微笑。真是的，笑一下又不會怎麼樣。

她身上的味道也很奇怪，儘管不是陳年汗臭、酒味或菸味，以前有些住在瑪莉．愛琳公寓裡的人，聞起來就是這股味道。

蕾妮覺得這味道更像藥味。

若史密斯太太能在傑森媽媽面前說幾句蕾妮的好話，那再好也不過了，不過那不可能。蕾妮只希望她別嫌棄自己就好了。

蕾妮試著最後一次想和她相處融洽些，便說：「妳家真棒。」她是真心這麼覺得，並不只是特意在討老婦人的歡心而已。

「要是妳知道餘下的人生都會被關在這裡，可就沒那麼棒了。」史密斯太太說。

*喔，是嗎？*蕾妮很想嗆回去。*那妳去試試住在樹上的滋味如何？*

但她沒回應，因為，老實說，蕾妮實在是寧願住在樹屋裡，也不願被困在醫院病床上。

於是她問：「你們餓了沒？我可以把晚餐端上餐桌。」

「我要吃飯。」傑森說。

很好，這樣她就有藉口離開客廳，遠離史密斯太太的邪惡目光。

蕾妮將晚餐都擺上餐桌後，將史密斯太太推到餐廳，替她整理出一個位置，好讓她能坐在輪椅上用餐。

他們吃飯時幾乎沒怎麼說話，除了傑森快樂地聊著那台湯米繼父替他加上「真的引擎與其他配備」的「超酷的卡丁車」。

但值得稱許的是，傑森從頭到尾沒提過探險小徑或是樹屋，讓蕾妮大大放心不少。

吃完晚餐後，蕾妮推著史密斯太太回到客廳，替她打開電視。

蕾妮原以為她會非常嚴格規定只能看哪些頻道，但她卻沒有。她讓傑森自己選擇想看的節目，這點挺不錯的。

事實上，史密斯太太對傑森很好呢，所以就這點而言，蕾妮不得不承認她是個慈愛的曾外婆。她不喜歡看見小孩子被斥責或虐待。

蕾妮很不想在這位脾氣反覆無常的老婦身邊待得太久，便說：「如果妳沒什麼事需要我幫忙的話，那我就去廚房洗碗了。」

「去洗碗吧！我們沒事的。」

「是啊。」傑森也說：「但快點回來喔，這樣妳才能看海綿寶寶。」

卡通對蕾妮而言已經沒那麼具有吸引力，所以她慶幸自己不會在意錯過精采的片段。她說：「你自己先看好嗎？你可以在廣告時間，把我錯過的地方告訴我。」

蕾妮不只是洗了碗盤，還清理了烤箱，確認廚房比她先前使用時還要乾淨。她也把垃圾拿了出去，還拖了地板。

在打掃的時候，她不斷探頭到客廳看看傑森和他曾外婆的狀況。她實在很不想承認，但她其實多少在迴避史密斯太太。

不論幾天前棠恩是怎麼形容老人家的，蕾妮唯一遇過的老人家，都脾氣暴躁又刻薄。史密斯太太也差不到哪裡去。

但蕾妮無法抱怨。她需要這份工作。也許，傑森的媽媽回到家，發現這整個晚上蕾妮不只是吃光她準備的食物和看電視而已，說不定會長期雇用她。

若真是如此，蕾妮打算盡力好好表現——即使她有一半期望史密斯太太能從那張輪椅上跳起來，喔呵呵地大笑幾聲，然後抓起一支掃帚，飛越屋頂而去。

克雷格早先便曾表明，迪蘭科特家為瑞斯菲德一家舉辦晚宴時，他願意離開，但卡珊卓卻聽不進去。

「克雷格，別傻了，我們非常歡迎你一起來參加。」

他只好相信她，說：「好吧，那有什麼我能效勞的嗎？」

「也沒什麼。我已經把食物備妥，餐桌也擺好了。我也已經請了人來上餐點與清理善後。所以除了歡迎我們的貴客外，沒什麼事情好做了。」

五點半時，卡珊卓的雙親，卡爾頓・普萊斯與雪莉・普萊斯抵達了。丹尼爾上前與岳父牢牢握了握手，擁抱岳母時手臂卻有些僵硬，然後將這對夫婦介紹給克雷格。

卡爾頓年近七十，穿著一套昂貴的灰色西裝，是位外表乾淨的紳士。他的黃色襯衫與條紋領帶，與他妻子雪莉身上那套絲質洋裝相當搭配，兩人站在一起是非常惹眼的一對。

「希望你們別介意我們來得太早。」卡爾頓說：「我們一直很期待這次聚餐，見見瑞斯菲德一家人。」

「今晚真令人興奮。」卡珊卓說：「你們不知道，香娜和布萊德終成佳偶，我們有多高興。他們兩人在高中時，我就認為他們總有一天會很匹配，彷彿我能預見這一幕。」

卡爾頓靠向自己的女兒，彷彿要分享祕密，聲音卻仍大到足以讓其他人都聽見：「據我聽到的消息，瑞斯菲德家不久前才在股市大賺一票，賣出的時間點正好。所以啊，香娜可是釣到金龜婿了。」

丹尼爾的笑容退去，說：「我倒認為布萊德才是有幸娶到香娜。」

卡珊卓把手放在丈夫的前臂上，說：「親愛的，可以請你幫母親倒一杯酒，再替爹地拿點波本酒加水嗎？」

「當然好。」丹尼爾抽開手臂，對著克雷格，方才的笑容淡到幾乎見不到痕跡，說：「牧師，你要喝點什麼嗎？」

「現在還不用，謝謝。」

丹尼爾離開後，克雷格轉身面對卡爾頓，卻發現他正走向牆邊一座壁架，上頭炫耀地擺著滿滿的花俏裝飾品與皮製精裝書衣的成套古典文學。

克雷格多少感到社交上的失落，便只好留下來竊聽兩位女士的對話。

「今晚還有誰會來？」雪莉問女兒。

「當然還有瑞斯菲德一家，艾瑞克和達拉。我相信妳會喜歡他們的。艾瑞克對醫院的經濟援助向來大方，對兒童青少年團[35]也是。達拉則花很多時間在慈善機構做志工。」

「布萊德會來嗎？」

「他會過來一下，但恐怕很快就得離開。」

雪莉露出微笑，說：「很高興我有機會能見見他。」

「媽，妳會喜歡他的，他是我見過最好的年輕人。不算英俊，但很是彬彬有禮。」卡珊卓停頓了一下，才又說：「我也邀請了伴娘，克莉絲蒂。」

雪莉揚起眉，問：「有必要嗎？」

卡珊卓清了清喉嚨，壓低聲音說：「是香娜堅持的。」

「好吧，那妳也沒多少選擇，我實在不明白她為何堅持要——」

卡珊卓伸手摟住母親的腰，彷彿想說服她，或是站在同一陣線，說：「我知道，但她來也不能怎麼樣。」

「沒錯，我想也是。」

克雷格感覺自己的腹部糾成一團，他在身側握緊了拳頭，不知道為什麼，他有股衝動想去為

---

[35] Boys and Girls Club，爲一教會組織，全世界各地皆有分會，旨在鼓勵、培養兒童與青少年成長並發揮潛能。

這個他幾乎不怎麼認識的女人出頭，但他緊閉著嘴沒說話。他並不是真的很有立場來插手管這件事，而他該為這點感到慶幸。

丹尼爾回來了，他將飲料端給岳父、岳母，並附上雞尾酒用的亞麻小方巾，說：「我們今晚已經雇用了一位侍者，他會負責倒酒與送上開胃小菜。」

門鈴響了，丹尼爾告退去開門。他回來時，伴著瑞斯菲德夫婦走入客廳，並替大家互相介紹。

艾瑞克．瑞斯菲德，身材矮胖，年近七十，穿著一套深藍色西裝，配上一條異常搶眼的黃色領帶，全身上下似乎只有這條領帶特別引人目光。他灰髮稀疏，有著一雙榛色眼眸與薄唇，沒什麼突出之處。

但他的妻子達拉，卻是位身材凹凸有致的美麗黑髮女子，穿著紅色針織洋裝，看起來比丈夫要年輕二十歲。

門鈴再次響起，這次丹尼爾領進來的是布萊德。這位金髮的年輕人更肖似父親，克雷格不禁懷疑，從香娜的肖像畫來看，她年輕貌美，令人驚豔，她和布萊德是否會正如他父母那般不相配？

也許不會。

「謝謝邀請我們用晚餐。」布萊德說：「我和父母一直都很期待今晚。我唯一的遺憾，就是香娜無法在這兒。」

「布萊德，關於這點，我也很遺憾。」丹尼爾將手放在未來女婿的肩膀上，笑說：「書念得怎麼樣？」

「很順利。我準備進入司法界，現在正想找個今年夏天能去上班的律師助理職務。」布萊德呵呵笑了幾聲，頭靠近丹尼爾，說：「當然，我還沒找到，所以若你知道哪裡有職缺的話……也許就在你的事務所？」

「恐怕我們現在沒有職缺。」丹尼爾說。

香娜的外公一直在旁看著，適時插入兩人對話緩頰，說：「沒問題的，丹尼爾，你可以替他安插個工作的，通常只要用上一兩個人情就能辦到。」

丹尼爾的身子看起來站得更挺、更高了，說：「布萊德，如果我聽到有職缺的話，一定會讓你知道。」

緊繃的氣氛湧入屋內，彷彿飄過太平洋上方的濃霧。克雷格不確定那兩位女士是否察覺到了，但他可是察覺了。

而伴娘甚至還沒到呢。

侍者是位身材高大瘦長的紳士，穿著雪白的襯衫與黑色西裝褲，托著裝著開胃小菜的銀盤走了過來。他停了下來，讓克雷格選菜。

克雷格拿起一份蟹肉泡芙與餐巾紙，說：「謝謝。」

門鈴再次大聲響起，這次克雷格自願前去應門，希望有人能暫時解救他，不過他也不抱多大期望。走到門口的途中，他望了一眼手錶，想著今天晚上這頓晚餐會有多久？一定久到難熬，他猜。

他打開門，他是預期克莉絲蒂會出現在門後，但見到眼前這位穿著黑色洋裝、戴著珍珠飾品，並將一頭卷髮時髦盤起的紅髮絕色美女時，他的下巴幾乎要掉到了地板。

「屋前已經停了好幾輛車，希望我沒遲到。」她說。

連她的聲音今晚都帶著高雅，他站到一旁，讓她進屋，想藉這個動作使勁擺脫克莉絲蒂令他心頭小鹿亂撞的震撼。

「事實上，妳正好準時到。」他說。

她的高跟鞋清脆地踩在門廳的石紋瓷磚地板上，她身上擦的香水氣味——一種充滿異國情調的熱帶風情香氣——一路隨著她飄進屋內。其他人都在客廳等著，兩人往客廳走去時，他忍不住又看了她一眼。

克雷格希望她不會覺得他在對她頻送秋波，但他實在無法適應她如此脫胎換骨的轉變，不論是從兩週前那位疲憊不堪的女侍，或是他在公園偶遇的單親母親。

身為一位牧師，而且實際上來說算個陌生人，若他此刻讚美她看起來有多迷人，恰當嗎？

他猜應該不算失禮，但他怕自己會像荷爾蒙衝頂的青春期少年，結結巴巴不知道該說什麼才好。而且，奇怪的是，他們走向其他人時，他為自己未適時對她給予讚美，覺得怠忽了職責。

她一進入客廳，所有對話便靜止下來，每個人手上的飲料與開胃小菜不是喝到一半，就是吃到一半。

丹尼爾最先回過神來歡迎她。結束禮貌上的問候之後，他問：「要喝點什麼嗎？」

「謝謝。可以的話，請給我一杯無糖汽水。」

「沒問題。」

丹尼爾去取飲料時，布萊德走向克莉絲蒂，笑得十分歡暢，說：「嘿，見到妳真好。我們多久沒見了？」

「五、六年吧？我猜。」

布萊德的笑容帶著男性對美女的衷心欣賞，說：「上天待妳真不薄。」

她皺起眉頭，問：「什麼意思？」

「我是說歲月對妳可真仁慈。」他說。

她的身子僵了一下。

「妳一直很性感。」他解釋道：「但現在妳性感到幾乎讓人屏息。」

她謝過他，只是語氣平淡。

但克雷格能明白原因何在。一個已經訂婚且即將要結婚的男人，不應該去對另外一個女人說她有多性感、多令人屏息，即使她的確是如此美麗。

儘管唐突，但克雷格有股說不上來的衝動，想要拉起克莉絲蒂的手，帶領她遠離這位瑞斯菲德家的繼承人。

甚至離開這場晚宴。

「恭喜你們訂婚。」克莉絲蒂對布萊德說：「香娜答應嫁給你，可真是你的福氣。」

「我知道。」

克雷格試圖想要釐清這兩人對話中的玄機與未說出的弦外之音時，布萊德的母親把兒子喚到身邊。

布萊德聳聳肩，舉起雙手擺出一副「我又能怎麼辦」的樣子，說：「失禮了……」

「請吧。」接著克莉絲蒂轉頭面對克雷格，目光鎖住了他，彷彿企圖想維持住場面，不要落得太尷尬。

他真希望自己多少能幫幫她，但他不知道該如何插手，甚至不知道自己為何該這麼做。於是他打破沉默，問：「妳外婆還好嗎？」

「還不錯。今晚我雇了一位新保姆，所以我不能待太久。」

「我自己也希望能早點離開。」他沒解釋原因，也不認為有這個需要。

「你知道嗎？我今天本來想打電話給你。」

「是嗎？」他的心跳速度猛地達到最高點。「為什麼？」

「新保姆的名字叫蕾妮，她說你認識她，而且願意當她的推薦人。據我所知，她也在教會的慈善食堂當志工。」

他還沒來得及斟酌出一個不會讓蕾妮失去這份工作的誠實答案，丹尼爾已經拿著克莉絲蒂的無糖汽水走了回來，並宣佈晚餐已經準備好了。

「妳先請。」丹尼爾作勢請克莉絲蒂最先進入餐廳，餐廳的桌子上已經精心擺上了精美的瓷器、水晶器皿與銀器。

餐桌中央擺著一個盛裝熱帶花朵的花瓶，花瓶兩側擺著白色錐形蠟燭，燭焰跳動，替這場正式晚餐增添高雅與溫暖。

「牧師，你可以帶領我們飯前祈禱嗎？」丹尼爾問。

克雷格點點頭，俯首唸出簡短又悅耳的祈禱。祈禱結束後，侍者端上凱薩沙拉，晚餐正式開始。

對克雷格而言，餐桌上的對話未免太過有禮與生硬，但他想，對其他人來說，大概很正常。侍者拿走正餐使用過的盤子時，布萊德連忙往後推開椅子，請求先離席，他說：「儘管我很想留下來，但我得回家，準備明天的一場模擬審判。」

「當然沒問題。」卡珊卓說：「但我本來希望大家可以在甜點時間討論一下婚禮計畫。顯然我們早該在晚餐時就先討論。」

布萊德將餐巾放在盤子上，起身說：「我相信你們不需要我在場也能討論。直到參加律師考試之前，我都會很忙碌，所以只要是香娜想要的，我都沒意見。」

丹尼爾陪著布萊德走到門口時，達拉．瑞斯菲德轉頭對卡珊卓說：「我們還是可以討論婚禮的。妳問過鄉村俱樂部的日期了嗎？」

「問過了。」卡珊卓露出微笑，在椅子上重新坐好，說：「我已經定好了八月二十四日這天，是星期六傍晚。香娜和布萊德可以在戶外舉行結婚典禮。十號球洞那兒有一對垂柳，當背景很漂亮。」

「俱樂部能容納多少賓客？」達拉問。

「四百人。」卡珊卓咬著下唇，然後望了一眼坐在對面的達拉，說：「妳想俱樂部能讓大家都有位子坐嗎？」

「希望如此。」

克莉絲蒂舉起亞麻餐巾，輕輕沾了沾自己的雙唇，然後放在盤子上。她說：「香娜想要一個小型婚禮，只邀請熟人，所以不會有座位不夠的問題。」

「香娜是提過，但我們必須邀請的朋友和同事很多。」卡珊卓轉頭對布萊德的母親說：「達拉，別擔心，我總是能讓我女兒想清楚的。瑞斯菲德家與迪蘭科特家的聯姻，會讓大家津津樂道好幾年。」

「我很抱歉必須要反對。」克莉絲蒂的聲音堅定但溫和：「但這是屬於香娜的日子，所以我們該尊重她的想法。如果布萊德在這裡，我相信他也會同意。」

餐桌上陷入一片沉默，克雷格想說些什麼，更想點頭表示同意。但他算哪根蔥來蹚這渾水？喬治多年來一直是迪蘭科特家的牧師，理所當然會主持這場婚禮。克雷格不過是借住的客人，今晚甚至根本不該出現在這場晚宴裡。

卡珊卓清清喉嚨，說：「達拉，就像我說過的，我會和香娜談一談。她不是個難以理喻的年輕女孩，我相信她會讓步的。」

「她這次不會讓步。」克莉絲蒂說。

餐桌上的沉默凝重而膠著，直到侍者開始替大家上巧克力舒芙蕾，才有人開始交談，這時已經完全沒人提起婚禮的事。

等到侍者收起甜點盤子，並問是否有人要追加咖啡時，克莉絲蒂說：「我實在不想如此無禮，但我真的得趕回家去接保姆的班。迪蘭科特太太，十分感謝妳這頓豐盛晚宴，實在美味極了。」

「不客氣。」卡珊卓一面準備要站起身，一面說：「克莉絲蒂，真遺憾妳得走了，但我能了解，以一個妳這樣年紀的女人而言，妳實在擔負許多責任。讓我送妳到門口吧。」

「卡珊卓，不用了。」克雷格推開椅子站了起來，說：「我送她到門口，妳可以和其他賓客留在這兒。」

「牧師，謝謝你。」卡珊卓在位子上坐好。

但直到克雷格與克莉絲蒂離開餐廳前，大家仍保持著沉默。

他護送她來到門邊，但不是只站在門廊上看著她離去，而是跟著她走了出去，來到她的車子旁。他說：「我很佩服妳表達出自己的立場，並且堅持到底。我可以想像那兩位女士在爭論時有多難對付。」

有禮但毒舌，還句句帶刺，他想。

「沒辦法，這是香娜要我做的，這也是我答應今晚前來的唯一理由。」

「妳真是個好朋友。」

「她也是。」

兩人頭頂上的星星似乎特別明亮，但即使是夜晚的魅力，也比不上站在他眼前的這位美麗女子。

「我真的得走了。」她說。

他知道，而且他必須要讓她走。但他無法就這樣道別，直到她最後終於先說出口。

「開車小心。」他又說。

「我會的。」她打開駕駛座車門，身子滑進座位時，禮服的下襬邊緣拉了起來，讓他得以不著痕跡地瞥到一雙勻稱的大腿。

他實在不該瞥這麼一眼的。

他看著她啟動車子離去時，根本就不想回到屋內。

事情並不總是如表面所見。傑西在克雷格到達美溪鎮的第一晚，曾這麼對他說過。

他想，也許那人說得沒錯。

所以克莉絲蒂．史密斯是誰？

她到底是何方神聖？

11

週六晚上，克莉絲蒂值完班後，換下身上那套愛爾蘭女侍制服，從置物櫃裡拿出手提包，先走向廚房，再往酒吧後門走去。

她再次把兒子和外婆留給蕾妮去照顧，即使她已經打了好幾次電話回家確認沒事，但她還是急著想回家。

顯然她昨晚在迪蘭科特家用晚餐時，家裡一切還算順利。傑森不斷讚美蕾妮，而外婆儘管多少對這女孩不予置評，實際上倒也沒怎麼抱怨。所以，克莉絲蒂付錢給蕾妮後，便請她隔天再過來。

女孩的臉上揚起微笑，雙眼發亮，看起來簡直像個小美女。克莉絲蒂猜想，若她好好剪個頭髮、抹上五彩繽紛的化妝品，再穿上新衣服，她那如同遊民的外貌便會完全改觀。

蕾妮離開後，克莉絲蒂扶外婆上床時，問：「妳覺得她怎麼樣？芭芭拉搬走後，她可以替我們工作嗎？」

「我想她還可以，但在妳回家之前，我沒怎麼見到她的人影。」

克莉絲蒂睡覺前去倒杯水時，便明瞭了原因。蕾妮將廚房從裡到外刷得乾乾淨淨，克莉絲蒂最近一直沒有時間或體力清掃廚房，尤其她很晚才回到家時，只想在睡前能花點時間陪陪傑森。

走出酒吧後，她得繞過正坐在後門階梯上抽菸休息的洗碗工巴特·奧古德。

在長髮的高瘦男人嘴裡，上下晃動著一根快要抽完、菸灰比菸屁股還長的香菸，他問：「妳要回家了？」

「終於能回去了。」她打開手提包拉鍊，拿出車鑰匙。「我本來十五分鐘前就能下班，但珊卓拉又遲到了。他們一直讓她把一個班分成兩班來上，讓她一天有兩次機會遲到。」

克莉絲蒂目光掃過她停車的停車場後方，儘管她懷疑會有人想要偷她的車，但見到車子還在，她還是鬆了口氣。

幾年前，她一直不斷做著同一個夢，在夢裡外婆送給她一輛嶄新閃亮的紅色跑車，不但讓她欣喜欲狂、引以為傲，也讓她成為全鎮羨慕的對象。有天她開著車去購物中心，她人在裡頭購物時，有個傢伙利用電線短路[36]發動車子引擎，開著她的車子去兜風。她走出來時，正好見到那傢伙揚長而去。

她張開嘴想大喊要他停車，卻喊不出聲音；她想追上去，腳卻不聽話。

在走回家的路上，她看見那輛跑車撞上一棵樹，偷車賊則不見了。

「至少保險公司會負責幫妳修好車，或換輛車給妳。」一個路人這麼說道。但她很快就發現外婆忘了付款給保險公司，結果理賠已經被取消了。

那並不算是個嚇人的夢境，但克莉絲蒂仍覺得這個夢令她發毛，惴惴不安，尤其是她不斷做著同樣的夢。後來她告訴香娜這個夢境，本想一笑置之，但香娜那時正開始修分析夢境心理學，便把她認為這個夢境所代表的含意，解析給克莉絲蒂聽。

「那輛車代表了妳曾經為自己設定的未來，而有人偷走了妳的未來。」

克莉絲蒂想，這聽起來倒很合理，但她可不信這套心理學術語。若要問她的意見，她會說夢不過是身體在睡覺時，想像力任意遨遊的結果。況且，她的人生變得一團糟，她個人多少也要負責。

但她仍不由自主地憂心，有人可能會來偷她現在唯一擁有的一輛車。

她才剛握住樓梯扶手，要繞過巴特時，某個人或某樣生物發出了呻吟。

「喔，老天啊，妳看看那裡。」巴特舉起指尖被削去一截的食指，指向半人高的大型垃圾箱，說：「有個酒鬼醉倒在哪裡。」

克莉絲蒂往那方向瞄了一眼，瞇起眼想看得清楚些。夜晚使人的視線不容易看清楚，尤其街燈的燈泡又閃爍不停，但她瞧見一個男人，穿著一件寶藍色外套，看起來很像她之前拿給傑西的那件。

巴特站起身，把菸屁股扔在水泥台階上，用鞋底踩熄，說：「喂，就是你！快滾，不然我叫警察了。」

那名流浪漢微微抬起頭，隨即又倒下，身體靠在深綠色垃圾箱旁。

他真的是喝醉了嗎？

還是生病了？

克莉絲蒂把手放在巴特肩膀上，說：「沒關係的，我來處理。你回去繼續工作。」

㊱ 偷車賊竊車時慣用手法。

「我不會讓妳一個人留在外頭。」

「沒關係的，我確定他不會有問題的。」克莉絲蒂走向垃圾箱。當她近到能看清楚那人的面貌時，發現那的確是傑西——至少她認為是。他的一隻眼睛腫到睜不開來，滿臉溼黏的血，頭髮與鬍子因為染上血而糾結成一團。她問：「你發生什麼事了？」

「保齡球館附近有幾個人找我麻煩。」

她皺起眉頭，懷疑他是不是輕描淡寫了「那些人」對他所做的事情。她說：「『找你麻煩』聽起來好像他們只是嘲弄你而已，但不只是這樣吧？你和人打架了？」

「不完全是。那兩個傢伙想打架，我可以肯定。但我沒還擊，我想那只會讓他們更生氣。」

「他們揍你，你沒有還手？」

他聳聳肩，說：「我不信這套有用，從來就不信。」

克莉絲蒂單膝跪地，伸手握住他的手腕，檢查他的脈搏。傑森出生後，她曾在基督教青年會上過急救課，但她突然間沒什麼把握，覺得自己該回去再好好重新複習。

傑西的脈搏很緩慢——太慢了，她推測。

「來吧，我載你去醫院。」她在路上會打通電話回家，告訴蕾妮她會比預計晚到家。

但當她伸出手要扶傑西站起時，他緩緩搖頭，說：「我不要去醫院。」

「為什麼？」

「沒錢，沒醫療保險，也沒必要。」他對她苦笑一聲，說：「大概過個一天就會痊癒的。」

「我不能把你扔下不管。」

「別替我擔心。」

她懷疑已經很久沒有人替他擔心過，而此刻她無法就這樣一走了之。傑西人實在太善良、太溫柔，不該被這樣對待。她說：「抱歉，我是個母親，所以操心已經變成我的本能，根深蒂固。」

他沒有回應，場面有些僵持不下。

「那好吧。」她說：「我不強迫你去急診室，儘管我認為那是你該去的地方。但和我回家去，我家裡多一張床，今晚可以讓你有地方過夜。然後我們再討論你明天是否需要去看醫生。」

他似乎考慮了一下她的提議，然後扶著垃圾箱穩住身子，緩緩站起來。她扶著他走到車子旁，自己先上了車，發動引擎。

她希望自己帶他回家過夜的決定，不是一個錯誤。老實說，儘管她完全相信傑西不會傷害人，但帶一個陌生人回家，還是讓她有些不安。

以常理來判斷，唯一能讓她對自己行為感到安心的方法，就是煮上一壺咖啡，整夜不睡，盯著屋裡的一舉一動。她決定今晚就這麼做。

她將車停在屋前車道上後，將傑西扶進屋內。

蕾妮正坐在沙發上看電視，見到他們進來，驚得倒抽了一口氣，問：「天啊！你們怎麼了？」

「有幾個傢伙把他揍成這樣。」克莉絲蒂輕聲說：「傑森呢？」

「他上床睡了。我幾分鐘前才去看過，他已經睡著了。」

很好。克莉絲蒂此刻實在不想對兒子解釋這一切，不過要是傑森還醒著的話，她也絕對會好好解釋。這也許是讓兒子能學習的一個好機會，讓他培養悲天憫人的心，同情受到壓迫踐踏的人。

「那外婆呢？」她問蕾妮：「她也睡著了嗎？」

「大概一小時前我扶她上床休息。她的背一直在疼，想要吃些布洛芬[37]。我讓她吃了一些，希望我這樣做不會出問題。」

「當然不會，沒關係的。謝謝。」

克莉絲蒂領著傑西來到客房，遞給他一條毛巾。然後她上樓來到祖父的舊臥房，匆忙抓了幾件衣服讓傑西更換。

傑西在淋浴時，她回到客廳付錢給蕾妮，然後問今晚情況怎麼樣？

「還可以。我覺得史密斯太太不是很喜歡我，但我不在意。」

「她現在誰都不喜歡。」克莉絲蒂從手提包裡拿出她的小費錢，數出四十塊美金。

「妳明天還需要我過來嗎？」蕾妮問。

「不用了，我明天休息。」克莉絲蒂不知道蕾妮一週是怎麼安排的、是否有空能過來當保姆？但若蕾妮需要這份工作，她也不想完全不給對方機會。於是她說：「蕾妮，妳何不把電話留給我？這樣我需要妳過來的時候，就可以打電話讓妳知道。」

「其實我現在沒有電話，但我打算盡快去裝一部。」

「那我要怎麼連絡妳？」

「妳可以，呃……我猜妳可以在慈善食堂留言給我。我每天都在那兒——除非妳需要我，那我就會過來這裡。」

「好吧。」克莉絲蒂陪蕾妮走到門口，蕾妮離開後，她鎖上了門。然後她走到廚房，打開罐頭湯，並弄了個三明治，準備給傑西吃。她在廚房等著，直到聽見牆壁裡的老舊水管發出隆隆聲響，便知道水已經關上了。

她再等了幾分鐘，然後到走廊去把傑西帶到廚房來。

「願神祝福妳。」他一拐一拐地走到餐桌前坐下，面前擺著一碗雞湯與燻香腸三明治。「看起來棒極了。」

食物也許的確很棒，但傑西依然慘不忍睹。他的頭髮溼透，但已經洗乾淨。他臉上的傷口也不再出血，只是那隻眼睛腫得很嚴重。

「你的眼眶會變得黑青。」她告訴他。

「本來會更慘的。」傑西指著自己沒受傷的那隻眼，試圖扯動嘴角一笑，說：「至少我還能用這隻眼睛看東西。」

她雙手抱胸，身子靠在廚房流理台，說：「你顯然很樂觀。」

「我永遠都這麼樂觀。」他再度露出微笑，這次比剛才那次成功多了。他說：「妳天生就適合治療人，妳會是個好醫生。」

㊲ Ibuprofen，止痛藥。

克莉絲蒂的心揪了一下。有那麼一瞬間，她懷疑傑西是否在和別人說話？懷疑他是否知道她曾懷有念醫學院的想法？但她聳聳肩，最終認為他說的話不過是巧合罷了。

「我要你去醫院時，你是怎麼說的？」她對他苦笑：「沒錢、沒醫療保險、沒必要？同樣的話可以用在我去念大學這件事上。」

而就像他一樣，她的遺憾也在痊癒，只是不會像他的傷口痊癒得那樣快。

「現在還不遲。」他咬了一口燻香腸三明治。

「還不遲做什麼？」

「拿醫學學位。」

呵，是啊。她在他對面坐下，說：「我在念高中時，外婆還能畫畫，並且有穩定收入，我曾計畫要申請獎學金，去念間州立大學，但有天我犯下了滔天大錯，結果就落到了現在這個地步。」她想微笑，但嘴唇卻不怎麼聽話。

「克莉絲蒂，夢想不會消失的。有時候夢想只是延遲實現，或是轉了個方向。」

她領悟到他可還真是無可救藥的樂觀，而且還是個寧願挨打也不還手的和平主義者。他同時也是個流浪漢，連自己的基本民生需求都無法滿足。

她應該要對他說，這些全是廢話，但在她開口之前，她的雙眼微微刺痛起來，一滴淚水滑落她的臉頰。她用手背抹去那滴淚水，卻發現又是一滴淚水落了下來。

「我可以告訴妳一件事嗎？」他問。

克莉絲蒂情緒激動，喉嚨哽咽，她怕自己語不成聲，於是點點頭。

「上帝不會只給人夢想，卻不給他們實現夢想的能力。但那並不表示妳自己不用付出許多心血。妳必須要發自內心地鼓起勇氣去下定決心，並且貫徹到底。」

她早知道念醫學院不容易，不管是申請入學或是維持獎學金都很困難。曾有段時間，她認為自己已下定決心，不畏艱難地要去實現這個目標，但那是在她成為這個家庭唯一的經濟支柱之前。

傑西靜靜地吃了幾口食物，然後抬起頭，臉上滿是傷口，因為遭到那些傢伙不斷暴虐毆打，而他從頭到尾拒絕還擊。「妳知道，有時候就是會發生難以預料的意外，於是夢想粉碎了。但在這樣的情況下，最好是能有備份計畫。」

「備份計畫？」

「一位智者曾告訴我，心靈健康的本質，在於知道自己有所選擇。克莉絲蒂，妳有好幾個選擇。」

「例如什麼？」她根本看不出來。「像我要用白土司、全麥土司還是黑麥土司做三明治？恐怕我的人生已經定型了，我看不出來有多少可以替換的選擇。」

「眼前的樹常常會讓人看不見整座森林的廣大。」

「你引用的話不完全對。」她說：「但我知道你的意思。」

「好吧，那試試這個比喻如何？妳曾規劃好自己的人生，妳計畫很快就上路，開著妳那輛紅色小跑車沿途一路駛去。但車子爆了一個輪胎，又撞上了樹。妳幸運地活了下來，只是因為車禍多少受到了重創。然後妳拍拍身上的灰塵，回家去了。」

他提到的紅色小跑車讓克莉絲蒂手臂瞬間冒出一片雞皮疙瘩，但她不再去多想，而是繼續聽下去，不確定他這段勵志演說要扯到哪裡去？

「克莉絲蒂，但妳並沒有失去地圖，妳只是失去了妳想要的交通工具。」

「話是沒錯。但現在我多了幾位乘客。」

他點點頭，說：「因此，也許一輛堅固耐用的廂型車會比較適合。」

她「哼」了一聲，說：「也許是如此。但沒錢、沒保險、沒必要。你忘了嗎？」

「妳確定真是如此嗎？」

沒錯。不幸地，她確信就是如此。

傑西吃完後，她帶他上樓來到外公房間，還告訴他：「睡個好覺。」接著她回到廚房，擺上一壺咖啡，等著咖啡煮好。之後她倒了杯咖啡，端著咖啡來到客廳，坐在躺椅上，決心今晚就這樣過夜。

一如以往，有時她在這特別的地方，坐在這特別的位子上時，視線便不由自主地被擺在壁爐台上的一張相片所吸引，那是一個紅髮的小女孩，坐在一大片蒲公英田裡，充滿了許許多多願望與對未來的憧憬。

克莉絲蒂實在很想也像傑西那樣無比樂觀，但她已經搞砸了看見自己夢想成真的機會。

而即使她沒搞砸，即使她有選擇、有機會，只是她還不知道，她也怕自己已經不再有那個決心或膽量去實現夢想了。

很晚了——已經超過了九點很久——克雷格認真考慮今晚該上床睡覺了。他和丹尼爾一直坐在家庭娛樂間裡，放鬆心情看著一部計次付費的電影，一部還不錯的驚悚片，但克雷格一直無法專注在那部大卡司與劇情複雜的電影上。

他一直在想著，自己實在很想從迪蘭科特家搬出，儘管這對夫婦極力讓他覺得自在愉快。教會之前答應過會提供他一棟位於灣邊街、有兩間臥房的小屋子，但一名教友正在重新整修屋子，他是位生意忙碌的承包商，只能在傍晚和週末特地撥時間整修這棟小屋。

不論是去催促這位義工或是教會早點完工，都不是很恰當，但克雷格絕對可以幫忙這位承包商趕快把屋子整修好。他沒做過多少建築工作，但他學得很快，且身體強壯，個性穩靠。

他也非常、非常具有動力，想早點把屋子整修好。

車子引擎聲在屋外響起，接著是車庫自動門拉起的聲音。

顯然卡珊卓終於回家了。她稍早便已經把晚餐擺在餐桌上，然後趕去一家位於聖地牙哥的婚紗店與達拉．瑞斯菲德碰面。

丹尼爾就這件事質疑過妻子，並委婉建議最好不要喧賓奪主時，她很不贊同，說：「我和達拉只不過是去看看婚紗，互相多了解一下彼此而已。我們兩個都會回報讓香娜知道的。那家店有網站，所以她可以看看我們喜歡的幾件禮服，再自己做最後決定。」

丹尼爾的唯一反應是微微翻了翻白眼，他大概不曉得克雷格見到了這一幕。

卡珊卓進入了屋內，頭髮被風吹得有些凌亂，臉色也有些煩悶，克雷格立即察覺到出事了。通常很注意自己打扮並頗為自制的卡珊卓脫口說出：「我的手提包被偷了！」

「妳打電話給警察報案了嗎？」丹尼爾問。

「打了。」

她丈夫注意力又轉回電影上，因為大追殺已經開始，正高潮迭起。

「丹尼爾！」她尖聲喊了出來：「你有沒有聽見我說話？」

男人的視線從電視螢幕上移開，說：「小珊，是的，我聽見了。妳的手提包被偷了，妳也報案了。除了掛失妳的信用卡外，此刻妳也無能為力。」

她臉上的痛苦表情顯示男人並沒有給予她所希望的反應。見到丈夫對電影的興致顯然比她遇到的困境來得大，她略顯激動地嘆口氣，然後一屁股坐在一張厚墊椅子上，說：「幸好爹地堅持要我們用磁鐵盒多藏一把鑰匙在車底[38]，不然達拉就得開車載我回家，然後我們還得再過去把車開回來。」

「手提包裡有信用卡嗎？」克雷格問。

「還好只有一張，我最好趕緊打電話去掛失。」她伸手拿起身旁燈桌上的電話，又慢慢把話筒放回去，說：「哎唷，我心慌得腦袋都糊塗了。我得上樓去把我那些重要的電話號碼找出來。」

克雷格決定現在正是他告退的時候，但他還沒張嘴，電影已播放起片尾，丹尼爾說：「對了，小珊，我差點忘了。妳不在家的時候，克萊兒．道森打過電話來，她請妳明天回電話給她。她和山姆下週要招待我們事務所的幾位律師去他們家吃晚餐，希望我們也過去。」

「沒問題。」卡珊卓轉頭對克雷格說：「山姆．道森與他妻子克萊兒也是教會新成員。我不曉得你見過他們了沒有？」

「恐怕還沒這個機會。」若他們夫婦沒有正值青少年的孩子在青年團，也不是足不出戶的教友，或沒有常來慈善食堂的話，他不太可能會遇見他們。

「克萊兒有沒有好一些？」卡珊卓問丹尼爾：「我上次聽說，害喜讓她沒什麼精神，提不起勁做事。」

「她倒沒說。」

卡珊卓面對著克雷格解釋起來：「山姆撫養失去雙親的小姪女，那可愛的小女孩總是讓我想到小時候的香娜。事實上，安娜莉莎對於新成員寶寶的到來是那麼雀躍，連我都希望當時應該再生一個，那有多好。」

卡珊卓將視線移到丈夫身上，彷彿期待他的某種回應，但他卻無動於衷。

又是一段幾乎令人窒息的長時間尷尬沉默，但克雷格還沒來得及假裝打個哈欠，起身告退時，電話響了。

卡珊卓幾乎是立刻就接了起來，一會兒之後，臉上的線條柔和起來。「嗨，寶貝，真高興妳打電話回家。妳絕對猜不到達拉．瑞斯菲德和我今晚做了什麼。」

她的臉色變得嚴肅，說：「妳把婚禮日期提前了？糟糕，這樣的話時間會不夠，來不及安排好。」

㊳ 原文為magnetic hide-a-key，一種可以放置單支鑰匙、並具有磁性的金屬小盒子，可任意附著在車子表面，用於藏匿備份車鑰匙，通常置於車底、車牌底下等等隱密不易發現的角落。

卡珊卓又聽了好一會兒電話，然後用手遮住話筒，說：「丹尼爾，香娜要提早回來。他要你明天下午四點去機場接她。」

「這是怎麼回事？」現在輪到丹尼爾露出一副變幻不定的神情，無聲問：「她是不是……懷孕了？」

卡珊卓聳聳肩，繼續講電話：「妳學期中就要回家，但這是妳最後一個學期了。寶貝，妳沒事吧？我是說，如果妳懷孕的話，我們可以想辦法解決的。不用讓人家知道，這樣才不會毀了婚禮。」

卡珊卓的眼神與克雷格對上時，臉上閃過「大事不妙」的表情。她和丹尼爾都忘了他也在這裡嗎？忘了他沒必要參與這件事嗎？

克雷格再次希望，他一開始想到要告退上床睡覺時，早就該閃人了。

卡珊卓看了丈夫一眼，搖搖頭，無聲地說：「她沒懷孕。」

「好吧。」卡珊卓對話筒說：「我了解。至少我想我了解吧。等妳回家後再多告訴我們一些細節。我只希望這不會耽誤妳順利畢業。」

她皺起眉，說：「好吧，我相信妳。明天見。」

卡珊卓掛上電話，結束對話。

屋裡仍舊安靜得刺耳，這沉重的緊繃感連牆壁和天花板似乎都要被壓得彎折變形。

克雷格抓住機會逃離現場，說：「實在不好意思，我真的得上床睡覺了。明早七點，一位一直臥病在家的教友，哈利・史蒂芬斯要接受心臟繞道[39]手術，我已經答應他妻子，手術期間去陪她。」

「晚安。」丹尼爾說：「明早見。」

若是可以的話，克雷格希望不要和他們碰到面。他計畫早上五點就起床，好能溜出屋子，到通宵營業的餐廳喝杯咖啡和吃早餐。

一會兒之後，他走入房裡要關上門時，感覺到一種解脫。但這解脫感沒維持多久。客廳裡的人聲隱約穿過了牆壁，仍在低聲交談。

「我很不高興香娜離開學校。」丹尼爾說。

「我也是，但她說一切都不會有問題。」

一聲帶著男性渾厚的鼻音「哼」地冒了出來。

「我們要在這件事支持她。」卡珊卓說：「況且，她說布萊德需要她。說什麼他的同學們都已經找到律師助理的職位，而他一直很緊張自己還沒著落。」

「成績最好的學生，總是最容易找到工作。」

「你是在暗指布萊德不是好學生嗎？」

丹尼爾沒有回答。

「丹尼爾，你是不是在這樣暗示？」

「小珊，我沒有在暗示什麼，別追究了。」

---

❸❾ 心臟動脈阻塞或狹窄時，以身體其他部位血管做血管移植，在阻塞區域周圍建構一條新的通道讓心臟血液流過。

「你沒辦法替他弄個工作，還記得嗎？那天在晚餐時他的確有暗示過。」

接下來是一頓長時間的沉默，然後丹尼爾說：「小珊，我不會幫他的。」

「為什麼？爹地就特別費事替你找到工作。」

「這正是我不會幫他的原因。」

「你該是最心懷感激的人才對。」

「為什麼？好讓布萊德被困在有天會讓他悲慘無比的工作裡嗎？」

「被困住？被困住？丹尼爾，你在說什麼啊？你可是全國，不然好歹也是全州最具聲望的法律事務所合夥人。你是在暗指你被困住，還悲慘無比嗎？」

「妳知道我從來就不想當辯護律師，我想當的是檢察官。」

「我們討論過了，而且我們也同意當一個起訴別人的檢察官是賺不了多少錢的。」

「不，小珊，其實是妳和妳父親討論過，然後做出結論。而我就像個傻子，居然同意了。即使我一直努力做到最好，但仍覺得自己不夠格。」

「爹地多麼以你為傲，你怎麼可以說自己不夠格？」

「妳有沒有停下來想過，我連在自己眼裡也不夠格呢？」

克雷格走進浴室，關上門，終於把不想聽見的人聲完全阻絕在外。沖過熱水澡後，他刷了刷牙，然後回到房裡，裡頭一片寧靜。

直到他望了一眼那些擺在書架上的棒球紀念品。

他有天也會像丹尼爾．迪蘭科特這般悲慘嗎？

「媽？」

有人在她手臂上戳了戳，又喊了第二聲「媽」之後，克莉絲蒂猛地從躺椅上跳起來。

傑森穿著海綿寶寶睡衣，站在她身邊，說：「媽，對不起，妳不用醒來，不過我可以吃點棉花糖麥片當早餐嗎？」

她的目光環顧染滿晨光的客廳，想搞清楚自己究竟在哪裡？她原本想整夜不睡，但顯然她還是睡著了。她用手梳了梳頭髮，眨了眨眼，說：「寶貝，當然沒問題。我去弄給你吃，不過我得先去檢查一件事，一下子就好。」

「好。」他從咖啡桌上抓起電視遙控器，然後爬上沙發，按下電源開啟鈕。

「聲音小一點，拜託。還有些人在睡覺。」

「還有哪些人？」他的視線顯然完全黏在電視螢幕上。

既然他沒有繼續問下去，她也就不提。她踮著腳尖走上樓梯，避開會踩出怪聲的台階。她往外公的舊臥房走去，卻發現房門開著，床鋪也整理好了，用過的亞麻床單整整齊齊地折好，疊在床墊上。

傑西已經起床了？

她檢查浴室，也檢查了屋裡其他地方，樓上和樓下都看過了，這才確信他不但已經醒來，而且還離開了。

她走近外婆房間時，聽見外婆喊她：「克莉絲蒂？是妳嗎？」

她放慢腳步，伸頭探入敞開的房門口，說：「是我，吵醒妳了，對不起。」

「沒關係。現在幾點了？」

克莉絲蒂看了一眼從昨晚就沒拿下的手錶，說：「六點十五分。要我扶妳去上廁所嗎？」

「如果方便的話。」

「我先幫傑森弄碗麥片，馬上就回來。」

過了一會兒，克莉絲蒂回到房裡，將外婆扶下床，坐入可攜式坐便器。

「妳昨晚睡得怎麼樣？」她一面問，一面將外婆推入廁所。

「睡得比平常好，不過昨晚我做了一個好奇怪的夢。」

將外婆推入廁所後，克莉絲蒂退回到走廊上，關上廁所的門，讓老婦能有私人空間。

「那個夢好真實。」外婆說：「但我知道那不是真的，因為我看見一個滿臉鬍子的陌生人出現在家裡，居然完全不害怕。」

克莉絲蒂原本靠在牆上等著外婆上完廁所，這時直起了身子。

「那人感覺起來很溫柔善良。」外婆又說：「而且他有一雙我所見過最美麗的碧藍眼眸。」

一雙眼眸？昨晚其中一隻眼睛還腫到睜不開呢。沖個澡再加上好好休息之後，紅腫就消退了嗎？

「多神奇啊，我們的腦袋能創造出這麼奇妙的夢境，但那人穿著妳外公的衣服。事實上，他身上穿的那件寶藍色外套，甚至還是我和史坦最後一次共度聖誕節時，我送給他的禮物呢。」

克莉絲蒂之前並不曉得那件特別的外套有何重要。若她知道，就會從衣櫃裡挑另外一件送人。

「他說的事情也奇怪極了。」外婆說。

「像什麼?」

「譬如,他彷彿帶來某種神聖的信息。」

科幻電影「陰陽魔界」的主題曲音樂在克莉絲蒂的腦海中響起。她問:「他有告訴你,他是上帝派來的使者嗎?」

外婆呵呵笑了起來,說:「沒有。他看起來太真實了,反倒不像是上帝派來的使者。我本來預期天堂的人會是……嗯,大概是像鬼魂那樣輕飄飄的。」

「他對妳說了什麼?」

外婆清清喉嚨說:「我完了。」

是在這個世界活夠了的意思嗎?克莉絲蒂皺起臉,問:「那是什麼意思?我不確定知道妳在說什麼。」

「我上完廁所了。」外婆說:「妳現在可以進來,幫我弄回床上了。」

克莉絲蒂吐出一口氣,這時她才知道自己剛才一直屏著呼吸,然後走進廁所。

「他問我覺得怎麼樣?」外婆說:「我就老實告訴他,我覺得自己一無是處,只是個負擔,準備等死。」

克莉絲蒂倒掉便壺,沖洗乾淨。她洗完手後,才把外婆推回到走廊。

「他告訴我,我在這個世界上還有未完的職責。」

「嗯，說不定的確如此。」儘管克莉絲蒂知道，外婆能做的其實也不多。

「他也提到了妳。」

「我？」克莉絲蒂歪了歪頭，問：「他怎麼說我的？」

「他說我的態度讓妳沮喪不堪，還說妳此刻需要的，是我的全力支持，而不是抱怨。」

克莉絲蒂曾對傑西說過什麼嗎？她想不起來自己曾洩漏或討論過關於外婆的任何事。

外婆轉過頭，往後望著她，說：「寶貝，我很抱歉。」

「抱歉什麼呢？」沒有支持她？還是不斷抱怨？

「我越是想那人說過的話，就越明白他說的一點都沒錯。我不是故意要讓妳日子不好過。我也無法保證將來我不會變成妳的負擔，但我會努力的。」

「謝謝妳，外婆。我接受妳的道歉。」克莉絲蒂想到克雷格說過的話，於是試著用誠實的態度回應：「外婆，那人說得沒錯。儘管我真的很同情妳，也知道妳的日子有多艱苦，但我實在無能為力，而那實在讓我感到挫敗。」

「瞧？現在又多了一個好理由請上帝快帶我回去。」

「顯然還不是時候。」

「我想妳是對的。」外婆虛弱地嘆口氣，說：「我會努力認真去想夢裡那個人說的話。」

克莉絲蒂敢告訴她，其實她不是在做夢嗎？和她說話的那個人，是真實的血肉之軀？還有他是流浪漢、和平主義者，說不定還會通靈？

也許最好不要。他帶給外婆的信息一點兒也沒錯——而且說不定還真的是來自於神靈的啟示。

「傑西說的沒錯。」克莉絲蒂說：「妳在這個世界上，還有許多工作要做呢。」

「傑西？」外婆說：「誰是傑西？」

說實話嗎？

克莉絲蒂自己也不知道。

12

從機場回家的途中，香娜・迪蘭科特坐在父親那台黑色賓士轎車的乘客座位上，沿著往北的五號州際公路，凝視著窗外風景。

從澳洲飛回來的長途旅程令她十分疲憊，儘管她告訴父母與布萊德，在雪梨大學的課程未完成，並不會影響學位的取得，但她對自己做的這個決定其實並不是那麼有把握。

她父親打開方向燈，切換車道前先往後看，然後說：「香娜，我還是不懂，為什麼妳還沒上完最後一個學期的課就要回來。當然了，我和妳母親都很高興見到妳，但事情只做到一半，或是半途而廢，實在不像妳會做的事。」

不像嗎？有些事情她的父母並不知情，是因為他們沒有觀察到而已。

她不再去理會從雪梨一路尾隨的沉重感，說：「爸爸，別擔心。我有足夠的學分畢業。」

「這不是我的重點。」

也許不是，但她只願意承認這麼多。她對父母具有強烈的忠誠感，但她同樣強烈需要保有個人隱私，而且她發現，只要對父母或其他人透露一點點訊息，事情就會比較好辦，因為這樣他們就根本沒機會去問她不想回答的問題。

「妳到底為什麼決定要回家？」她的父親問：「就只是想計畫婚禮嗎？」

「難道你忘了深陷情網是什麼滋味嗎？」

他不予置評。

「況且。」她又說道：「布萊德很想念我。」他同時也很需要她。過去曾有段時間，她被嚇得手足無措，不知道該向誰求助，是布萊德插手幫忙，主導一切，那麼現在她回報他，也是理所當然。

「那妳想念他嗎？」她的父親問。

他的問題帶著弦外之音，但她迴避這個問題，說：「布萊德很擔心自己的前途，我也擔心他會變得沮喪消沉。有好些三年級的法學院學生已經找到了律師助理的職位，他卻還沒著落。」

「他在班上成績怎麼樣？」

「我不清楚。」她不是很清楚實際排名，只知道排在挺後面。

但她一點也不驚訝。布萊德念高中和大學時，就是一副吊兒郎當的模樣，他念書的習慣也一路跟著他進入西加州法學院。可想而知，當他面臨律師考試與根本遙不可及的錦繡前程時，過去那不負責任的態度又回過頭來作祟。他今年夏天需要保住一個律師助理的職位，但他成績那麼差，選擇實在有限。

她父親伸手去拿杯架上的星巴客咖啡，喝了一口，說：「最好的職位只有成績頂尖的人能得到。」

顯然他對布萊德的成績已經下了明確的結論。

「像是哪些職位？」她問。

「法官身旁的文書員是一種。或是到傑出的法律事務所。其實呢，我還在念法學院時，地區檢察官辦公室只面試全班排名前百分之十的學生。」

「當時你也在那群學生裡，對不對？」

她父親露出微笑，點了點頭，說：「我是第三名。」

「但你不想在地區檢察官辦公室工作，因為當辯護律師可以賺更多錢。」

他沉默了一會兒，彷彿在思索著什麼。然後他清清喉嚨，說：「妳外公建議我到專門處理刑事辯護的事務所工作，妳母親也這麼建議。」

「但那並不是你的第一選擇？」

「不是。」他似乎在沉吟著該如何回答，她悄悄看了父親一眼。他皺著眉頭，雙手緊握方向盤，彷彿害怕要是他不這麼握著，便會從車頂彈出去。然後他說：「老實說，我寧願在地區檢察官的辦公室工作。」

他的坦承令香娜大吃一驚，一時之間，她很難適應自己向來對父親的認知——他居然願意為那些受到迫害、被人踐踏的人們奮鬥。

「你是說，你認真考慮過去當檢察官？」

他聳聳肩，臉上的淡然化為一絲苦笑，說：「我看了太多約翰．韋恩的電影長大。」

她從不知道，她的父親自己也可能有過後悔，不知道他也曾被慫恿、被牽著鼻子去做出所謂的正確選擇，但那些抉擇對他而言，可能並不是最好的。

「不管怎麼樣，對我而言，你一直是個好人。」她說。

「謝謝，寶貝。」他伸手過來拍了拍她的膝蓋，說：「有多少男人擁有自己個人專屬的啦啦隊員？」

香娜大著膽子又偷看了一眼父親的側臉，用從未有過的眼光端詳著這個男人。他一直是個英俊的男人，但過去這一年來，他額角兩旁的頭髮更加灰白，眼周的魚尾紋也更加明顯。

此刻，在開車回家的路上，她無法不去注意到沉思中的父親，眉間皺起了深深的一道皺紋。

「你覺得遺憾嗎？」她問。

「遺憾什麼？」

「沒有去為地區檢察官工作。」

「嘿。」他盯著路面的目光移了回來，對女兒露出微笑，說：「這沒什麼。只是在許多年前，我做了一個對家裡最好的決定。」

「你沒有懊悔過嗎？」

他的眼神又飄回擋風玻璃前方，她不確定這是為了安全，還是只是不想立刻回答問題。最後他說：「回頭看自己的人生，懷疑如果當時選擇的是另外一條路，人生會是什麼樣子，這是很正常的，但那並不一定表示你對已經做的選擇感到後悔。」

香娜就常常這樣，想像要是多年前她挺身站出反抗母親，或是若她沒有每次遇到困難時，只採取最簡單的解決方法，自己現在會過著什麼樣的生活？

在這幾年的大學生涯中，她曾在腦海中想像過每一種可能的替換場景，但沒有多少抉擇最後能讓她感到快樂幸福，於是她想自己那時候有沒有選擇另外一條路，也不是有多重要了。她已經學會了人生並不是玩具畫板[40]，能抹去一切，重新再來。

她父親打開方向燈，準備要下高速公路時，她有些遲疑著是否要直接回家去面對母親，談論婚禮細節和賓客名單。

或是談論她為何突然決定回家。

「你可以順路讓我在克莉絲蒂家下車嗎？我得和她討論一些事。她今天沒上班，會在家裡。」

「妳沒先回家去看妳母親，她會很失望的。」

「我會想辦法補償她的。」

幾分鐘後，這輛賓士轎車便停在了克莉絲蒂家門前的人行道旁。

「謝謝你來接我。晚上家裡見。」香娜對父親露出「我愛你爹地」的甜美微笑，然後拿過手提包，關上乘客座位的車門，走向人行道。

她人還沒走到門口，克莉絲蒂已經從屋裡走了出來，站在門廊上用溫暖的擁抱歡迎她，說：「香娜，真高興見到妳回來。」

「我也很高興回來了。」

好吧，那並不完全是實話。但有些事即使是她的知心好友也不知道——那些她不願意別人知道的事情。即使她埋得再深、推得再遠，她也依然害怕若自己不夠小心，那些祕密便會再度浮上檯面。

「快進屋來。」克莉絲蒂領著她走入客廳，香娜總是覺得這棟老式的維多利亞房屋比自己的家還要溫馨、更歡迎她的歸來。

她環顧著破舊的內部裝潢時，心裡其實很高興她離去的這段時間內一切都沒怎麼改變。

「傑森呢？」她問。

「他在湯米家玩，很快就回來了。」

她們兩人閒談了一會兒，互相了解彼此近況，直到克莉絲蒂說：「前幾天雷蒙到派迪酒吧來找我，問起妳的事。」

香娜一聽到這消息，心臟整個像是要炸開了，但她連忙表現出僅有一丁點好奇的模樣，問：「他說了什麼？」

「只是很驚訝聽到妳要嫁給布萊德的消息，他以為妳會挑更好的對象。」

她能挑到更好的對象嗎？

她自己都很懷疑。

但不論她之前在想些什麼，那些念頭在不受控制之下全飄向了雷蒙，那個她曾用整顆心去愛戀的男孩。

他們的關係維持得很短暫，從第一天起便不被看好。

當香娜的母親知道她偷偷和雷蒙交往時，十分震驚。

「妳到底在想什麼？」母親曾這樣問她：「他是個移民，不過是個管理員的兒子。妳大可

---

⑩ Etch A Sketch，一種遊戲畫板，紅粗框白色底，以下端兩個可轉動的白色圓盤作畫。

以——妳也一定要——找到比他更好的對象。」

但她有嗎？

香娜不再去多想那些回憶，擠出一抹微笑，說：「高中畢業後，我就沒見過雷蒙了。他還好嗎？」

「很好。應該說，很厲害呢！他自己創業，公司經營得有聲有色。」

「我曾聽說他自己開了一家替人修剪草坪的小公司。」

「也許一開始是這樣起步的。」克莉絲蒂說：「但下次妳到桑果公園，可以去看看他設計與維護出來的花園。市政府之前招標，在眾多提案間選了他的設計。」

「他向來對色彩很有想法。」香娜的念頭再次飄向那個她曾深愛過的男孩、他們曾共度的時光，以及若他們沒分開，現在可能會過著什麼樣的生活。

回頭看自己的人生，懷疑若當時選擇另外一條路，人生會是什麼樣子，這是很正常的，但那並不一定表示你對於已經做的選擇感到後悔。她的父親這麼說過。

也許是不會後悔。但之前在開往糖梅巷的車子上，讓她心情低落的悲傷與她試圖擺脫的沉重，此刻再度全力席捲而來。

週一下午，蕾妮坐在免費診所的椅子上，她一面翻閱一本破爛的《美化家居與花園》雜誌，一面等著叫號。

她翻到一篇逛車庫拍賣、以有限預算裝飾家居的文章時停了下來，仔細看著上頭的相片，每一張的擺設都十分獨特有趣。這些別人不要的東西，居然能被廢物利用得這麼神奇。

她想到那些不斷帶東西到樹屋給她的小男生們，臉上露出了微笑——那都是在庭院或車庫拍賣裡能見到的東西。若他們不斷帶那些東西過來，她得蓋出第二層樓才能騰出空間收藏。

當然，既然現在她已經有工作了，也在賺錢而不只是光花錢，未來似乎不再一片慘澹。過去幾個星期，她一直希望能找到一位不介意屋裡會有嬰兒的房東，租下一間房。

像瑪莉．愛琳就很介意，完全不能接受。

蕾妮看了一眼立在身旁的背包，背包的拉鍊打開一部分，一隻精巧手工縫織的小小泰迪熊娃娃正從裡面探出頭來，粉紅色的線在娃娃的嘴上縫出一個可愛的笑容。

「這是給小寶寶的。」丹尼昨天把娃娃給她時這麼說。「我媽媽有次帶我去慈善食堂吃飯時，那兒有位女士把這些娃娃送給我們。」

蕾妮猜給他娃娃的那位女士就是棠恩．藍道夫，因為只有她才會親手縫製動物娃娃，再分送給孩子。

棠恩真的很喜愛孩子，任誰都看得出來。棠恩讓蕾妮想起自己小學一年級的導師，沃妃老師。

沃妃老師人也超好，她會在書桌抽屜裡放支梳子，還有緞帶與髮夾。每天早上，還沒上課前，她會把蕾妮叫過去，替她梳理頭髮。那個時候，蕾妮總以為是因為沃妃老師沒有孩子，所以才會有些雞婆地去管女孩子頭髮有沒有梳整齊。

但現在回想起來，蕾妮猜沃妃老師這麼做，是因為替蕾妮感到難過，她是全班唯一沒人在早上替她整理好儀容才去上學的小女孩。

沃妃老師也習慣在書桌抽屜裡放些點心和食物，像是燕麥棒。所以每到點心時間，蕾妮總會有東西吃，就像其他孩子一樣。

在慈善食堂時，棠恩也很關心蕾妮有沒有足夠的食物吃飽，而且總是會讓她額外多帶食物回家。

昨天，她們在準備午餐時，棠恩提到她和喬伊既然無法生育，便考慮想領養嬰兒。這番話有些來得突然，蕾妮壓根沒想到她會提到這種事。而有那麼一瞬間——非常短暫的一瞬間——蕾妮曾想過棠恩會比她更適合當她肚裡寶寶的母親。

但那時寶寶開始踢她，提醒蕾妮，在她肚子裡的可是一個真實的小孩，擁有不該被忽視的權利與情感。所以這個念頭一閃即逝，一如當初冒出來時那樣迅速。

她絕對不會遺棄自己的寶寶，不會像她媽媽當年遺棄她那樣。即使是把寶寶送給像棠恩這樣的人撫養，她也不願意。

「蕾妮．迪蘭妮？」

「來了。」她瞧見一名拿著病歷表的女子等在門口。她把雜誌放在面前的桌上，站起身，一把抓起背包——很小心地沒有把小熊擠出來——然後走向通往檢驗室的門口。

「妳覺得怎麼樣？」護士問。

「還可以吧？我猜。」

第一站是測量體重。量完蕾妮的體重後，護士帶她來到一間房裡，又在一張小型的檢驗台上放上一件後開式的病人袍與一張床單，說：「妳換上病人袍之後，我會回來替妳檢查血壓。」

蕾妮點點頭，等護士關上門後才換上病人袍，然後躺上檢驗台。沒多久，護士便回來檢查她的血壓與脈搏。

「派維斯醫生很快就會過來。」她說。

十分鐘後，一名身材矮胖結實、滿頭白髮的男子走了進來，他身穿白色實驗袍，鼻子上低低掛著半月形鏡片的老花眼鏡，自我介紹他就是醫生。他很不高興蕾妮拖了這麼久才來見他。

蕾妮可以說出一百個藉口，但那些藉口只會讓她聽起來年輕又愚蠢，而且處境堪危，所以她只是保持沉默。

幸好醫生倒是沒繼續針對這件事刁難她。他問了蕾妮幾個問題，她也盡量回答。

「病歷表上說妳二十一歲。」他說。

她的年齡重要嗎？醫生應該要把那些虐待小孩的人交給警察才對。她會知道這一點，是她之前有位寄養家庭媽媽，叫做達琳妮・葛利芬，有次暴怒之下發狠狂扭蕾妮的手臂，直到她骨折為止。急診室的醫生將達琳妮舉報給保護兒童服務處，他們便把蕾妮和另外一個寄養孩子帶走。

蕾妮絕對不會傷害自己的孩子，但要是派維斯醫生認為她沒辦法好好照顧寶寶呢？或要是他認為將寶寶交給較年長的人照顧比較好呢？某個擁有屋子或是庭院的人？

「是的。」她希望自己臉上愉快的微笑能讓他放心。她說：「我二十一歲。但別擔心，我有身分證，你可以檢查一下。」

如嚴父般的眼神上下打量她，幾乎像是他已經學會要如何從外表判斷一個人的真實年紀，但他並沒有反駁她，而是要她躺下。蕾妮躺下後，將頭擺在枕頭上，醫生開始在她腹部上又戳又推。

之後，他喚護士回來，做了骨盤檢查。檢查結束後，他要護士去準備超音波。

「那是什麼？」蕾妮問。

「那是一種掃描器，可以讓我們看見妳子宮裡的狀況。」派維斯醫生說：「在這個階段，這是例行檢查。我要確保一切都正常發展。」

聽起來很合理。

「以妳的例子而言，我會特別關心妳的狀況，因為妳是高風險懷孕。」他說。

「為什麼？」她納悶醫生是不是發現有哪裡不對勁？

「最主要是因為妳的年齡。」

除非他開始對她大吼大叫，不然她不會坦承自己說謊。但醫生並沒有這麼做。

「我要妳立刻開始服用孕婦維他命。」他又說：「妳離開前，我們得替妳抽血檢測，同時妳也要留下尿液樣本。若我發現任何該注意的地方，會打電話通知妳。」

「我打電話給你可以嗎？我沒有電話。」

醫生的眼鏡滑到鼻尖上，他的雙眼從眼鏡上方看著她，說：「沒問題。」

不知道為什麼，她覺得自己的謊言再度被逮個正著。

護士推進來一台機器，她在架機器的同時，醫生將一種涼膠抹在蕾妮的肚子上。過了一會兒之後，醫生要她看著螢幕。她的第一個念頭是螢幕看起來就像壞掉的電視收訊畫面。

「妳的寶寶在這裡。」派維斯醫生說。

「哪裡？」蕾妮仔細看著螢幕上那堆黑色與灰色的影像，試著想瞧見某種像寶寶的東西在到處游動。

派維斯指出寶寶的頭部和脊椎，他說看起來很好。他也指出寶寶的手臂、手指、雙腿和腳丫子給蕾妮看。

寶寶的一個拳頭舉著，似乎消失在頭部裡。

「看見沒？」派維斯醫生說：「寶寶正在吸大拇指呢。」

「真的嗎？」蕾妮張開雙唇，睜大了眼睛看著醫生，想知道醫生到底是不是在唬弄她。但他看起來不像。

他按了幾個按鍵，打進一些數字，讓螢幕畫面定格，然後說：「妳懷孕大約二十一週。妳想知道懷的是女孩還是男孩嗎？」

「不是開玩笑吧？你真的看得出來？」蕾妮的視線從螢幕上抽開，盯著醫生的臉問。

醫生的表情依舊嚴肅無比。他說：「如果寶寶合作的話，我可以看得出來。」

「可以的話，我當然想知道。我想知道寶寶是男是女。」

醫生回過頭繼續檢查，將某種攝影機之類的東西推到她的肚子上，說：「喔，找到了。這裡看得很清楚。好……是個小女生。」

直到傑西說她的寶寶會是女生之前，蕾妮從來都沒想過孩子的性別。而從那天開始，她就開始想像自己會有個女兒。

傑西真神奇，居然會知道。

她咬住下唇，問道：「你看得出來她有黑色卷髮嗎？」

派維斯醫生呵呵笑了出來，說：「恐怕我們的科技還沒那麼發達。」

她倒回枕頭上，說：「其實也沒那麼重要，我只是好奇而已，就這樣。」

傑西在預測寶寶性別時，大概只是在騙騙她而已，他的預測也沒什麼大不了的，因為有一半的機率會猜對。

但那些都不重要。

今天，這個寶寶成為真實的存在，而這是第一次，蕾妮開始期待能在懷裡抱著自己的女兒。

香娜昨天在克莉絲蒂家裡一直待到傍晚六點，與知心好友互相交流近況，找機會和傑森玩一玩，並且探望史密斯太太。

看見那位曾經充滿生氣、總是帶給人溫暖的老婦被困在床上，過著如此淒慘的日子，實在令人感傷。香娜還是個孩子，甚至青少年時，很喜歡親近克莉絲蒂的外婆，她從不介意這兩個女孩在她那光可鑑人的廚房裡烤餅乾，或是整夜不睡地吵吵鬧鬧，笑個不停。而且她從不來那一套假惺惺的禮貌規矩，香娜自己的外婆卻總是愛唸東唸西。

差不多接近晚餐時，克莉絲蒂請一位鄰居來家裡陪伴外婆，然後親自開車戴香娜回家。

離家幾個月以來第一次返家，一走進家門，香娜就發現她母親在廚房裡削著馬鈴薯皮。她上前擁抱香娜，歡迎女兒回來，兩人比手劃腳一番，互相訴說有多想念對方。

「晚餐馬上就弄好了。」她的母親說道。

「真的很抱歉，但我不吃晚餐了。坐這一趟飛機可把我累壞了，我只想睡覺。」

她母親無疑已經準備好大秀廚藝，料理女兒最喜歡的食物，份量多到香娜根本吃不完。但她裝出一個優雅的標準微笑，說：「我明白。」

香娜於是回到臥房，把自己關在裡頭，與外界隔離。在她離開的這段時間，房裡一切擺設都沒有變。床上依舊罩著那條鑲白邊的藍色被子，配色與壁紙相稱。甚至她念美溪高中時使用的啦啦隊彩球與大聲公，依然擺在當初她放置的角落裡，那是對一個已經不復存在的自在無憂少女，僅存的紀念。

今天她被母親說服，一起去聖地牙哥的婚紗店看婚紗，但她試穿過太多件白色婚紗，已經暈頭轉向，沒法做出選擇。

至少，那是母親問她最喜歡哪一件婚紗時，她使用的藉口。

現在，逛完了婚紗店，她和母親將車子駛進家門前的車道。

「不用一小時我就可以把晚餐準備好。」她母親說。

「不用那麼趕，我要去桑果公園跑步，至少一小時內不會回來。」

她母親的表情動搖了一下，然後對香娜露出討好的微笑，但香娜卻無法讓自己也露出同樣友善的笑容。

「晚餐吃義大利麵怎麼樣？」她母親問。

「很好啊。」香娜並非有意要維持冷戰，但她沒有力氣去修復已經無法修復的事情。她們的母女關係已經損害到無法挽回的地步，她們兩人都知道這個事實。

唯一的問題是，她的母親並不知道原因是什麼。

卡珊卓不是沒有努力過，她盡力想修補母女倆之間的關係，卻一直無能為力。不管她說什麼或做什麼，都不順香娜的意，即使香娜很少因此與她起過衝突。

「我等妳回家後再把晚餐端上桌。」她母親把車鑰匙交給她，說：「我真等不及讓妳見見克雷格牧師，妳會喜歡他的。其實啊，要不是妳已經決定嫁給布萊德，我早替你們作媒了。」

這可真是香娜所需要的哪。在那麼多人裡面，偏偏要把她和牧師湊成一對。一個力求完美的男人，而她卻早已離完美十萬八千里。

十分鐘後，她換好慢跑服，開車來到桑果公園，將車子停在樹蔭下。

她告訴母親她會沿著慢跑路徑跑步，但她的第一站卻是新建噴泉區與環繞四周的花園。罵她瘋了或是沉浸在過去都好，她不在乎。

她得看看雷蒙的成就。

她走近飲水噴泉時，目光被一片五顏六色的花海所吸引——百日菊、藍菊與牽牛花。她站在那兒，沉浸在這片美麗花海中，憶起那個曾讓她心碎欲死的年輕人。她試著想像他是名藝術家——因為這片繽紛花海正是最好的證明。

春天的氣息中帶著些微涼爽海風，她閉上雙眼，要自己忘掉所有離開這裡的理由。那些她曾感到憂懼萬分而不願回來的理由。

她從噴泉喝了一口水，品嚐著清涼液體緩緩流過喉嚨的感覺，然後走向從棒球場附近開始起跑的水泥跑道。

幾年前市政府鋪設了這條小徑，喜愛樹叢景觀的居民常在這兒騎單車、慢跑、遛狗與欣賞大自然。

香娜才剛抵達靠近三壘間線附近的護欄，一輛新型牧馬人吉普車[41]開了過來停下。她只是匆忙望過去一眼，但當車子駕駛再次細看她時，她不得不也跟著照樣看回去。

她頓時認出了他，她停下腳步，看著雷蒙跳下車。

他穿著褪色牛仔褲、白色上衣，戴著一頂紅色棒球帽，但這身隨意的日常裝扮，卻讓人更想起他過去還是個少年時的模樣。

「嘿，妳好嗎？」他說。

香娜激動得喉嚨發堵，她得清一下喉嚨才能開口說話：「我很好，你呢？」

「也不錯。」

他一直都很高，大概有一百八十公分左右，但自從最後一次見面後，他又長高了好幾公分呢。他也壯碩了不少，現在是個男人了。

「我……呃……」她朝飲水噴泉的方向點點頭，說：「我看到你設計的花園了，真漂亮。」

「謝謝。」他似乎也正在仔細打量她，檢視這七年來她的外貌有何變化。

---

[41] Jeep Wrangler。

她忍不住希望自己穿的是慢跑短褲與新買的那件無袖背心，而不是運動長褲與過大的上衣；還有她應該把頭髮放下，而不是紮成馬尾。

「我聽說妳要結婚了。」他說：「恭喜妳。」

「謝謝。」她擠出半個微笑，這是如今她用來表示自己還算不錯的表情。但，說真的呢？她已經很久、很久沒有感到快樂過了。

他往棒球場的方向點點頭，說：「我在帶一群孩子打棒球。」

她還沒來得及回應，一個站在選手休息處的金髮男孩大喊：「嘿！雷蒙！」

那孩子慢慢跑向他的棒球教練，一頭亂髮隨著跑步的步伐上下翻飛。他跑近雷蒙身旁時，滿是雀斑的臉龐展開快樂的笑容，問：「需要幫忙嗎？」

「當然要。」雷蒙這麼回答男孩，但視線仍在香娜身上多流連了一會兒。最後他總算結束兩人間久別重逢的試探接觸，轉身走向吉普車。他打開後車廂拿出一個黑色的筒狀帆布袋，裡頭裝滿了棒球用具，遞給那男孩。

「麥特，謝了。你把這個拿到選手休息區，我馬上過來。」

那男孩聞言照辦，這時雷蒙轉過身面對香娜，說：「我的隊員們已經陸續到了，我最好得走了。」

她點點頭，說：「是啊，我也是。我正想在晚餐前隨便跑一跑。」

「若妳跑完覺得無聊，隨時歡迎過來看看，我們沒多少啦啦隊員。」他說。

「說不定我會喔。」

他沒有要走開的意思，而她也不想走。

「很高興見到妳。」他又說。

「我也是。」

但兩人的相會其實讓她苦樂參半，因為讓她回想起他們的分手曾令她多麼痛苦。在分手之後的那幾個月裡，她有多想就這樣把自己蜷縮起來，然後死去。

而她生命的一部分，是如何真的就此死去。

13

週一傍晚，克雷格在五點半時走入迪蘭科特家，預期會聞到一頓豐盛晚餐的香氣。但他卻只聞到了淡淡檸檬油與其他清潔用品的味道。

他忍不住覺得奇怪，因為卡珊卓總是會特地料理豐盛美味的餐點。

「有人在家嗎？」他喊了聲，不想驚動主人，尤其是自從香娜回來之後。

「我在娛樂間。」丹尼爾說。

克雷格將鑰匙放入褲子口袋，走到娛樂間，丹尼爾正在平面電視上收看體育頻道。

「她們又出門去大採購了。」丹尼爾說：「我們得自己解決晚餐。打電話叫外送披薩怎麼樣？」

「好主意。」

「我也覺得不錯。小珊很會煮菜，但我其實最愛吃垃圾食物，我時常想念那些外帶或得來速的速食。」丹尼爾伸手去拿電話，問：「你討厭吃義大利辣香腸或臘腸之類的嗎？」

「一點都不。」

三十分鐘後，比薩斜塔披薩店的外送司機便已經將食物送上門，克雷格把披薩放在娛樂間的玻璃桌面上。

「來點美樂淡啤酒如何？」

「這個嘛，我寧願喝可樂。」克雷格說。

丹尼爾的表情有些窘，他說：「牧師，很抱歉我問你要不要喝酒。我應該知道你不碰酒的。」

「不用道歉，這和我是不是牧師沒有關係。我只是對啤酒向來沒什麼興趣。」

丹尼爾去拿飲料與幾張餐巾紙。他回來時，走到克雷格坐著的沙發前，在他身邊坐了下來，說：「我得為自己申辯一下，你看起來實在不像牧師，行為舉止也不像，所以我常常忘記你的身分。」

克雷格不是很清楚牧師該有怎麼樣的儀容或是舉止。要不是他早就覺得自己彷彿穿著一套借來的服裝，而且服裝的主人身材比他龐大許多，他多少會反駁幾句。

「你一直都想當牧師嗎？」丹尼爾問。

克雷格不確定自己想洩漏多少心事，但他喜歡丹尼爾這個人。也許是因為他們對棒球有共同的喜好，也或許是他向來崇敬那些無疑深愛著自己孩子的男人。

好吧、好吧。他知道這背後的心理學。他的爸爸還在世時就是個傳奇人物，甚至死後更添傳奇。所以失去父親在克雷格的人生中留下一個巨大的缺口。

「我以前從沒打算當牧師。」克雷格伸手去拿一片披薩，融化的乾酪起司拉得好長，直到快要從他選中的那片披薩上整片滑落。他用手指拉開起司，讓起司留在披薩上，說：「我一直都很想打職棒。」

「真有趣。」丹尼爾對他一笑，說：「我小時候也有同樣的夢想，但就是沒這方面的天分。」

說實話，克雷格也不確定自己的棒球技巧是否比候補投手高明，但他一直想盡力試試看。他說：「我念高中時，曾在選秀中被道奇隊選上，得意極了。」

丹尼爾「啪」的一聲打開啤酒罐，說：「我只能靠想像去感受那種滋味。」

「我也靠打棒球贏得亞利桑那州州立大學的全額獎學金，家人都鼓勵我去就讀。但那時我正認真考慮是否要放棄學業去打職棒。」克雷格又咬了一口披薩，然後拿起紙巾擦了擦雙手與嘴巴。

他其實無法保證自己是否能通過球員培訓，但他還是想試試。那可能是他唯一淺嚐到名譽與榮耀的一次機會。

「你父母一定很以你為傲。」

「我媽媽和祖父母的確是如此，儘管他們從來沒那麼關心運動。我猜我爸爸會有不同感覺，但他在我小時候就死在沙漠風暴行動中了。」

「我很遺憾。」

克雷格聳聳肩，說：「是很不幸。他是在特殊作戰任務中陣亡的，死得像個英雄。」

「之後發生了什麼事？」丹尼爾問：「你為什麼放棄了？」

「在最後一個球季裡，我扯裂了肩旋轉袖肌[42]，於是我不但無法打職棒，靠獎學金攻讀大學的機會也沒了。」

「聽起來受傷很嚴重，但我不認為那會讓你永遠都無法出賽。」

「我至少一年不能打棒球。」那些回憶與失望，沉重地緩緩湧入房裡，顯而易見。即便他想收藏好自己的傷痛，逃避丹尼爾那專注的凝視，他還是決定與這個男人坦誠相對，大聲承認：「我以為當時人生已經到了谷底，但我錯了。兩週後，我祖父被診斷出患有肝病，我這才知道禍不單行。」

「你和祖父感情一定很好。」

「的確很好。我祖父是傳教士，我父親死後，他放下一切，回家陪著我和我媽媽。所以，沒錯，我們祖孫倆感情很好。他扛下責任，取代了我至今一直懷念的父親。」

「所以你就決定要追隨你祖父的腳步？」

克雷格端詳著自己盤子裡那片吃剩一半的披薩，卻感覺不到任何一點兒飢餓感。他說：「我答應過上帝，只要祖父能挺過這一劫，我願意忘記所有和棒球有關的一切，去念神學院。」

「所以我猜你祖父熬過來了。」

克雷格點點頭，說：「他們及時找到肝臟捐贈者。在手術中，祖父曾一度失去生命跡象，但他們努力把他救了回來。醫生們都說這簡直是奇蹟。」

「所以你不得不遵守承諾。」

一個很沉重的承諾。

丹尼爾陷入片刻沉默，沉思著。

42 Rotator cuff tear，患者側肩部會刺痛、無法動彈，尤其是旋轉上舉的動作。

他們兩人原本都餓得要命，正準備大快朵頤這塊特大號披薩，克雷格卻發現他們現在的心思都不在食物上了。

「牧師，我可以問你一件事嗎？」

又喊他「牧師」了，那稱呼彷彿有什麼東西在輕輕搔抓著他，像是裁判員清掃本壘板的毛刷子[43]。克雷格還沒完全習慣這個稱號，尤其他才剛敞開心胸與丹尼爾大談心事，現下從丹尼爾嘴裡喊出來，更覺刺耳。好吧，其實他並沒有完全吐實，他只是洩漏了一些心聲而已。

「當然，你說吧。」克雷格說。

「也許我應該先解釋一下。」丹尼爾低頭看了一眼自己的披薩，又抬起頭看他，說：「從我在西加州法學院上的第一堂課開始，我就很喜歡刑法，我也曾計畫要為地區檢察官工作，起訴罪犯，而不是為他們辯護。我一直想改變這個世界，或至少讓這個社區能有所改變。」

克雷格沒有回答，他也不需要回答。

「我可是本州最頂尖的辯護律師之一，能讓我如此成功的一項因素，是我在著手一個案子的辯護對策之前，會先在心裡模擬要如何起訴這個案子。有時候明明我該輸掉一個案子，但是卻贏了。有時候我完全明白起訴律師為什麼會打輸這個案子，知道他們哪裡出了問題。每一次這種情況發生時，我就會告訴自己，我只是在做自己該做的工作罷了——而且我做得很好。每個人都有權利獲得公平的審判，而必須要有個人去確保這些權利受到保護。但真相是，我是在替錯誤的一方工作。你知道我的意思嗎？有些人天生就是辯護律師的料，但我相信我並不是其中之一。」

克雷格點點頭。不用太多想像，就能完全知道對於自己站在錯誤的一方，丹尼爾是何感覺。

「你有沒有讓別人替你做過決定？」丹尼爾問：「而這個決定從此影響了你的一生？」

「沒有，在這種情況下沒有過。」但命運之神卻扔給克雷格一個曲線球，結果他發現自己坐在板凳上，希望有機會好好表現，同時卻又懷疑是否能有機會在緊要關頭時上場，跌破眾人眼鏡，挽救危機。

「你知道嗎？當你提到父親過世時，我很能體會。我還在念高一時，雙親同時在遊艇意外中身亡。之後我得在寄養家庭住一陣子，其實也還好。寄養家庭的人對我很好，也鼓勵我去念大學。但我很思念父母，尤其是我父親。我無法解釋他的死亡在我人生中留下多大的缺憾，或是我有多渴望去填補那個缺憾。」

他不用解釋。克雷格知道丹尼爾在講什麼，只是他一樣無法解釋。

「我娶了卡珊卓之後，有一部分的我仍渴望著父親的身影，而我以為在她的父親身上找到了。」

「是嗎？」

「那時我是這麼認為。於是我出賣了自己。」

「什麼意思？」

「起訴律師賺的錢遠遠不及高明的辯護律師，而卡珊卓習慣了用好東西、住豪宅、穿漂亮衣

㊸ 棒球比賽中，攻守互換或有需要時，可請求裁判員以毛刷清潔本壘板，捕手不可自行以手套清潔，以免有做記號作弊之嫌。

服……我很愛她，我想提供她所有已經習慣、也值得的一切。但除了一個法律學位和一堆就學貸款之外，我能提供給她的實在有限。結果呢，結婚超過二十五年了，我只覺得自己的工作乏味透頂。」

克雷格不知道二十五年後，他對自己的人生會有何感觸？覺得更好？還是就此認命？快樂大概是不可能的吧。

「我的問題來了。」丹尼爾說。

克雷格與他的目光交會，明白正凝視著自己的這位律師，以為他手裡握有宇宙未知奧祕的鑰匙。他只能期望與祈禱自己不會讓丹尼爾失望，對方可是第一位實際來找他尋求解脫困境的教友。

「過去我一直有些令人煩惱的案子。」丹尼爾說：「但我現在手上在處理的這一件，比過去任何一件案子都還要令我困惑不安，我心裡實在是天人交戰。」

克雷格明白律師與客戶間的保密協議，知道丹尼爾無法也不會再披露更多。但如果這件案子和他過去必須辯護的案子很不同，而且讓他心裡掙扎不已，克雷格懷疑是不是前幾天晚上他在電視上聽到的那件可怕新聞——而且人盡皆知：一名富人被控謀殺一個孩子。處理這種案件，會讓一個人，尤其是為人父者，挑戰世上所有一切良善與正義。

丹尼爾低下頭，他內心的道德兩難之沉重，明顯可見。然後他抬起頭，目光對上克雷格，彷佛他知道答案。

「你不知道我有多想讓自己從這件案子中脫身。」

「也許你該聽從自己真正的心聲。」

「你會這樣做嗎？」

在丹尼爾這種情況嗎？

「我想我必須這麼做。」

但在他自己的情況下呢？

答案可沒那麼簡單了。克雷格很想去從事不同的職業。一個不會對上帝食言的職業。

週三接近傍晚時，克莉絲蒂站在廚房流理台前，準備著做肉餅、烤馬鈴薯與青豆當晚餐。她望了一眼擱在烤箱上的時鐘，知道她得快點打電話給馬奎爾一家，請他們把傑森送回家。

克莉絲蒂很喜歡吉莉安．馬奎爾，也就是湯米的母親，儘管她們其實還沒有機會真正好好交談過。吉莉安和她的孩子們是前年聖誕節才搬過來的。那個時候吉莉安才剛離婚，而且，據她所說，當時她對人生了無希望，直到麥可出現。他們兩人陷入熱戀，之後很快便結婚了。

克莉絲蒂也曾希望有人能像陣風似地進入她的生活，幫助她重新振作。但她從來就不是會做白日夢的人。

門鈴響了，她很快洗淨雙手，用擱在流理台上的擦碗巾抹乾。外婆昨晚睡得不是很好，現在正在打盹補眠——最近外婆似乎常常這樣，克莉絲蒂不想吵醒她。

她打開門，發現克雷格牧師就站在門廊上。

他穿著一件海藍色的運動外套，奶油色的襯衫上打著保守的領帶。但他的頭髮時髦地抹上了慕絲塑形，讓他看起來有些反差的矛盾。

而且這副打扮讓他充滿魅力。

「我今天早到了。今晚教堂有場特別的禮拜，而且既然……」他拖長了聲音，降低音量，說：「嗯……既然妳外婆對一些事情比較敏感，我不想讓她以為我已經忘了她。我來的時間不對嗎？」

「不會，一點也不會。」她站到一旁，讓他進屋。

一縷混合著月桂與麝香的氣息隨著他飄入客廳，她得蓄意克制自己不去吸進他身上的氣味，直到那氣味滲入她身體上的每一個毛細孔。

對於自己竟被克雷格．修士頓吸引，克莉絲蒂感到不安，這個男人對她這種女人而言太過完美。

「那個，外婆可能正在打盹。至少我剛才去看她的時候，她還在睡。」她突然發覺自己方才應門與歡迎他進屋時，完全處於自動導航模式。她說：「我再去看一下。」

「如果她還在睡就別吵她了。」

「我知道，但晚餐很快就要好了。」

「如果她還在睡，也不會打擾到妳的話，我可以等一會兒，看看她會不會自己醒過來。」

「沒問題。」克莉絲蒂指指沙發，說：「我去看一看，你請坐吧。」

克雷格坐在最靠近沙發扶手的墊子上，克莉絲蒂走到外婆的房間，只見到外婆的雙眼仍閉著，胸膛在睡眠中起伏。

於是她回到客廳，坐在躺椅的邊緣，覺得有些拘謹與尷尬。她說：「她還在休息。你要不要喝點什麼？果汁？還是咖啡？」

「不用了，謝謝。」他將左手放在沙發扶手上，那是一隻乾淨好看的手，堅實、強壯，充滿男子氣概。

「昨天那場美國購物大遠征進行得如何？」他問。

她揚起一邊眉毛，問：「你說什麼？」

「為了買婚紗。聽說妳和香娜昨天又出門去了。」

「喔，沒錯。」克莉絲蒂和香娜昨天去購物中心時，要蕾妮過來當幾個小時的臨時保姆。她說：「我們挑中一件完美的禮服。她什麼都沒提嗎？」

「沒有。她不常在家，我也是，所以我們很少碰面。即使遇上了，我注意到她話並不多。」

「她以前不是這樣的。」克莉絲蒂說：「她以前健談多了，而且非常幽默。」

「發生了什麼事，造成她的改變？」

「我不是很確定。在高中的最後那一年，她話變得很少，時常一個人不知道在想些什麼。」

就在布萊德舉辦那場派對的前幾天——那場派對之後成為克莉絲蒂內在時間軸上的三大重要標記之一——克莉絲蒂是第一個注意到香娜不對勁的人，並且追問過原因。但她的知心好友卻閉緊嘴巴，拒絕討論自己的異常。之後便是舉辦派對的那一晚，以及外婆接連幾次中風的第一次發作，於是克莉絲蒂的人生有好一陣子變得十分複雜。

而且是好長的一陣子。

「丹尼爾曾提過香娜患過白血病，有可能是因為這樣而導致性格改變嗎？」

「不可能，她熬過了那場病，並沒有因此落下任何不好的後遺症，不論在身體上還是情緒上。」

「迪蘭科特家的人說妳在那段時間，一直陪在他們女兒身旁。」

「我欠她的太多了。我和外婆剛搬來時，班上同學很不願意接納我。小孩子可以很殘酷，但有時候他們的父母更無情。其他人不願接近我時，是香娜主動和我做朋友，我很感激她的善良，所以她生病時，輪到我報答她，這才公平。」克莉絲蒂看了一眼這位英俊的牧師，見到他正專心聽著，感覺到他的凝視溫暖又令人心動不已。

「我明白妳們的感情為何這麼親密了。」

「香娜病癒後，我們的友情甚至更加溫，我願意為她做一切事情。」

「我想，這真的不關我的事，但她身上有一種……我不知道，有一種悲傷的氣氛。我第一次注意到她有這種表情，是在迪蘭科特家客廳懸掛的那幅肖像畫裡發現的。她從澳洲回來之後，我和她本人見過面，更讓我加深了這種感覺。」

克莉絲蒂往後坐倒在躺椅上，讓自己放鬆一些，鬆懈自己的防衛。她端詳著牧師，幾乎是以他曾端詳過她的方式那樣看著他，然後說：「我不知道你觀察這麼入微。」

「我以前不會，但有人告訴我，事情並不總是如表面所見，還有，若我想有所作為，去改變或幫助別人，我必須要看得更近、挖得更深。」

「你想要改變香娜的人生嗎？」

克雷格聳聳肩，說：「不是刻意要這麼做的。我其實不太能解釋，但我感覺得出來，她和她母親之間有問題，我對她們兩人都感到惋惜。」

「她們的關係的確是有些緊張，但我不知道自己能不能幫到你的忙，釐清前因後果。香娜是我最好的知己，儘管她對我已經不像過去那樣交心。」

「為什麼？」

「我猜有兩個可能。」

「是什麼？」

「她離家念書後，長大了，而且變得比較獨立。」

「我相信這是真的。第二個可能是什麼？」

「迪蘭科特家一直努力讓香娜過著完美到夢幻的人生，但住在溫室裡、被捧在手心上小心翼翼保護的日子，也不是那麼容易過的。有時候過度服從和過度叛逆，一樣會導致許多後果。」

克雷格似乎在凝思著她的答案。

「為什麼對香娜感到興趣？」她問。

「並不只是對她本人，還有她的父母。他們一直待我很好，而我察覺到我可能幫得上忙。但如果妳覺得我問得太多，管到我根本不該管的事情，我會就此收手，不再多事。」

他是在徵詢她的意見嗎？

她的防衛又卸下了一層。她說：「迪蘭科特夫婦過去這些年來也一直待我很好，即使我一直有種強烈的感覺，他們寧願香娜選擇另外一個不同的知交。」

「很遺憾聽見妳這麼說。妳從他們與妳相處的氣氛中而得知的嗎？即使在還小的時候？」

克莉絲蒂聳聳肩，說：「我已經習慣了別人異樣的眼光。」

「為什麼？」

「即使我年紀還小，大家就已經認定我是野孩子，是個孽種。儘管我極力想表現得像那些有雙親的孩子，但我就是辦不到。」

「為什麼辦不到？」

她聳聳肩，說：「我想你可以說我太愛找樂子與太渴望被人接納，結果贏來到處去參加派對、令男孩瘋狂的名聲，大概就是這樣，那些家長對我頗有顧慮，但我其實沒那麼糟。」

「我相信妳不是。」

她在他的眼神裡抓到某種暗示。是同情？還是憐憫？她無法確定。

也許只是他在神學院裡學到的某種本事吧？能讓他稱職地做好這份工作，為受傷的靈魂提供諮詢。

學校裡的輔導員曾要克莉絲蒂去看心理醫生，但她從沒去過。她曾認真想過幾次，但她的日子不知不覺就被外婆與新生寶寶給佔滿，一天一天就這樣糊裡糊塗地過去了。

對克雷格坦承一切又何妨？反正她對他的可笑迷戀，又不可能會有結果。

「學校課業對我來說簡單得不得了。」她承認道：「我常感到無趣。但我還沒笨到不曉得大學學歷是一條出路。可是之後我去參加一場全是未成年人的派對，喝了太多酒，犯下愚蠢的錯誤。所以，長話短說，我的大學夢就這樣沒了。」

諷刺的是，懷孕後她才發現，從前她一直想要融入的那群人，紛紛開始躲起她。

「妳隨時可以回到學校的。」他說。

是啊，沒錯。她很想回嗆幾句，但他眼裡的溫柔逼得她把那些嗆人的話語吞回去。

「也許有天我會吧。」她說。

當外婆能照顧自己。

當傑森不再需要保姆。

還有當樹上長出錢來的時候。

當然，她還有些錢藏在抽屜裡的珠寶盒子中。若她真要回去念書的話，可以用那筆錢資助自己上大學——那得要她不會把錢現在就花在更重要的事情上，像是食物、水電、醫療費用……

「好吧。」克雷格看了一眼手錶，說：「儘管我很想留下，但那場會議我不能遲到。妳可以讓羅瑞安知道我來過，還有這週我會設法再來看她嗎？」

「當然沒問題。」

克莉絲蒂站起身要陪他走到門口，兩人一起走到客廳中央，但他們沒有繼續走下去，而是放慢腳步停了下來，四目相對。

克雷格將一隻手放在她的肩膀上，充滿溫暖、輕柔地捏了捏，說：「克莉絲蒂，我真的很欣賞妳。」

他的碰觸，還有他目光中的凝視，都讓她體內的血液沸騰起來，直到她能在耳裡聽見自己脈搏跳動的聲音。

她真的可以就在這裡犯下大錯。一個非常瘋狂的錯誤。

「我不明白。」她移開目光，想看看他會不會再多說些什麼，讓她能擁抱住希望。讓她能去相信。

「因為妳是個開朗美麗的女子，樂於奉獻，充滿愛心。妳放下自己的人生目標，全力照顧兒子與身有殘疾的外婆，其他人可能早就把她送到安養院去了。」

「我不能那樣做。」

「妳當然不會。」他的手滑過她的肩頭，一路再滑過她的上臂，然後離開了她的身子，慢慢收回身邊，留下她獨自哀悼著不配得到的短暫情感接觸。

在她說出日後說不定會後悔的任何話語之前，前門打了開來，傑森踏進屋裡，大聲宣告他回家了，而且肚子餓了。

兒子的出現，讓這段對話得以不用再涉險深入，儘管對話中臨時冒出了兩人之間彷彿真的會有所進展、但卻注定失敗的可能性。

原本在她念頭中那些無望成真的可能性，已經退去。

香娜在晚餐前又來到桑果公園，準備再跑一段。至少這是她告訴母親的藉口。

她看了一眼上臂套子裡的 iPod，將無袖背心下襬塞入運動短褲裡，再一面調整耳機，一面將頭髮撥開。

但她其實沒什麼心情聽音樂。

或是運動。

走向慢跑小徑的途中，當她走近公園中央用煤渣磚塊蓋成的廁所時，一名滿頭亂髮與滿臉鬍子的男人走向她。

「妳好。」他說。

她點點頭，算是接受了他的問候。

「又要去跑步了？」他問。

她再次僅是點點頭，不想太失禮，卻也不想被陌生人搭訕，尤其是看起來像遊民的人。

「有些事情是無法逃避的。」他說。

她很想轉過身，加快腳步離去，但他那雙清澈湛藍的眼眸裡透露出一抹溫柔，於是她停住了腳步。

那是什麼？憐憫？了解？智慧？

「有時候，衝突才是唯一能解決問題的方法。」他說。

她本來認為他不過是個瘋子，但不知道為什麼，她就是無法移動腳步離開。

「有時候說起來很容易，但很難做到。」她說。

她到底怎麼了？居然會去和他這種人說話？他可能是精神病發作了，而她居然還和他糾纏不清。

所以誰才是瘋言瘋語說不停的瘋子呢？

她轉向左邊，往棒球場的方向走去。

「妳得做正確的事。」他在她身後說：「即使那是全世界最困難的事。」

她的腳步慢了下來，嘴唇張了開來，她想嘲笑他這幾句話荒謬至極，同時卻又因為這些話如此真實而想放聲痛哭。

儘管還摸不清這人到底是誰，她還是轉身面對他，彷彿面對控告指責她的人。

「妳的童年過得很不快樂。」他說。

他可說錯了。她的童年很完美。

「從外在來看，一切都很完美，但其實並不是如此。若妳不做出改變，注定會犯下和父母一樣的錯誤，讓妳很久、很久都無法快樂。妳要做出選擇，但要帶著誠實、自信與勇氣，去做出這個選擇。」

他似乎知道她內心的掙扎，儘管她不想理會，卻忍不住回應，彷彿是她在一直不斷尋找這個人，最後終於能從他身上尋求忠告。她說：「我一直以來總是選擇最簡單的方式解決問題，那對我而言太難了。」

「人生會發生很多事情，人們因而改變。妳比自己所認為的還要強壯與勇敢。」然後他脫下一頂想像中的帽子，轉身離去。

她站在公園中央許久，那人所說的話，以及他似乎早就知道的事實，讓她震驚到目瞪口呆。當她終於回過神，回頭想再看他一眼時，他已經消失了。就像他從沒出現過似的。

一定是她想像力太豐富了，才會見到這些景象。她不再理會他說過的那些話，繼續往球場方向走去。

太陽已經西斜，若她要在天色變暗前跑完，最好現在就開始。

但她明白她想要的不是增加體內腦內啡的分泌。

一如她所希望，那輛吉普車停在最靠近三壘板護欄附近的停車格裡，一群小男生擠成一團，圍繞著他們英俊的拉丁裔教練。

她的步伐慢了下來，彷彿正穿越一片泥濘，胸口小鹿亂撞。

「麥特，你去一壘。」雷蒙說。

那個孩子衝出去乖乖跑向一壘。

香娜靜靜站在那兒，看著雷蒙指派這些孩子防守位置。當所有九個防守位置都有孩子站著時，他才對剩下的小男生們分配任務。

她看著他們好一會兒，久到足以見到他對這些小男生們非常好，而他們也顯然非常尊敬他。

雷蒙抬起頭見到她時，露出了微笑。接著，在指示其中一個男孩把球擊給其他人之後，他穿過球場，彷彿打算在護欄處與她相見。

不需要任何邀請，她很快就發現自己與他的距離近在咫尺，但隔在他們中間的，卻不只是一片薄薄的護欄網而已。

「我很高興妳過來了。」他說。

他真的高興嗎？

有多高興？

她還沒來得及回應，一個黑髮的小男生跑到他身邊，說：「教練，你忘了我啦！你要我做什麼？」

雷蒙咧嘴笑了，他揉揉小男生亂糟糟的頭髮，說：「我正打算要派任務給你，就瞧見了一位老朋友。」

小男生看了香娜一眼，彷彿在打量她，然後認為教練被她吸引過來，情有可原。他說：「我覺得她看起來沒那麼老。」

雷蒙笑出聲來，轉頭對香娜說：「這是卡利托斯，我們球隊投手的弟弟。他原本想和我們一起打城際棒球隊，我也覺得沒問題。他可真是一級棒的游擊手，也是我們最好的打擊手之一。但聯盟的規矩很嚴格，只有十到十二歲的孩子能加入球隊。所以我們讓他在球隊裡跑跑腿，當個小教練。」

「是啊。」小男生笑得開懷，說：「他們搞砸時我就會跳出來。」

雷蒙把手放在男孩的肩膀上，充滿慈愛地捏了捏。

香娜了解到他會是一個很棒的父親，她的內心緊縮成一團，更加不敢透露心事。

她無法言語，只好努力裝出一個微笑。

「告訴大衛，在選手休息區外練習投球就好。」雷蒙這麼指示，又說：「我要你去幫他接球，試著幫他把球保持在好球區，懂嗎？」

「教練，沒問題！」男孩馬上跑開去叫大衛。

雷蒙將注意力轉回香娜身上，全心全意，目光撫過她整個人。

「又來慢跑？」他問。

她點點頭。

有些事情是無法逃避的。

她在腦袋裡甩去那名流浪漢講過的話，對雷蒙露出似笑非笑的表情。

「能再見到妳真好。」他說。

她微微聳了一下肩，希望這次會面看起來不過是巧遇，她說：「我看見你的車子，所以過來打聲招呼。」

「我很高興妳來了。」

有時候衝突是唯一解決問題的辦法。

但不是今天。

也許她永遠不會掀起衝突。

因為有些衝突，就像有些回憶，太過痛苦而寧願不要擁有，太過令人心碎而不願被喚起。

14

週五上午，克雷格正要離開教堂時往對街望了一眼，發現克莉絲蒂的車子停在桑果公園前。克雷格剛和長老會成員開完會，現在是休息時間，打算事先未告知便去造訪那位承包商，他正在整修克雷格很快就會搬進去的屋子。

但儘管他極想離開迪蘭科特家，住進自己的地方，他還是忍不住把時間花在越過街道去和克莉絲蒂寒暄上頭。這位單親母親的身上有某種特質吸引著他，不管那是什麼，每次見到她，那種情愫便更增一分。

自從克雷格那天瞧見她與傑森在遊樂場後，他便養成習慣，只要一踏入教堂四周，就會尋找她的車子。

他無法解釋原因。她一點都不像過去他曾交往過的任何年輕女子。

今天她坐在一張野餐桌上，看著兒子與另外一個男孩玩著蹺蹺板，但他還離她有一點五公里左右的距離，她便似乎已經察覺到他的靠近而抬起了頭。

「已經玩膩了遢鞦韆嗎？」他問。

她臉上那抹歡愉的微笑幾乎讓他窒息。她說：「我們今天帶著湯米一起來。只有傑森沒朋友陪著時，我才會和他一起玩。」

「我可以加入嗎？」他對她身旁的空位點點頭。

「請便。」

他安靜地坐了一會兒，假裝在看著遊樂場上的孩子們，但心思卻放在坐在自己身旁的女子。他問：「誰在陪妳外婆？」

「查理．艾文森。是我們的鄰居，他過世的妻子是外婆的朋友。」她說。

「他人真好。」

「是啊。大部分的鄰居，至少那些長住在糖梅巷的人們，有時會主動幫忙。他們仍記得過去的外婆，她總是在他們生病時替他們燉雞湯，或是在他們出遠門時，替他們將信件與報紙拿進屋裡。」

「能偶爾出門卻不用付錢請人陪她，的確不錯。」

「是啊，但我盡量不去做太多要求，或太常請他們幫忙，不要因為對方善良就去佔便宜。」

她幾綹紅褐色的頭髮被陽光染成金色，他再度為她著迷，沉浸在她的美麗之中。

「妳明晚可以找到人陪她和傑森嗎？」他問。

「我可以試試看。為什麼這麼問？」

「因為我想請妳吃晚餐。」

她睜大了雙眼，嘴唇也張了開來。她顯然和他一樣，對這個問題的出現感到意外。

「你在開玩笑嗎？」

事實上，他越認真思考，越喜歡這個主意，便說：「當然不是。」

她停了一會兒不說話，彷彿在思考該怎麼回應。然後她說：「我得承認，我自己也有點喜歡你，但我實在不是牧師該去交往的那種女人。」

他察覺到她也許說得沒錯，儘管此刻這似乎並不重要。

「為什麼這麼說？」他問。

「首先，我是個單親母親，而且幾乎不知道是誰讓我懷了孩子。這不是說我見到了他會認不出來，但我懷孕後，他就從地球上消失了。」一綹頭髮拂過她的臉頰，她把頭髮撥到一旁。

他實在痛恨見到她為已經無法挽救的事情而自責。他說：「克莉絲蒂，妳不須對此感到有任何罪惡感。以我看來，妳因此才得到一個如此可愛的兒子。」

「那倒是真的。」她的目光飄向遊樂場，傑森正和朋友玩耍，完全沒注意到他們的談話。「他是情人節那天出生的，早產了快六週。但他生存意志很強烈，就像我以前那樣，一見到這孩子，我就完全愛上了他。」

「所以為何要為青少年時犯的過錯如此折磨自己？妳那時幾歲？」

「十六歲。」

「妳那時還只是個孩子。我無法想像有人會把錯誤歸咎在妳身上，妳自己也不該這樣。」

「其實也還好。我已經學會接受當一個單親媽媽，隨遇而安。」

有那麼一瞬間，他很想與她展開一段戀情，但幾秒鐘後，他恢復了理智。

他已經花上人生的大部分去試著遵循某種準則——他父親的、他祖父的，還有他自己的。園邊社區教堂的教友們也會對他們的牧師有某種期待。而且他也懷疑，不會只有迪蘭科特夫婦可能會質疑為何他要與克莉絲蒂牽扯在一起。

所以何必讓事情更複雜化？

若他讓自己成為爭議的對象，他永遠都無法改變這個社區。

傑西說過的話出現在他腦海裡：若你想要改變這個地方，你就要越過那些表面，更往你自己內心深處檢視。

傑西說的很可能沒錯，但克雷格並不很擅長檢視自己的內心深處。也許是因為他一直太害怕自己會發現什麼。害怕自己會不夠格。

他偷偷瞄了一眼克莉絲蒂。

他心中對她這股漸漸滋生的情愫到底是怎麼回事？這是不是他的某種潛意識，想要破壞他的工作、他的地位與身為牧師的生涯？

或並不只是如此？

他是否也正試圖去關心一個擁有缺陷的人？這個女人也許能了解他所面對的內心掙扎？

現在想這些實在是杞人憂天。

但他為什麼就是無法把這念頭擱在一旁？為什麼他還是想約她出來？

他依舊無法解釋這所有的一切，也無法明白為何他覺得自己有股幾乎壓抑不住的渴望，覺得自己有必要，讓她的人生因他而有所不同。

克雷格從不喜歡打探別人隱私，但他卻不知道，若是自己不多問幾句，克莉絲蒂會不會與他分享更多心事？於是他問：「所以，問題在哪裡？為什麼會有罪惡感？」

她端詳他好長一段時間，才說：「我從沒把這件事告訴任何人，我現在也不應該說出來，但也許這樣才是最好的。」

為什麼會是最好的？他很想問。但他沒問出口，只是等著她解釋。

她在椅子上轉過身子，膝蓋擦過他的大腿，讓他一下子心律失調。她說：「我猜這就像閃電約會吧。」

「我不確定自己是不是聽懂了。妳是說，妳解釋完為何會有罪惡感之後，就不想與我共進晚餐了？」

「或是情況反過來。」她深呼吸一口，然後緩緩吐出，說：「在那場我說過的派對之後，我偷偷溜回家裡，希望別吵醒外婆。當我鎖好門，發現屋裡又黑又靜，還很慶幸自己沒被她發現。但一走進客廳，我便看見她整個人癱倒在地板上。我不在家的時候，她中風了。」

「妳不能因為她的醫療問題與行動不便而責怪自己。」

「我不能嗎？中風的患者越早得到治療，恢復的機率也越大，所以都是我的錯。我不知道她躺在客廳地板上有多久了，就那樣不能動彈、無法求救。那時我的罪惡感排山倒海而來，簡直無法承受。事實上，那份罪惡感現在有時仍不放過我。我已經盡力去補償她，但我就是辦不到。」

「妳曾對她說過妳的感受嗎？曾要求她原諒妳嗎？」

「她剛中風那段時間，我每見到她躺在床上，便道歉一次。但最近沒有了。」

「妳對她說妳很抱歉時，她是怎麼說的？」

「她原諒了我，我猜。但我一直無法原諒我自己。」她的目光直透他的內心，幾乎動搖他原本安穩封鎖在裡頭的一切——破碎的夢想與不安感。「你可曾有過這種感覺，彷彿你犯下了一件天大的錯誤，永遠都無法彌補，讓一切恢復正常？儘管你可以盡力去修補，但卻總是達不到期望——」

「嘿！媽媽！」

克莉絲蒂立刻轉向兒子，傑森正跑向她。她問：「什麼事？寶貝。」

「有人在棒球場上打棒球。」他說：「我和湯米可以去看他們打棒球嗎？求求妳嘛。」

她似乎在思考他們的請求可不可行，然後說：「你們可以看一下，但我們不能在公園待太久，我們很快就得走了。」

男孩們跑開後，克莉絲蒂轉向克雷格，說：「我不想讓他們自己過去，所以我要跟過去。你介意嗎？」

介意和她一塊兒過去嗎？還是介意她就此結束兩人在一起的時光？

「一點也不會。」他站起身，但他發現自己不是走向停在教堂停車場的車子，正如他或許該做的，而是走在了她身旁。

「越來越冷了。」她說。

他望了一眼天空，注意到比起他離家前，天上的雲朵更多了，而且顏色看起來更深沉。他說：「好像要下雨了。」

「我希望別下雨。我們的暖爐昨天半夜停了，所以我請了人來修理。但我不知道他是不是能再次修好，或是需要換個暖爐。」

他們之前的那段對話表面上像是結束了，日常生活中的瑣碎事情趕走了過去的煩惱，而他的晚餐邀請也消失在不斷升高的溼度中。

克莉絲蒂伸長了脖子，看著選手休息區附近，那兒站著一位年輕的拉丁裔男子，正在對幾個男孩說話。

「我認識那個人。」克莉絲蒂一面說，一面舉起手揮舞。

克雷格突然間覺得自己像是不識相的跟屁蟲，他真希望傑森一開始嚷著要去看這些孩子打棒球而打斷他們的對話時，自己便已離開。

但他仍忍不住打量那人，並且想知道克莉絲蒂是怎麼認識他的。

他們往三壘間線走去時，那人要男孩們到選手休息區去拿棒球帽，然後走向克莉絲蒂。

「妳還好嗎？」他問克莉絲蒂。

「還可以。」她對他露出溫暖笑容，說：「雷蒙，這位是克雷格．修士頓牧師，是我的朋友。」

克雷格對那人伸出手，想著自己剛從牧師升級成了她的朋友，他懷疑是因為剛才在那場假裝的閃電約會中，克莉絲蒂對他吐露了心聲，並面對現實。

「你不就是園邊社區教堂新來的牧師嗎？」雷蒙問。

克雷格似乎就是無法擺脫牧師這頭銜，他說：「是的，我就是。你怎麼會知道？」

「一個叫做傑西的人提過你的名字。他說你也許會有興趣來幫我帶球隊。」

「我不適合當教練。」克雷格再次重複他對那位流浪漢說過的話。

「傑西認為你以前是。他建議我多逼你一下，說你會妥協，而且最後會很高興你妥協了。」

克雷格到底該拿傑西怎麼辦呢？

「我懂得不少棒球技巧。」雷蒙又說：「所以如果你覺得自己沒有足夠經驗來帶這群男孩，也不是問題。他們真正需要的是某個穩重可靠的男性楷模與鼓勵。」

是嗎？其實克雷格也很會打棒球，而且經驗十足，但他不認為此刻該說出來。他說：「我沒有那麼多時間來帶少棒聯盟。」

「這不是少棒聯盟。」雷蒙轉向那群在球場上的男孩，在胸前盤起手臂，身子靠向護欄網，說：「這是一支特別的城際棒球隊，隊員都是在危險邊緣的弱勢孩子。每個孩子的父母親，至少有一位被關進牢裡。我們用運動去轉移他們的注意力。」

克雷格望了一眼球場上那些來自下層社會的男孩們，更仔細地打量著他們。大多數孩子的衣服都破舊褪色，有些人的上衣太大，有些人的衣服太長。

他的目光移到投手身上，那是一個身材高大瘦長的孩子，手臂可真是有力。他問：「隊上其他人都像那個站在投手丘上的男孩一樣厲害嗎？」

「其實他弟弟甚至比他更厲害，但他弟弟年紀太小，沒辦法進我們球隊。」雷蒙側轉過身子，看著在球場上的孩子說：「投手的名字叫做路易斯。他爸爸因為牽涉到幫派槍戰，正在服無期徒刑。」

克雷格知道成長過程沒有爸爸的感覺，但他至少一直以來能將父親視為英雄。奇怪的是，這讓他覺得自己很幸運。

「路易斯和他弟弟一直和祖母住在一起，但她最近被診斷出肺癌末期，現在住進了關懷收容所。」

「那實在太不幸了。」

雷蒙點點頭，說：「我正在考慮自己來收養他們。他們是很乖的孩子，我不想見到他們混入幫派或販毒，以他們的背景與鄰居而言，這幾乎就是他們未來的命運。」

路易斯揮動手臂，投出一球——過低又是個內角球，但打擊手還是揮棒，球棒斜擦到球，球被用力擊飛到界外。一道模糊的白色影子飛往他們站著的護欄附近，衝向克莉絲蒂，克雷格一個箭步搶到她面前，徒手接住了那顆球。

他已經好久沒有聽到球棒用力擊球的聲音，很久沒有感受到想入場去接球的衝動。即使是棒球在他赤裸手掌中的火燙感，都讓他覺得痛快極了。

克雷格把球扔回給路易斯。

「接得漂亮。」雷蒙說：「而且你的臂力也很強。」

克雷格聳聳肩，說：「我從前臂力還不錯，但有陣子沒打棒球了。」

好長的一陣子。

雷蒙還沒來得及做出任何回應，克莉絲蒂便匆忙看了一眼手錶，說：「我真的得走了。修理暖爐的人十二點到三點之間會過來。」她瞄了一下已經佈滿陰沉烏雲的天空，說：「我希望他晚上之前能把暖爐修好。」

克雷格把雙手插入褲子口袋裡。的確是越來越冷了。有人告訴過他，今年春天不尋常地冷冽。

克莉絲蒂對傑森和他的朋友湯米喊：「我們得走了，男孩們。」

「哎唷，媽，我們真的得走嗎？」傑森埋怨著。

「恐怕是真的得走了。」她先轉向雷蒙，再轉向克雷格，說：「我之後再和你聊。」

克雷格希望如此。

她還沒有回答願不願意與他共進晚餐。儘管他當然可以把她喊回來，再問一次，他卻遲遲無法下這個決心。

克莉絲蒂與兩個小男生離開公園時，幾滴雨水打在車子的擋風玻璃上。她想等她到家時，雨一定會下得很大。

她今天上午應該多注意一下天氣預報的，儘管她想那也不是真的這麼重要。她反正會直接回家，而且只會離家一次——四點出門工作。因為要等修理暖爐的人過來，她不得不請假半天。

令人意外的是，她明天也不用上班，這可不是常有的事。酒吧通常週六都規定要上班，但新來的經理不知道為什麼，居然讓克莉絲蒂休假。

所以，假設蕾妮可以幫忙看顧外婆和傑森，那麼若她有意與克雷格共進晚餐，的確是可以安排。但克雷格後來就沒再提過了。

她那縮短版的閃電約會大概已經說服他別再開口邀請，這樣最好。若他再次邀請她的話，她說不定會一時心軟然後答應，接下來他們會進展到什麼地步呢？

克莉絲蒂把湯米送到家門口，和吉莉安打了聲招呼，然後才把車開回家，去和查理換班。

一走進屋裡，傑森就衝到自己房裡去玩英雄公仔玩具。在回程的車上，兩個男孩不斷討論要怎麼讓這些公仔變成傘兵，他等不及想試試。

克莉絲蒂走向外婆房間時，在走廊遇到了查理。她注意到查理並沒有脫下他過來這裡時穿著的外套。

「這麼快就回來了？」他問。

「一小時過得真快，可不是嗎？」她對他一笑，說：「真的很感謝你來陪外婆。」

「別客氣。我本來可以留在這裡，替妳和修理暖爐的人講一下，但我得在下雨前把狗放出來跑一跑。」

克莉絲蒂站到一旁讓他過去，然後跟著他來到門口。

他伸手去握門把時，停了一下，回頭說：「我留了些玫瑰在妳外婆房裡的床頭櫃上。那房間位在屋子東側，下午變得有點陰暗沉悶，尤其是在陰天。我想房裡多點不同的顏色，對她也好，而且也許能看起來有生氣些。」

克莉絲蒂對這位老人家露出微笑，說：「是你自己種的玫瑰，對吧？」

「那是葛蕾絲留下來的玫瑰叢，我老是沒辦法修剪得漂亮，玫瑰的莖幹也沒她在世時那麼結實健康了。」

葛蕾絲是他已故世的妻子，去世已經一年多了。後來克莉絲蒂才知道，葛蕾絲過世後，外婆的心情低落到極點，變得更常喊著想死。

「這些玫瑰總能讓葛蕾絲開心得不得了。」查理又說：「所以我想羅瑞安會喜歡的。」

「我相信她一定會。」

「對了，今天她的心情有比較好一點。」他一面說一面走到屋外門廊。

查理離開後，克莉絲蒂來到外婆臥房，說聲她回來了。一如查理所說，拜陰暗的天空所賜，今天房裡顯得特別陰沉。

「外婆，我回來了。」

外婆正躺在床上，看著聲量調小的電視，她轉過頭望向克莉絲蒂，說：「傑森玩得高興嗎？」

「他很愛去公園玩。」

「大部分的小孩都喜歡往戶外跑。」

傑森的確喜歡往外跑，他特別喜歡和他的朋友去樹叢裡，在那條他們稱為「探險小徑」的地方玩耍。

其他孩子的母親們覺得那兒很安全，但傑森的年紀比丹尼和湯米都還要小，克莉絲蒂不是很放心讓他去那兒玩。說她是保護過度也好，她不在乎。儘管傑森不是計畫中的孩子，但她全心全意地愛著他，要是他發生了什麼事，她真不知道自己該怎麼辦才好。

她在外婆的醫院病床旁坐下，說：「幸好今天我帶他出去走走。看起來就要下雨了，他大概有一陣子都不能出去玩了。」

「我想也是。我的關節今天又痛了。」

「妳還要再一張毯子嗎？」克莉絲蒂問：「有點冷。」

「不用，我現在還可以。」外婆指指床頭櫃上細長花瓶裡的三朵玫瑰，說：「妳看見查理帶來的花了嗎？」

「真漂亮。」

「他說這房間看起來太像醫院，任誰待久了都不免心情低落。所以他希望這些花能讓我心情愉悅些。」

克莉絲蒂已經注意到，自從外婆和傑西那天晚上談過話之後，外婆的態度有些進展了，只是外婆仍舊以為那只是一場夢罷了。希望外婆的心情能持續好轉。

「妳知道嗎？」外婆說：「我之前躺在這裡，看著妳放在五斗櫃上的電子鐘。那鐘很不錯，數字會發光，晚上很容易看到時間。但這鐘讓我想起一個古董鐘，那是我公婆送的結婚禮物。那個古董鐘就在妳外公的房間裡，放在床頭櫃上。但我想也把它拿過來放在這裡。」

「那個鑲著金邊的藍色時鐘嗎？」克莉絲蒂問。

「對，就是那一個。」

外婆的要求並不過分。曾有段時間，克莉絲蒂想將外婆的所有物都帶進樓下這間房裡，希望讓這裡感覺起來像是她曾與已逝丈夫一起住過的地方。但外婆總是堅持她很快就可以搬回樓上，她相信自己會隨著時間慢慢康復。

但她一直沒有。

「我很樂意去替妳拿過來。」克莉絲蒂說：「我也會拿一兩張相片，讓妳感覺更像在家裡。」

過了一會兒，克莉絲蒂在外公房裡找了一陣子，卻沒找到那個古董鐘。她發誓上次她進去清潔家具時，那個鐘就放在床頭櫃上的。

她是不是把鐘放到一旁，然後忘了擺回去呢？

她不願空手回去外婆房裡，便從五斗櫃上抓了張長寬五吋七大小、鑲以黃銅框的外公相片，拿下樓去。

「我找不到那個鐘。」她說。

外婆皺起眉頭，問：「不在臥室裡嗎？」

「我上次的確在臥室裡見過，但現在不見了。」

外婆輕輕嘆了口氣，說：「要是找不到那個鐘，我會很難過。」

「我相信會找到的。在找到之前，我想妳可能會想把這個擺在身邊。」克莉絲蒂把相片遞給外婆。

「妳可知道？」外婆雙手捧著那張鑲著復古相框的相片，仔細端詳，說：「也許這聽來不可思議，但傑森真的挺像我丈夫。」

克莉絲蒂猜是有些相似，即使克莉絲蒂的媽媽是外婆和她丈夫領養的孩子。但她不敢說出口。外婆不需要被提醒，克莉絲蒂母親的青少年時期是如何讓她頭痛。

令人難過的是，克莉絲蒂念高中那三年也沒好到哪裡去，她與克雷格稍早前談論過的道歉，此刻似乎正可派上用場，於是她說：「我已經好久沒提起了，但我覺得必須再說一次。那天晚上我偷溜出去參加布萊德的派對，實在很對不起。妳那時不應該一個人在家的，我永遠都不會原諒自己，在妳最需要我的時候，我人卻不在。」

「妳又不知道我會中風。」

「是沒錯，但我母親老是惹得妳氣急敗壞，我以前就知道的。」克莉絲蒂的手伸過病床旁的欄架，放在外婆的手背上，說：「我當時應該要更心存感激、更貼心懂事。」

外婆翻過手掌，用單薄的手指握住克莉絲蒂的手，說：「妳當時只是年輕又有些叛逆，這些年來妳已經補償夠了。」

這句話讓克莉絲蒂想了一會兒，細細品嚐外婆正賜予她的寬恕。

「我想，我們的人生都遇上了預料之外的轉折。」她最後說道。

「是的，沒錯。但我們擁有了傑森，別忘了這一點。」

「我不會忘記的。」克莉絲蒂很高興外婆從未因為她未婚懷孕而責怪她。也許那是因為外婆還年輕時，曾那麼努力過想要生一個自己的孩子。

克莉絲蒂也許該就此打住，接受外婆的寬恕，不要再有愧疚，但既然她們現在難得交心，她忍不住又說了：「我發現自己懷孕時，實在是焦頭爛額，心理上和情感上都得想辦法支撐下去，還有在財務上也是。現在我很羞於承認，但當時我認真考慮過墮胎。若不是香娜勸我打消這個念頭，我真會去拿掉這孩子。」

「我很高興香娜當時在身邊支持妳，而且她還這麼堅持妳留下孩子。我無法想像沒有傑森的日子，他是過去這幾年來，我生命中唯一的光亮。」

克莉絲蒂也無法想像沒有傑森的日子。

外婆輕輕捏了捏克莉絲蒂的手，說：「我一直不知道，妳那時候面臨那麼多掙扎。」

「妳那時候病得那麼重，哪有心力去擔心其他事情，只想快點恢復。」

「也許是這樣吧。」外婆說：「但妳當時不應該自己一個人承受像這樣的事。我應該陪在妳身旁支持妳，但我卻太……只顧著自己，讓妳失望了，就像我讓妳母親失望那樣。」

「不是這樣的。妳是最棒的外婆，比我所能希望的好太多了。妳對我媽媽也很好。」

「我很努力試著對她好，可是她一直看我不順眼。」

「她是愛妳的。」克莉絲蒂說：「有天，她頭腦清醒時，對我談過一些……事情——她的人生，還有她的過去。她告訴我，她很抱歉自己替妳添了那麼多麻煩。但恐怕她藥物上癮得太嚴重，讓她整個人完全變了樣。」

外婆眼裡閃著淚光，一抹微笑讓她臉上的線條變得柔軟。她說：「州政府把妳從媽媽身邊帶走，安置到我這兒時，我有了第二次機會能做一個母親。說老實話，有段時間我很害怕自己又會把事情搞砸。但克莉絲蒂，妳已經變成一個人見人愛的年輕女子了。我找不到比妳更好的乖孫女，傑森也找不到比妳更好的媽媽。」

她們就那樣坐著，儘管不發一語，但彼此之間的情感比起那兩隻相握的手，更加堅固、親密。

儘管房裡依舊感覺寒冷，但克莉絲蒂心中充滿一股平靜的溫暖，讓罪惡感不再有機會盤據其中。

門鈴響起時，克莉絲蒂慢慢鬆開外婆的手，站起身，說：「希望那是來修暖爐的人。我得去開門讓他進來。」

克莉絲蒂走向門口時，外婆喚住她：「克莉絲蒂？」

「什麼事？」

「妳會繼續找那個鐘吧？」

「當然。」然後她走去應門。

二十五分鐘後，暖爐轟隆作響地啟動了。但克莉絲蒂仍聽到了她一直擔心的消息。

「我暫時讓暖爐能在今天晚上應急用一下。」修理暖爐的人說：「但它還是會壞掉。下次再壞掉，我就沒辦法修理了。我們店裡有一台已停產的機種，可以打個折賣妳。」

打折是不錯，但仍然不便宜。她得用上之前在外公外套口袋裡找到的那筆錢。

送走修理暖爐的人，並且約好週一他再過來裝上新暖爐後，她回到自己房裡，準備去上班。希望蕾妮能再次提早到，這樣克莉絲蒂就能有時間在去酒吧的路上順路去一趟銀行。她得把那筆錢存入自己的戶頭，好支付她週一開出的支票。

她打開床頭櫃的抽屜要取出錢，卻發現音樂盒不在她原來擺著的地方。

她胃一揪。錢會在哪裡？是誰會……

是蕾妮嗎？

一定是她。還有誰會拿走這筆錢？絕對不會是傑西。他在外公房裡過夜，並且在她不知情的情況下離去後，她檢查過抽屜，看看錢還在不在。當時她發現錢仍在原處時還鬆了口氣。

所以唯一有可能拿走這筆錢的人，就是過去幾天來能在屋裡自由進出的臨時保姆。

也是蕾妮拿走了外婆的古董鐘嗎？

克莉絲蒂不願去相信這個事實，她已經慢慢喜歡上這個女孩了，外婆和傑森也是。

她一面感到心痛，一面開始仔細清點，看看蕾妮還可能拿走什麼。

等那女孩到了時，克莉絲蒂會好好質問她那筆錢的去向。希望她會把錢、音樂盒還有那個鐘都歸還。若她拒絕，克莉絲蒂就只好打電話報案了。

然後她還得告訴老闆，她這天晚上終究是無法去工作了。

她絕對不能讓外婆和傑森單獨在家。

她也絕對不能讓一個小偷再回到家裡。

15

香娜穿著牛仔褲與白襯衫，站在衣櫃旁。她從衣架上拿下一件黑毛衣，手臂套進袖子裡，從頭頂拉下毛衣，頭髮弄得一團亂。

她看了一眼在衣櫃鏡裡的自己，注意到她的臉色蒼白如紙，眼下還有著黑眼圈。她知道自己正被睡眠不足所折磨。

自從在公園撞見雷蒙之後，她一直費盡力氣想忘卻的那些回憶，重新席捲而來。因此她夜夜在床上輾轉反側難以成眠，直到毯子在她腳邊糾結成一團。

但她也無能去改變現況。

雷蒙並沒有給她任何相信兩人之間可能會復合的理由。而他又為什麼要呢？許多年前，當她提出分手時，他也只是聳聳肩，便放手讓她離去。顯然他對這段感情，從來就不曾像她這麼在意。

但對雷蒙的思念，與他們兩人若沒有分手，可能會有什麼發展，並不是唯一讓她困擾到睡不著的事情。

奇怪的是，一個流浪漢的胡言亂語居然也能讓她在夜間憂傷不已。他說的那些話，彷彿隱隱藏著真相的耳語，讓安靜的屋子裡增加了好幾分貝的音量。

若妳不做出改變，注定會犯下和父母一樣的錯誤。

這可真是讓人提心吊膽的預言。

她伸手梳了梳頭髮，頭髮被手指上的鑽石戒指纏住，戒指被扯歪了。她把戒指扶正，心想這戒指對她的小手而言，太大也太笨重了。

許多事情似乎都不再合適了。她的大學學位。她的未來。她的人生。

凌晨時刻，屋裡靜悄悄的，她的身體卻不願休息，一段段念頭與回憶不斷閃過腦際，彷彿一台舊式自動點唱機。

下一張。

下一張。

下一張。

出現的速度越來越快，直到那些畫面串連成一段連續的時刻，終於讓一切真相大白。

她的父母過著貌合神離的日子，只是他們從來不爭執或吵架，若意見不合，也保持在檯面下，讓她很容易去忽略這個事實。

但回想過往，她明白了為何有時晚上屋子裡的沉默讓人痛苦難耐，使她覺得自己不得不說唱逗笑一番，好讓大家臉上露出笑容，但即使是那些微笑，也是充滿了虛假，或僅僅只是曇花一現。

這些年來，香娜曾發現母親低聲啜泣。她曾好幾次在廚房看見母親站在水槽旁，臉上流滿淚水。有次母親坐在露天陽台的桌前，看著餵食器上的蜂鳥，眼眶紅腫，眼裡滿是水光。

「這些只是幸福的淚水。」她母親每次都這麼說。

香娜相信了她，因為她自己想要這麼相信，也必須相信。但也許在她內心深處，她一直以來都曉得，從母親眼裡溢流出來的，並不是幸福快樂的淚水。

妳要做出選擇。那個陌生的流浪漢這麼說過。是什麼選擇呢？新娘花束要選鬱金香而不是玫瑰？堅持賓客名單要在一百人以內？

有時候，衝突是唯一解決問題的方法。

有可能的確是這樣，但香娜沒有責任去修補父母的婚姻。就算她願意，或能夠插手，她今天也沒這個心情去掀起家庭衝突。

她走進浴室，從洗臉盆台面上拿起梳子梳頭。接下來她打開口紅蓋子，在唇上薄薄搽了一層，希望粉紅色的口紅能替她增添點好氣色，她的臉實在很需要。

接著她向母親借了車鑰匙，開到聖地牙哥去探望布萊德。她不會逗留在那兒太久，因為他一定在念書，但她得見他一面。也許和他在一起，即使只是幾分鐘也好，能幫她斷絕重新對雷蒙燃起的思念與渴望。

三點四十五分，她抵達了布萊德與另外一名法律系三年級學生萊恩．威爾波在太平洋海灘區分租的小屋，然後將車子停在人行道旁。下午的風勢變大了，她走上人行道時，一陣稀疏小雨輕灑在她的臉龐與頭髮上。她應該帶上一件外套和雨傘的。

她走上階梯，站在屋子門廊前，按下門鈴後等人來應門。

個子高大、一頭金髮，年紀約二十五、六歲的萊恩前來應門，他穿著灰色運動褲與白上衣，衣服上有著顯眼的紅、黑兩色聖地牙哥大學縮寫圖案。

「很抱歉打擾你。」她說：「請問布萊德在嗎？」

「他不在。」萊恩拱了拱背，彷彿在緩解身上某個部位的抽筋。「他中午左右就休息去了，我不確定他在哪裡，但我猜他在燈伏酒吧，他最愛去那兒鬼混。」

香娜身上每一條肌肉都緊繃起來，她努力讓自己保持冷靜，不要受影響。布萊德告訴過她，他打算專注在課業上，而且也很認真地想要通過律師考試，並在有信譽的法律事務所找到工作。也許他只是需要休息吧。

也或許他是在那兒與讀書小組碰面。

她謝過萊恩，然後開車到燈伏酒吧，那是一間位於聖地牙哥中心煤氣燈區的時髦酒吧。她走進這棟具有懷舊風格店面的建築，裡面裝潢著滿是刮痕的木頭地板與紅色磚牆，她的目光環顧昏暗的酒吧內部，裡頭已經擠滿了前來找樂子的人。

她的眼睛仍在適應僅僅只有人造蠟燭的室內亮度時，聽到了熟悉的聲音從酒吧後頭傳來，蓋過了其他客人的喧鬧。

「別那麼快就走嘛！」布萊德說：「你才來一個小時，留下來再喝一杯。」

萊恩說得沒錯，布萊德的確在這兒。

香娜往布萊德的聲音方向望過去，瞧見他坐在角落的一個包廂裡，身旁有兩位男士與一位美麗的黑髮女子。

香娜希望自己可以斷定他和那女人明顯搞在一起，因為如此一來，她要感覺到受傷、憤怒，然後奪門而出就容易多了。但現在她什麼都還不確定，除了最清楚的一件事，那就是布萊德根本沒在念書。

「嘿，香娜，真是想不到啊！」他露出笑容，眼神亮了起來，臉頰上露出兩個酒渦。「寶貝，快過來這裡坐坐。」

她走到他坐著的桌前，但腳步卻沉甸甸地，彷彿腳踝上繫了腳鐐。

「這是怎麼回事？」她問。

「我只是和一些朋友放鬆一下。我來介紹，這是德瑞克，這是豪伊。」他把手放在那名女子肩膀上，說：「這是肯翠娜。」

他的朋友們紛紛向她問候，她勉強擠出微笑，卻根本不想記住這些人的名字，也對他們說個沒完沒了的內容全無興趣。

布萊德往包廂裡頭擠，讓出位置，讓她能坐在自己身旁，然後說：「寶貝，我叫點什麼給妳喝吧！青蘋果馬丁尼怎麼樣？肯翠娜喝的就是這個。」

「不了。」

「糟了。」德瑞克說。還是豪伊說的？香娜記不起那人的名字。

「有人很掃興喔。」那個男人又說。

香娜並不是刻意在聲音中表達出不滿，但對她身旁這些人來說，她的不滿一定顯而易見。她母親也常常這樣。

「怎麼了嘛？」布萊德問。

沒什麼。才怪。她似乎拿不定主意要怎麼回答。其中一個答案是謊言，另外一個則會讓她一直極力想避免的場面一觸即發。

那個流浪漢說過的話開始慢慢在她心裡發酵，他堅持唯有衝突才是唯一的解決方法。

「各位。」布萊德說：「也許香娜和我該私下聊聊。」

他請朋友容許兩人先行離席，然後對包廂角落點點頭，香娜現在正坐在那兒，擋住了路。她的身子滑出包廂座椅，然後他跟著出來，還停了一會兒，抓起他的飲料一塊帶著。

「到底怎麼了？」他領著香娜到窗前一張面對街道的雙人桌。

她也不知道。她想一笑置之，說：「沒什麼，一切都沒事。我沒理由不高興。」

在某方面來說，的確是如此。布萊德很高興見到她，也察覺到她的不安，並且也顯示出足夠的關心，問她在煩心什麼。然後他也夠細心體貼，單獨和她談這些，而不是強迫她在一群陌生人中公然講開。

所以她有什麼好抱怨的？布萊德人很好，也在乎她。

但那股已籠罩著她一整天的不安感更加嚴重，彷彿溼毛毯覆蓋著她的身子，直到她的肩膀承受不住重量而垮下。

「我以為你要改過自新。」她說。

「我是啊，我也已經改過自新了。」他露出微笑，微微聳了聳肩，說：「我整個上午都在念書，需要休息一下。妳不知道念法學院有多辛苦。」

香娜當然知道那不容易，但布萊德並沒有認真看待這件事。他還期望她能一笑置之，假裝自己正在盡全力拚命念書。

就像她生命中的每一個人，都只是得過且過罷了。

就在她想著過去二十幾年來，她所生活的幸福面具底下到底藏著什麼時，她的胃一揪，擠到膽汁都要噴爆出來。

她注定會犯下和父母相同的錯誤嗎？讓同樣的局面再次出現？

她的心臟怦怦地跳，發出求救信號，但沒有人能救她，除了她自己。最後，她終於說：「布萊德，這不會成功的。」

「什麼不會成功？」

「利益聯姻。」這個字一從她舌尖吐出，她便知道正是如此。這樁婚姻不過是讓布萊德看起來穩定踏實且受人尊敬的伎倆罷了，而且也是能讓她順利由大學生轉為成年人的方便手段。

「等等。」布萊德說：「妳不是要和我分手吧？」

她母親一定會很不高興——而且難堪。但香娜根本沒有理由去嫁給這種男人。

她取下手指上的鑽石戒指，交給他，說：「對不起，我不能嫁給你。」

「妳太小題大做了。是因為肯翠娜和我在一起嗎？她只是個朋友而已。」

所以他們之前是在一起過。

奇怪的是，她似乎一點都不在乎了。若她真的愛布萊德，若他們兩人的婚姻真的有任何幸福美滿的條件，她應該會感到很不快才對。

「不是的。」她說：「我不在乎你和誰在一起。」

「妳是生氣我跑到這裡來嗎？和我朋友喝一杯？」

她懷疑他不只喝一杯而已。她說：「也不是這樣。事實是我不想再繼續玩遊戲了，我要過我自己的人生。」

「妳正在鑄下大錯。」他說。

也許他說得沒錯，但她深怕若自己就這樣隨波逐流，任由事情發展，才是犯下更大的錯誤。

「我需要妳。」他又說：「我們需要彼此。」

他去澳洲見她時便曾用過這藉口，而那時候，她既寂寞又脆弱，她想要這麼相信，於是她便信了。

但現在她已經回家，而且見過雷蒙之後，她對瑞斯菲德大宅園丁之子曾有過的感情再度復活，於是她知道不管她對布萊德懷著什麼樣的情感，那都不是愛。而沒有愛的婚姻，一開始就注定會失敗。

「布萊德，我很在乎你，我也很感激你的友誼，但我無法拯救你的職業生涯，這才是你一直最在意的，但你得自己去爭取才行。」

布萊德在手裡端詳著那枚鑽石戒指，然後抬起眼望向她，問：「那妳還會和妳爸爸談談我的實習嗎？妳說妳會的，而且妳欠我的，記得嗎？」

她不知道自己能從他身上期待什麼。一些情緒性的表示吧？即使是雷蒙，在她提出分手後，儘管他對於她的那些告別宣言只是聳聳肩然後離開，但他的眉角也曾扭曲了一下，悵然若失。

若布萊德至少有那麼一點點愛她，難道不該覺得憤怒，而不是只關心他自己的實習工作？

「你這是在向我討回人情嗎？」她問。

「香娜，我今年夏天需要一份工作。」

她推開椅子站起身，說：「我會找他談談，但我不確定是否能幫上你的忙。」

然後她轉身走開，去尋求希望，以及充滿新鮮空氣與陽光的前景。

她一踏出酒吧，來到人行道上，一道閃電便在東方天空閃過，接著是轟隆雷聲。她希望自己有足夠的勇氣，一如那個流浪漢之前說過的，因為有場風暴正在醞釀。

她振作起精神，迎頭面對，準備度過這場風暴。

克雷格在棒球場逗留了一段不算短的時間，漸漸敬重起雷蒙這個人來。雷蒙很照顧孩子們，他們也很敬仰他。很明顯地，雷蒙讓這些孩子的生命有所改變。克雷格不只受到感動，而且更因此而得到鼓舞。

「好了。」雷蒙對這群雜牌小球員們說：「今天就練習到這裡，我們把東西收拾一下吧。」

男孩們四散跑去收拾東西時，雷蒙轉身對克雷格說：「我知道你很忙，你也說過你對定期來指導球隊沒興趣，但你週一時可以幫我把這些孩子送到棒球練習場嗎？本地一位老闆同意資助他們比賽練習，練習完後還會請大家吃披薩。」

克雷格還沒準備好跳下去當全職教練帶領他們作戰，不過帶孩子們去棒球練習場和吃吃披薩，他絕對應付得來。他說：「如果是下午兩點以後，我沒問題。」

「太好了，到時這裡碰面。」

離開公園後，克雷格已經沒時間開車去看房子，只好打電話給那位承包商羅德·葛利森，自願下週二和下週四過去幫忙。羅德說，若一切進行順利，克雷格週五就可以開始搬進去了。

克雷格回到教堂後，幾乎要四點了。他才剛走下人行道，正要前往停車場時，那輛迪蘭科特家的賓士轎車停在了他身邊，輪胎在瀝青路面的砂礫上嘎吱作響。

車子引擎怠速後，丹尼爾打開乘客座位的車窗，對他說：「嗨，牧師，現在有空嗎？」

「當然。」

「我本來沒打算停在這兒，但既然你是最支持我的人，所以我自然該第一個告訴你才對。」

「告訴我什麼？」

「我今天向事務所辭職了，自從我通過律師考試，這是我生平第一次對這份職業感到愉快、充滿信心，對我自己也是。」他臉上開朗的笑容帶著平靜與寬慰。「你不知道我有多感激上次你和我的談話。當然，我仍得去告訴小珊我做的決定，希望她能了解我這麼做的理由。如果她無法了解，不管後果如何，我也已經做好準備去面對。」

自己與丹尼爾幾句不經心的談話，居然導致一個改變一生的決定，克雷格震驚到說不出話來。克雷格想謝謝丹尼爾，同時也想道歉。但事已至此，所以他兩樣都沒說出口。

他反而說：「我想，如果我今晚能找些事情做，直到睡前再回去你們家，會是個好主意。你們夫婦倆應該不想被人打擾，好好談一談。」

「你說的也許不錯。香娜今晚會在家，那倒沒關係。我的決定對她多少也會有影響。但她就要結婚了，很快會開始新生活，應該不會有太大的問題。」

克雷格明白，丹尼爾最大的難處是卡珊卓這關。希望這個丹尼爾老早就想做的決定，不會讓兩人的婚姻陷入危機。

「牧師，再次謝謝你的那些話，你的勸告正是我那個時候所需要聽到的。」

他的勸告？那時候克雷格絕大部分只是在傾聽而已。他說：「我仍不知道自己當時到底說了什麼話，讓你這麼受用。」

丹尼爾露出微笑，說：「你的話簡潔扼要又充滿睿智，直指核心。你告訴我，要聽從自己的心意。」

「有時候就只能這麼做。」克雷格說，然後這個事實開始在他心裡發酵。

「好吧，我猜我最好走了，得去面對現實。」丹尼爾一隻手擺在方向盤上，另外一隻手放在換檔桿上。

「我有個問題。」克雷格問：「如果你不再去事務所工作，你要做什麼呢？」

「我會去檢察官辦公室提供服務，從那裡重新開始。我甚至可能競選下任地區檢察官。不論如何，我們得在家用預算上面做些調整。但我有一些可觀的投資，能幫助我們度過這段轉換期。」丹尼爾將車子換到駕駛檔，但沒踩下油門。他又說：「我又不是要讓卡珊卓搬到破屋子去住。」

克雷格只希望他之後不會得替迪蘭科特夫婦做離婚諮詢，丹尼爾有權利去從事一份快樂的工作，感覺自己彷彿正在改變其他人的生命。

「牧師，再次謝謝你。晚點見了。」丹尼爾關上乘客座位的車窗，放開煞車，繼續他的行程。

克雷格在停車場站了好一會兒，想著他之前給予丹尼爾那句簡單忠告的力量。聽從你的心意。簡簡單單六個字，但並不總是能輕易辦到。

他轉身往教堂方向走去時，瞧見傑西坐在通往紅色大門的台階上，門內便是禮拜堂。

「嗨，傑西。」他一面說，一面走向這位流浪漢。「有事嗎？」

「沒什麼事，只是在公車來之前打發點時間。」他坐直些，身子往前彎，說：「我稍早時在公園見到你，很高興你和雷蒙碰面了。」

「他看起來人很不錯，我很喜歡他對孩子們做的努力。」

「我就想你會喜歡的。」

克雷格將雙手插入口袋裡，抵擋空氣中不斷增加的寒意，說：「你怎麼會認為我會喜歡與他共事？」

「因為你對弱勢的人特別慈悲，而且你也喜歡打棒球，對我來說，你們兩個是絕配。」

「我從沒告訴過你，我喜歡打棒球。」

「你不用告訴我。」傑西摩挲了一下自己的膝蓋，他那雙乾淨但飽經風霜的雙手滑過卡其褲上破舊脫線的布料，然後說：「我能從你眼裡看得出來。」

他能看得出來？

他們相遇的那天晚上，傑西曾說過他有種天賦，但克雷格可沒完全信這一套，於是忍不住問：「你還看得出什麼？」

「你內心有掙扎。」

克雷格身子一僵，更加相信了傑西的「天賦」。他問：「像是什麼？」

「像是神職，你被賦予的任務。」

他觸及的真相有些太過頭了。

「怎麼說？」

「我感覺到你對於自己是不是在做正確的事，很是迷惘。」

克雷格大可以否認，但又何必呢？僅僅只是簡單幾句話就能讓丹尼爾頓悟，儘管他懷疑自己是否也能期待這樣的幾句話。

「我祖父感受到召喚而進入神職。」他說：「這麼多年來，他改變了許多人的生命。」

「這就是你在掙扎的原因嗎？必須要去追隨你祖父的腳步？」

「不完全是，但我倒是寧願去認為自己能改變其他人的生命。我爸爸是沙漠風暴行動的特種部隊，死得像個英雄，也許我繼承了他的血統。」

「那你為何進入神職，而不是當軍人？」

這個問題讓他愣住。他說：「我以前從沒考慮過加入軍隊。當然，我從前也從未考慮過擔任神職。但我祖父面臨死亡之際，我答應了上帝，如果他能活下來，我就去當牧師。」

「所以你會成為牧師，是因為你做過承諾？」

事實原貌差不多就是如此。克雷格聳了一下肩膀，然後點點頭。

「我聽起來像是賄賂。你不是在和上帝進行交易吧？」

「你這話是什麼意思？」

「你也許只是在遵守著一個祂從未要你做的承諾。」

克雷格從未想過這個可能性，而當他對這點稍加思考之後，仍找不到理由背棄與上帝的協議。

「我祖父後來被治癒了。」他解釋道：「醫生們從未預期他能熬過來，他們都同意，除了奇蹟，不可能有其他解釋。」

「我相信那的確是奇蹟。」傑西臉上緩緩露出微笑，然後問：「當時你是唯一替祖父祈禱的人嗎？」

「不，整個教會的人都跪下來為他祈禱，消息傳到我祖父所認識的每一個人耳中，那些人都受過他的關懷。」

傑西搓了搓他長滿鬍鬚的下巴，說：「這麼說來，如果上帝不是為了在過程中回應你的請求，就不會去治癒人囉？」

這句話對克雷格而言有如當頭棒喝。他問：「你是說，不管我有沒有祈禱，祖父都會痊癒？我一開始就不該去當牧師？」

「不，我根本不是這個意思，但我猜想你太在意那個約定，以至於可能沒有好好善盡你真正的天職。」

「沒有好好善盡？」

「也許你該停止將自己的工作視為是義務，而是要去認為這是一個機會。敞開你的心胸去傾聽。一旦你這麼做了，也許就能問問自己到底在害怕什麼？」

「你這話是什麼意思？」

「我的意思是，你的心裡說不定有更多掙扎，只是你不知道。說不定是害怕失敗？」

「我人生中從未失敗過。」

「有些人會確保自己不要失敗。」

這人一直在繞著圈圈說話，急死了克雷格。他決定要結束對話，但在他找藉口離開前，傑西緩緩站起來，一面直起身子，一面皺起了臉。

「你沒事吧？」克雷格問。

傑西站直身子，說：「只是關節有些僵硬而已。我預料要下雨了。」

克雷格露出微笑，看了一眼變暗的天空，說：「喔，是嗎？連我都能預料絕對會下雨。」

傑西彎腰撿起一個女用手提包，那個包包就在他腳邊，之前被他身上的藍色外套擋住了。

「你要拿這個手提包做什麼？」克雷格問。

「我得在暴風雨來襲前，物歸原主。」傑西將手提包揹在肩上，然後往公車站走去。

「需要送你一程嗎？」克雷格問。他也納悶這人究竟都住在哪裡，不過他不知道自己能把傑西載到哪裡。當然不會是迪蘭科特家，特別是今晚。

傑西對他一笑，說：「不用了，公車差不多就要到了。」

「你有地方躲避暴風雨嗎？」

「別擔心，我不會淋溼受涼的。」

幾滴豆大的水滴從天而降，克雷格仍文風不動地站在那兒，看著著傑西離去，同時納悶著這人是如何獲得如此厲害的洞察判斷能力？
還是他真的具有某種天賦？

16

香娜回到家時，整個胃翻攪不已，手指關節因為一直緊握著方向盤而發疼。

有一部分的她希望能延後告訴母親自己剛剛做的好事，但她已經決定要長痛不如短痛。她母親的反應，今天和下週都會一樣，所以現在就招認她和布萊德吹了，可以讓香娜不用在接下去的幾天裡忍受衝突爆發前的壓力。

見到她爸爸的車子停在車道上，她很訝異，他很少在天黑之前離開辦公室。

或許這樣也無妨，這樣一來，她就只需要宣佈這消息一次。

她把車子挨著那輛賓士轎車停在車道上後，走進屋裡，動作僵硬得像是玩具錫兵。

「我回來了。」她在玄關這麼說。

屋裡一片寂靜。

這可奇怪了。她媽媽通常會扔下手上的事情，歡迎她重新回到家庭懷抱，她爸爸也總是會溫暖問候。

她的鞋底踢在玄關鋪著石紋瓷磚的地板上，一路踩到地毯。她走向客廳時，再次喊了一聲。這次她父親的聲音從廚房傳來，說：「我們在這裡，小公主。」

他的語調今天聽起來有些平淡。她走到廚房去見父母時，感到既躊躇又憂慮。

她的父母坐在桌前，她爸爸雙手交握著放在桌上，儘管對她露出笑容，眼裡卻沒有笑意。

她媽媽甚至連笑都笑不出來，但香娜看得出來為什麼——她媽媽的紅眼眶與充滿淚水的雙眼，暗示他們方才正在進行一場心情沉重的談話。

香娜的第一個念頭，是她的外公外婆可能出事了。第二個念頭，則是布萊德已經把事情告訴了他母親，然後瑞斯菲德太太才剛扔來這枚震撼彈。

但那不太可能。布萊德對自己的父母，嘴巴比香娜還緊。

「怎麼了嗎？」她問母親。

「沒什麼，寶貝。」她媽媽吸了吸鼻子，用手裡一直捏著的那團面紙擦了擦雙眼。

「沒事才怪。」香娜繼續走到桌前，但沒坐下。她說：「妳在哭，這一次妳可沒法告訴我這是幸福的眼淚。這個家庭已經很久都沒有幸福過了。」

再也明白不過的真相，讓三人陷入一片沉默。

最後，她的父親往後靠在椅背上，在胸前盤起雙臂，說：「香娜，我今天向事務所遞出辭呈了。我不再當辯護律師了，而妳母親對於我的決定很不高興。」

她媽媽用那團捏皺的面紙輕輕擦了擦鼻子，說：「丹尼爾，你放棄得太多了。我真不敢相信，你居然不先和我商量就做出這種事。」

「小珊，過去這麼多年來，我已經犧牲得夠多了。至於提前先和妳商量，也許我是應該這麼做，但過去我每一提起這件事，妳或妳爸總是要我打消念頭。」

「說到爹地，他聽到你離職，一定很震驚。」

「小珊，這和妳爸無關。只要一次就好，我們討論家事時，能不能不要把他扯進來？」

香娜覺得自己像在窺探別人隱私，思忖著是不是應該悄悄溜開。妳比自己想像的還要勇敢。那個流浪漢曾這樣說過。香娜當然不是真的就相信了那瘋癲傢伙說過的話，但他說的倒有幾分真實。

「那錢怎麼辦？」她母親的目光直視她的父親，說：「我們會沒了用慣的收入。」

「錢不是生命中最重要的事。」

「當你身無分文時就是了。」

「小珊，過去那些年來我們一直有存款，我們不會變窮的，妳還是可以參加那些慈善捐款活動。」他看了一眼香娜，彷彿現在才記起她站在這兒，生平第一次知情了夫妻倆婚姻不睦而起的爭執。

「寶貝，我們已經特別撥出一筆足夠的錢替妳準備婚禮，所以這點妳不用擔心。」

婚禮？棒極了。香娜現在可有了完美的開場白來宣告這件消息，但時機實在是不恰當。她母親今天已經因為一則令人心情跌到谷底的失望消息而痛苦不堪了。

但他們過去就一直小心翼翼不敢觸碰問題與失望，而香娜無法再繼續這樣的遊戲。她說：「我實在不想現在把這消息告訴你們，但我們不妨就把一切都攤開來說吧。我剛剛取消了訂婚，我不會嫁給布萊德。」

「什麼？」她母親瞪大了雙眼，問：「為什麼？發生什麼事情了？」

「沒事。」香娜欲解釋前看了一眼父親，在他眼裡見到疑惑。「我很關心布萊德，但我並不愛他。」

「那妳為什麼一開始同意嫁給他？」她父親問。

她為什麼會同意呢？

他們原本就是朋友。她在乎關心他，他也總能逗她笑。他突然到澳洲去探訪她，的確讓她受寵若驚，而且她也覺得他很迷人。於是，隨著畢業在即，她沒理由不回到美溪鎮的家，那麼接受他的求婚在當時似乎是……最理想的。

就在這個時候，電話響起——就像拳擊賽的鈴聲，讓台上極需休息的拳擊手能下場。

她父親一把抓起充電器上的無線電話，說：「喂？是的，法蘭克，謝謝你回覆我的電話。」他打開拉門，將電話拿到屋外的露天陽台。

「誰是法蘭克？」香娜問她媽媽。

「本地的地區檢察官。妳父親想去替他工作，當顧問或律師都行。」她母親精疲力盡地嘆了口氣，然後緩緩搖頭，說：「我真不敢相信他這麼做了，這一點都不合理。不該現在做的，不該在他這個年紀，他得一切從頭開始。」

「也許他早就該去替地區檢察官工作。」香娜說。

她父親不是告訴她了，這是他一踏出法學院就想要做的事？

「那也比現在才轉換跑道要合理多了。」她母親再度嘆氣，彷彿將肺部空氣全排出來就能緩解眼前的問題。然後她不經意地扯著手裡那團面紙邊，說：「妳外公一定會很震驚。」

「媽媽，就像爸爸說的，這件事和外公無關。是和我們有關。但最主要的還是和爸爸有關，還有對他而言，什麼才是該去做的。」

她媽媽抬起眼，說：「當然是沒錯，但是——」

「哇喔。」她終於坐下，說：「我還真的對重蹈自己父母的錯誤懷有罪惡感呢。」

「妳在說些什麼啊？」

「有人對我說過一些話，但我當時沒聽懂。」她的手指梳過微溼的頭髮，說：「不過我現在懂了，完全能理解他話裡的意思。」

「妳怎麼能說我犯下錯誤？」她母親說：「我一輩子都一直在努力當一個好妻子和好母親。」

「我明白，但我想妳也為了要當個好女兒，努力得有些太過頭了。」

「那樣有什麼不對？我父母對我很好，這是我該做的。」

「是嗎？」

「香娜，這實在不像妳。」

「哪裡不像？質疑妳的想法，還有妳處事的方法嗎？媽，對不起，我愛妳，但我們都被迫照著外公的標準去過日子，即使那些標準並不適合我們。」

「他不是壞人，他從來沒有強迫我或是妳，照他的話去做。」

「他很會勸說，我也總是照著妳的話去做。但以後不會了。至少，當我認為他或妳是不對的時候。」

她的母親按摩著兩邊的太陽穴，彷彿這樣便能紓解她們母女關係的死結。

「妳也一直不快樂。」香娜的聲音輕柔，充滿同情。「妳自己也早就知道了。但這個狀況不能再繼續下去了。」

「什麼狀況？」

「過別人的生活。」

她媽媽抬起臉，顯然一臉疑惑，問：「妳認為我在過誰的生活？」

「我不知道。妳父母的？爸爸的？我的？我不確定，但如果妳能多過些自己心裡真正想要的生活，會更快樂。」

香娜也是，尤其是若她也接受了同樣的忠告。

她媽媽坐直了些，但臉上表情依舊心煩意亂，不知如何是好。「要說實話嗎？我甚至連自己是誰、或是我心裡真正想要什麼，都不知道了。我只知道我愛我的家人，而我感到這個家正在分崩離析。」

「那麼也許現在正是妳找出自己是誰的時機。」

兩人靜靜坐在那兒，真相就在四周徘徊，卻觸摸不到。

最後，她母親問：「香娜，那妳呢？妳心裡真正想要的是什麼？」

「我不是很確定。」但她已經有了主意。

在公園撞見雷蒙之後，讓她明白了一件事：由男孩轉變為英俊男人的他，仍在她心中有著彌足珍貴的地位。

若他對她還有一丁點兒興趣的話，她想和他約會。若是他對她沒有興趣呢？

那她就會回到澳洲，努力趕上課業進度。不論如何，她都得慎重想想。

在兩人都還沒來得及回應之前，門鈴響了。

香娜推開椅子站起身，說：「我去開門。」

香娜離開廚房時，忍不住回頭望了一眼她媽媽，瞧見她整個人完全崩潰，趴倒在桌上，以為沒人看見。

她並不想見到自己的母親如此悲痛或受到傷害，但她無法繼續戴著面具去過別人認為她應該要過的生活。

要堅強。香娜這麼告訴自己。打破循環。這和她父母無關，而是和她自己有關。和她的人生、夢想、對正確與錯誤的判斷有關。

她來到玄關，打開了門。她不知道自己原本會期待見到誰，但絕對不會是和她在公園說過話的那個大鬍子男人。

他的頭髮因為淋到細雨而微溼，塌扁了下來。他一手舉起一個女用手提包，對她露出微笑，說：「我在找卡珊卓．迪蘭科特。她在嗎？」

「她在。」香娜回頭望了一眼，然後喊她母親。她在等著母親過來時，緊抓著門邊，彷彿這樣就能拖延住暴風雨，不要這麼快就侵襲毀壞她的家。

她母親走到玄關，問：「什麼事？」

香娜站到一旁，讓門能完全打開。

那個男人再次舉起手上拿著的手提包，說：「我找到一樣妳的東西。」

她緩緩走上前，從他手裡拿過手提包，問：「你在哪裡找到的？」

「在榆樹街購物中心後頭的停車場。」

卡珊卓伸手到手提包裡一一清點內容。

「東西都在。」他說。

「看來的確是一樣都沒少。」她打開皮夾，拿出一張一百塊美金鈔票，遞給他，說：「謝謝你的拾金不昧。」

「我拿來還妳，不是為了討賞金的。」

「但如果你能接受，我會比較好過。」她把錢硬塞在他手裡。

「如果妳想讓這份善意傳遞出去，何不奉獻妳自己的時間給慈善食堂？棠恩與喬伊・藍道夫這對夫妻隨時需要幫忙。」

「其實我已經有捐款資助教會和慈善食堂，而且我不只對這些地方捐款。」

那人將一百塊美金塞入自己口袋裡，說：「捐獻很好，有時候的確是需要捐獻。但有時候妳需要真正去身體力行，去為那些人洗腳[44]，而不是付錢讓他們做指甲保養。」

卡珊卓身子一僵，問：「你想說什麼？」

「有時候不是光寫張支票就夠了。妳必須奉獻自己，才能得到真正的祝福。」

卡珊卓啞口無言，香娜也是。

---

[44] 聖經記載中，耶穌在最後晚餐時曾爲窮困的門徒洗腳。每年復活節前的週四，天主教教宗亦會安排十二位窮人，由教宗親自爲他們洗腳。

這人到底是誰？

母女倆看著他沿著屋前步道走到了街上。他走過每一輛停在這處獨立社區人行道旁的車子，一面走，雨水便一面不斷灑落在他的頭髮和衣服上。

「我要去載他一程。」香娜說。

「寶貝，妳不能那麼做，他根本是個陌生人。要是他是毒蟲，或是連環殺人兇手，或是什麼可怕的人物怎麼辦？」

「我倒很懷疑。他沒有從妳的手提包拿走任何東西，所以他人不可能那麼壞。」香娜要跟上那人時，她母親攫住她的手臂，說：「我不會讓妳單獨和他在一起的。等一下，我去找妳父親，我們一起和妳開車送他。」

香娜對她媽媽露出微笑，說：「要做慈善還是親身實踐比較好，是吧？」

「他那番話把我說得好像只會寫支票讓良心得到寬恕，我不想讓他認為我很無情。我只希望妳父親明白我們為何要這麼做。」

「就告訴他，我們全家要去小小探險一下。」

卡珊卓苦笑一聲，說：「這可是頭一遭，我敢保證。」

香娜朝那人點點頭，說：「我去要他等一等。」

她媽媽回到廚房時，香娜小跑到街道上，喊住那人：「先生？」

他轉過身，說：「什麼事？」

「要是你不介意再多留一會兒，我們可以載你一程。」

「我沒有要去很遠的地方，只是要去第四大道和榆樹街的路口而已。」

香娜曾在那附近瞥見過幾棟新公寓，便問：「你住在那裡嗎？」

「不是，是公車站在那裡。」他眼神明亮，對她露出真心微笑，說：「我原本想去黛比小餐館喝碗湯或吃點什麼的。」

「我們開車送你去那家小餐館，然後請你吃上一頓大餐。」

「你們不需要這麼費事。」

「我知道。」香娜說：「但遷就我們一下好嗎？我們一家正努力讓自己的生命再度回到正軌，正好藉此可以轉移一下焦點。」

而且，若他還有些忠告要分享，那也好。

蕾妮辛苦跋涉穿越樹叢，走在通往糖梅巷後院的小徑上時，雙腳沾上了泥巴和砂礫。她今天要提早去工作。烏雲正在聚集，她怕自己若不提早出門，會遇上傾盆大雨。

不曉得克莉絲蒂有沒有傘能借她？

那些男孩很熱情地搬來一堆生活必需品，塞滿了樹屋，但沒人想到會遇上這樣的天氣。而今晚天氣鐵定會更糟。

樹屋的屋頂絕對會漏水，她會被淋得又溼又冷，淒慘兮兮。

她不知道若自己要求今晚留在克莉絲蒂家過夜，是否會太過分？她可以說自己住的地方正在燻煙消毒，或是暖氣壞了。

克莉絲蒂人很好，說不定會讓蕾妮睡在沙發上。若她不願意，蕾妮可以坐公車去找間汽車旅館。今晚絕對適合她去揮霍一下，住在一間真正的房間裡。

她繼續往前跋涉，一面走，涼鞋底一面沾上越來越多泥巴。她到達克莉絲蒂家的前院時，雨水已經不斷往下滴落，她實在等不及進屋去了。她的腳趾頭冰涼，雙手也是冷冰冰的。

她走到前門門廊，敲了敲門。

克莉絲蒂前來應門，但臉上卻沒有掛著微笑，也沒有歡迎她進去。

克莉絲蒂像個警衛似地在胸前架起雙臂，說：「蕾妮，我家出了問題。我有些東西不見了。」

蕾妮蹙起眉頭，問：「什麼東西？」

「我就開門見山地說了。我不見了一大筆錢。那些錢放在一個音樂盒裡，我一直收在我房間床頭櫃的第一個抽屜裡，但那個音樂盒也不見了。」

她認為是蕾妮拿走的？

蕾妮將雙手縮進運動衫的長袖裡，希望自己整個身體也能就這樣縮進去。但她站得挺直，說：「克莉絲蒂，我絕對不會從妳或其他人身上偷任何東西。我希望妳知道這一點。」

克莉絲蒂的不悅臉色顯示她並不以為然。

「那個音樂盒是手工雕製的。」克莉絲蒂說：「它的底部有一個夾層，放的是藍色多瑙河這首曲子。妳有看過嗎？」

蕾妮在洗清污名與守護祕密之間天人交戰。

傑森以為寶寶會喜歡音樂盒，所以才把音樂盒送給蕾妮。若她堅持那是別人送他的，傑森就會被質問，然後說不定他就會吐露她的祕密以及她目前的處境。

若她只是單純把音樂盒還給克莉絲蒂的話，也許就不需要解釋那麼多了。她說：「我知道音樂盒在哪裡，我去拿。」

「那錢呢？」

克莉絲蒂說過那個音樂盒底部有一個夾層，所以錢可能還在裡面。蕾妮說：「音樂盒看起來是空的，但錢可能仍在妳之前放的地方。」

「最好是。要是錢不見了，我會打電話報警。」

其實蕾妮最想做的就是告訴克莉絲蒂，她沒有拿過任何東西，但她不想害傑森因為闖入樹叢、從家裡拿東西出來而惹上麻煩。於是她說：「克莉絲蒂，在這等我。我跑回家去拿來。」

「所以，的確是妳拿走的。」克莉絲蒂的眼裡燃燒著憤怒，很快又因為失望而冷靜下來。「妳為什麼要偷我的東西？我是那麼信任妳。」

「但是我……我沒有……」那是一份禮物，她很想這麼說。傑森一定沒有經過允許就拿走了音樂盒，但她不能把傑森抖出來。她曾和那些小男生們發誓守住祕密，若她告發了傑森，他說不定會抖出一切好保住小命。況且，若傑森真的說出一切，她也無法怪他。若她有個像克莉絲蒂這樣的媽媽，她也不會想惹毛對方。

「如果妳需要錢，或想要那個音樂盒，為什麼不直接問我呢？」克莉絲蒂明顯覺得自己被背叛了。

蕾妮思考自己有哪些選擇。她願意吐露多少實情？

她其實很年輕，懷了孕，還住在樹上？

她還沒有準備好要讓寶寶來到這個世界上，不管她有多愛這孩子、有多想保護她？

淚水刺痛了蕾妮的雙眼，激動的情緒堵在喉嚨。她說：「我馬上就回來，好嗎？求求妳不要報警。」

「如果妳把音樂盒還來時，裡頭的錢一毛不少，我就不會報警。但要是妳留下任何一分錢的話……」

誰知道音樂盒到底怎麼了？

要是錢不在盒子底部呢？

要是傑森把音樂盒就那樣扔著不管，然後有人在他把盒子送給蕾妮之前，就把錢拿走了呢？

「在這等著。」蕾妮說：「我一下子就回來。」

喔，上帝啊！她轉過身衝下溼漉漉的步道跑向街頭時，想著：求求您讓錢都在原處吧！

這念頭與其說是祈禱，更像是絕望的求助。

她抄捷徑跑過兩棟屋子間，來到通往樹叢的小徑，大雨澆在她的頭上，她的雙腳艱困地拖過很快就變成一片泥濘的泥地上。

她匆匆奔向樹屋。快點，再快些。

溼漉漉的頭髮拍擊著她的雙頰，她跑得上氣不接下氣，胸口疼得像是被撕裂般。她逼自己再跑快一點，但大團大團的泥巴黏在她的涼鞋上，讓她的腳步緩慢下來。

她在遠方瞧見樹屋時，全身已經溼透，冷到骨子裡。但除了冷，她最主要是感覺到自己渾身骯髒，彷彿做了什麼見不得人的事。

太不公平了。她只是想少惹麻煩，讓寶寶平安而已。

一旦把音樂盒還給克莉絲蒂之後，她會告訴那些男孩，把所有他們拿來的東西全還回去。她絕對不要冒險再讓這樣的事情發生——尤其是不要牽扯克莉絲蒂，她已經開始打從心底喜歡起這個女人了。

她跑近樹屋時，風勢變大了，天空因為日落與狂風暴雨而更加黑暗。她加快腳步，希望這麼賣力奔跑不會傷到寶寶。

她不敢相信這種事會發生在自己身上——她才剛開始認為美溪鎮完全一如傑西所說過的那樣美好，以為自己真正找到了一個能融入的地方。她甚至還告訴棠恩，這週日上午她會去教堂和棠恩碰面，看看做禮拜是怎麼回事。不只是因為棠恩說事後會提供甜甜圈與咖啡。她之所以同意去看一看，是因為棠恩對她很好，她想多花點時間陪陪棠恩和喬伊——在慈善食堂以外的地方。眼淚模糊了她的視線，大雨擊打在她的臉上。她終於抵達樹屋後，立刻爬上釘在樹幹上的木板階梯。

她不斷往上攀、往上爬。

接近頂端時，她伸手要去攀住門口的木頭地板邊緣，但她還沒抓牢，腳卻一滑。她溼漉漉的手指用力抓刮著木頭，卻徒勞無功。

她滑倒然後摔了下來。

「天啊！」她大聲喊了出來，頭和背部「砰」的一聲重重摔在地上。身子撞上地面的那一刻，她整個人立刻窒息，無法呼吸，也無法喊叫。閃電劃過天際，雷聲憤怒轟隆作響。

她到底犯了什麼錯，要受到這種懲罰？

就在她以為自己會因為缺氧而死時，終於喘出了一口大氣。然後緩緩地，她恢復了呼吸的能力，但她吸進的雨水卻多於空氣。

最後，她終於大聲呼叫，但她害怕沒人會聽見她的聲音，沒人會來救她。

她的頭和背部都痛得要命，但那不是她最害怕的事情。

最讓她驚懼的，是她腹部下端的劇烈疼痛，那尖利的痛感如同一把利刃切過她的子宮。

她的淚水和雨水混在了一起。

「喔，上帝啊。」她發現自己在祈禱著。她只能選擇向上帝求助，希望祂真的就在天上。「我不在乎自己，但求求您，別讓我的寶寶死掉。」

在這棟溫暖舒適的老式維多利亞房屋裡，克莉絲蒂正等著蕾妮回來。她在客廳裡踱著步，不知道自己讓那女孩單獨回去拿時鐘，是否是個錯誤。

要是蕾妮再也不回來了呢？要是錢再也找不回來，她沒辦法買新暖爐怎麼辦？

唯一能讓她稍微心安的，是她曉得那些小男生們知道蕾妮住在哪裡，最起碼丹尼知道，這樣克莉絲蒂就有了地址去向警察報案。

她筋疲力盡地嘆了口氣，用手梳著自己的頭髮。她實在是受夠了。不光是家裡東西被偷，還有她現在無法再信任蕾妮，意味著她又得另外再找一個保姆。

外婆的存款帳戶裡已經沒剩下多少錢，所以那筆不知道從哪冒出來的錢，也讓克莉絲蒂在漆黑幽深的隧道底端見到最微弱的曙光。

一陣罪惡感浮現，她的良心冒了出來，提醒她這筆錢其實屬於外婆的丈夫。既然他已經過世，這筆錢順理成章應該屬於外婆。

克莉絲蒂知道外婆不會介意她把這筆錢拿去修理暖爐，但她同時也在認真考慮計畫用剩餘的錢去念大學——她完全沒向外婆提過自己發現了這筆錢，或是尋求外婆的認可。

即便她認為不管自己怎麼做，外婆都不會在意，她還是無法擺脫自己行為所帶來的不安。

「嘿。」傑森走進客廳時說：「我以為剛剛聽到了蕾妮的聲音。她去哪裡了？」

「她從我們家偷了一個音樂盒，回家去拿了。」

傑森咬住下唇，皺起小臉，說：「什麼音樂盒？」

「就是用木頭做成的，很漂亮的那一個，我放在我房間抽屜裡。」

「妳還要那個音樂盒？」

蕾妮曾說過她沒偷那個音樂盒，克莉絲蒂很快就明白了這是怎麼一回事。她問：「是你從我房間抽屜裡把音樂盒拿走的？」

「嗯，我以為妳不要了。為什麼妳不把音樂盒拿出來讓大家看到呢？妳喜歡的其他舊東西都會擺出來的。」

「因為我在裡面藏了錢，所以才把音樂盒藏起來。」

「我找到的時候，裡面是空的。」

她解釋音樂盒底部有一個夾層，但她的一顆心卻越來越沉重，因為她居然做了那樣的假設與沒有事實根據的指控。此刻她仍能見到蕾妮眼裡那股絕望，仍能聽見她聲音裡的惶恐。就在那一刻，蕾妮看起來是這麼年輕無助、這麼孤單，完全被逼到走投無路。

也不過就是幾年前，克莉絲蒂自己也曾無路可退，沒人可以求助，沒人能幫助她。

她再次用手梳過頭髮，不曉得自己該對那女孩說些什麼才好。她絕對欠蕾妮一個道歉。

「別生我們的氣。」傑森說：「蕾妮會還回來的。」

「我知道，所以她才會回去。」

傑森快步走到客廳窗戶，盯著外頭的院子瞧，說：「她走路回去嗎？她一定會淋得超級溼的，而且冷得要死。」

夠了。克莉絲蒂已經夠過意不去了，彷彿她還需要再多加一點罪惡感似的。她望了一眼時鐘。蕾妮說過她會馬上回來。

「她住的地方離這兒多遠？」她問。

傑森從窗前轉過身，說：「不太遠。」

「也許我該開車到她家，接她過來。」

「媽，妳沒辦法開車過去。」

「為什麼？」

他再次咬著下唇，皺起小臉。

克莉絲蒂雙手抱胸，身體重心移到一邊，問：「為什麼我感覺你有事情瞞著我？」

傑森沒有回答她，而是似乎在思量該怎麼回應。他的視線終於對上她時，他說：「我不能告訴妳。」

「為什麼？」

「我答應過的。如果被人發現了，可能會有壞事發生。」

克莉絲蒂放下手臂，走向他，說：「傑森，我們之前就談過了，如果有人告訴你，要守住祕密不讓你媽媽知道，那就是第一條線索，讓你知道這個祕密必須要告訴我。所以你可以告訴我這件事，我答應會盡力確保不讓壞事發生。」

他把頭歪向一邊，雙眼發亮，問：「妳會幫她嗎？」

「我會，如果我可以的話。」

「但妳答應不告訴其他人？」

她敢做出像這樣的協議嗎？在目前還沒有弄清細節的狀況下？

「首先，你得告訴我這個祕密是什麼。我答應告訴任何人之前，一定會先和你討論，並且解釋為什麼我們需要告訴別人。」

「可是有人可能會帶走她的寶寶。」

克莉絲蒂的心一沉。她說：「她有寶寶？在哪裡？」

「在她肚子裡。但她很怕如果有人覺得她無法照顧好寶寶，會把寶寶帶走。」

「為什麼有人要那樣做？」

「因為她當媽媽有點太年輕了，而且她沒有住在真正的屋子裡，沒有車，也沒有很多錢。」

克莉絲蒂之前便認為蕾妮很快在她面前掠過的那張身分證是偽造的。她問：「她住在哪裡？」

「住在我們在樹叢發現的樹屋裡。」

克莉絲蒂沒預料過自己的心還能再往下沉，她不知道要說什麼。她只知道自己會盡力守住對兒子的諾言，也知道在這種情況下，她會盡一切所能幫助蕾妮。

現在首要之務是別讓那女孩繼續待在大雨中。

她拿起電話。

「嘿！等等！」傑森衝到她身旁，把手放在電話上，說：「妳不是答應過不說出去的嗎？」

「寶貝，不是的，我沒有要告訴任何人。我得找查理過來陪著外婆，這樣我才能和你去找蕾妮。外頭在下雨，我們不能讓她留在樹屋裡。」

傑森抬起手，說：「也許我們能讓她在家裡過夜，好不好？」

「當然可以。」克莉絲蒂怎麼可以讓一個懷孕的窮困女孩——蕾妮到底幾歲？——住在戶外？

她撥了查理的電話號碼，查理接起電話後，她拜託他來陪著外婆一會兒。然後她從收納櫃裡挖出雨傘。

在等待鄰居老先生過來的時候，她把手放在兒子肩膀上，說：「快去穿上外套，有連帽的那一件，你得告訴我怎麼走到樹屋。」

過了一會兒之後，查理來了。

「很抱歉在這樣的天氣把你從家裡挖出來。」她對老人家說：「但事情實在很緊急，我不會去太久的。」

「別擔心。我英雄救美也不是第一次了。況且，老實說，以前每次葛蕾絲要我這老公去做這做那的時候，我總是惱羞成怒。但現在她不在了，沒有那些她派給我的差事可做，我卻覺得好像少了什麼。」

「查理，謝謝。我們不會去很久的。」

「你們要去哪裡？」他問。

克莉絲蒂望了一眼傑森，露出微笑，說：「恐怕那是個祕密。」

傑森走向門口，匆匆跑下屋前步道，來到街上，克莉絲蒂跟了上去。走過三棟屋子後，他轉向左邊，沿著一條通往樹叢的小徑上跑去。

「小心點。」她努力想跟上。

「我會的。」

「到處都是爛泥巴，很滑的。」她提醒兒子。

傑森衝過一個轉角處，折斷了一處樹叢的樹枝，樹枝彈了回來，甩在克莉絲蒂身上。她皺起臉，但仍繼續跟上。

「還有多遠？」她問。

「就在那裡。」他指著前方，說：「轉過去就是了。」

突然，傑森整個人停下不動，克莉絲蒂幾乎要把他整個人撞翻，但她很快就知道了原因。

蕾妮癱倒在一棵大樹下，四肢張開地躺臥在那兒。

「她死了嗎？」傑森問。

克莉絲蒂瞬間停住腳步，恐懼一下子席捲她整個人。但她趕走恐懼，匆匆來到女孩身旁，跪在泥地上，問：「妳還好嗎？」

蕾妮的臉上滿是懼怕，她說：「我從樹上掉下來了，但別管我，我想我的寶寶傷得很嚴重。」

「傑森！」克莉絲蒂吩咐道：「跑回家去打911，然後把醫護人員帶過來。」

她伸手握住蕾妮的手，感覺女孩的手指冰冷溼透。她溫柔地捏了捏，希望能將一些溫暖傳遞過去。她說：「蕾妮，我一定會盡力幫妳。」

「音樂盒就在樹屋裡。」她說：「我還沒去看那些錢是不是還在裡面。」

「別管那些錢了。」克莉絲蒂說：「我知道妳什麼都沒拿，傑森已經解釋了一切。我會幫妳的。」

蕾妮握住克莉絲蒂的手充滿絕望地緊了緊，她說：「要是我的寶寶活下來了，求求妳，不要讓別人把她從我身邊帶走。」

17

雨滴不斷灑在克雷格辦公室的小窗上，木槿的枝椏被風吹得不斷撲打在玻璃窗上，他坐在新辦公桌前，伸手拿過來一杯微溫的咖啡，啜了令人失望的一口。

教堂裡其他人都已經在暴風雨來襲前離去，但他仍留在這兒，聲稱他還有些事情要處理。他大部分的工作，尤其是那些必須打的電話，其實可以在家裡完成，但他刻意盡量不回迪蘭科特家。

他望了一眼自己擬好的清單，劃掉最上頭一項：這個月稍晚替青年團安排迪士尼樂園之旅。接下來是打電話給每個孩子，提醒他們盡快將喜姆湖[45]靜修的報名表格與家長同意回條交回，因為截止日期很快就要到了。

他的肚子大聲抗議起來，提醒他今天中午沒吃什麼東西。一旦他打完這些電話，就會去黛比小餐館吃點東西。晚餐後，他甚至可能去看場電影，他有好一陣子沒去電影院了。

他想著要不要找個人一起去看電影，但他唯一能想到的人就是克莉絲蒂。

說老實話，這念頭挺誘人的，他忍不住想，不知道她今晚是否要工作？這又不一定是約會，他們大可以朋友的身分去看場電影，不是嗎？

---

[45] Hume Lake，位於加州，為一基督教營區。

電話響了起來，將他從沉思中拉回現實，他拿起話筒，說：「園邊社區教堂。」

「嗨，牧師，我是湯姆．哈德利，回覆你之前的電話。」

湯姆是市議會的一員，克雷格幾天前曾與他談論過要參與流浪漢專案，湯姆正在處理中。但克雷格才剛得知那群「熱心」的市民已經要求舉辦一場特殊聽證會，要強迫教會停止園邊地區的慈善食堂活動，並將食堂遷出鎮上。

所以克雷格約半小時前打過電話給湯姆，估計他得先發制人才行。

「湯姆，謝謝你回我電話。」克雷格往後靠在椅背上。

「不客氣。牧師，有什麼能效勞的？」

「我想邀請你和其他市議會成員，下週找一天來慈善食堂和我共進午餐。」

「你別開玩笑了。」

「這不是玩笑。我認為如果你們在下次開專案會議之前，能有機會親身見證食堂的運作，以及見見我們供食的那些人，會是不錯的主意。」

「好吧，這樣很公平。」

於是他們敲定週三下午一點碰面，然後結束通話。

自從與傑西結束最後一次對談，兩人分道揚鑣之後，克雷格腦中一直盤旋著諸多疑問。

你在害怕什麼？那名流浪漢曾這麼問。失敗嗎？

傑西說出這句話時，克雷格還曾覺得可笑，但他們分道揚鑣後，卻留給克雷格不少沉思空間。

克雷格還小時，從沒真正害怕過什麼——即使是夜裡的那些妖魔鬼怪，他也不怕。再加上他不管嘗試什麼，都能成功，因此傑西那番害怕失敗的理論，在他身上絕對不適用。

但隨著時間過去，克雷格不得不承認，以擔任牧師這份工作而言，他的確會害怕失敗——而且原因顯而易見。

他的祖父偉大到近乎聖人，克雷格要達到他的境地，還有好大一段空間要努力，但他和祖父的成就實在差得遠了，根本無法比較。

只是當他面對真相時，另外一種恐懼又出現了，他之前一直拒絕承認的恐懼。

在他的肩膀因為投球受傷之前，他從未懷疑過自己是否有能力在大聯盟發光發熱。但之後呢？

他一直害怕自己不會完全百分之百恢復，害怕自己得永遠仔細呵護自己的手臂和肩膀，害怕他無法達到職業棒球員的標準。

於是他接受了命運，認為這一切都是上天的某種安排。

也許這就是為何他從未尋求上帝明顯要他加入神職的神蹟顯示，而只是把這件事視為協議的一部分，然後接受。

那現在呢？

要解決他的困境，似乎只有一個方法。

他低下頭，敞開心胸，說：「主啊，請原諒我的疑惑。原諒我想和您談條件或是賄賂您，醫治我的祖父。我只想走最安全的路，但我應該在做決定之前，先尋求您神聖的指引。而現在還不算太晚，我現在正在向您請示。」他等了一會兒，希望得到某種平靜，希望心中那層疑霧能被釐清，希望得到被賜予赦免的奇蹟顯靈。

但他只得到一片沉默——除非把灑在窗戶玻璃上的雨聲算進去。

於是他更進一步請求，說：「請讓我聽見進入神職的召喚，或請賜予我一個明確的指示，讓我得以自由去嘗試其他工作。」

他還沒來得及說出「阿門」，電話鈴聲便響了起來。

他等了片刻，才拿起電話，說：「園邊社群教堂。」

「牧師，真感謝上帝，你還在。」棠恩的聲音因為驚慌而抖得厲害。

「怎麼了？」

「我才和喬伊通過電話，他正在值勤，剛才被叫去一處意外現場。蕾妮摔得很嚴重，現在人在醫院。」

克雷格緊抓著話筒，彷彿這樣更能面對處理這消息。他問：「怎麼會這樣？」

「她從樹上摔了下來，而且還早產了。」

她待在樹上做什麼？克雷格想不透。但他接下來脫口問出的第二個問題，也是最急迫的問題，是：「她懷孕了？」

「大概五個月了，喬伊是這麼說的。而且這孩子嚇壞了。」

克雷格不知道自己會對蕾妮說什麼，或是自己能做什麼，但扔下一切趕去醫院的衝動，已經不只是一種義務感而已了。那是一種迫切去幫助別人的必要，去改變一個人的生命——若他有這個能力的話。

「我現在就去醫院。」他說。

「太好了，我已經在路上，醫院見。」

結束電話後，克雷格關上電腦，抓起椅背上的外套，關上燈，鎖上教堂辦公室的門。接著他匆匆去開車，在了解到現在不是在意身上是否會淋溼的時刻後，更加快了腳步。

十分鐘後，他抵達了太平洋綜合醫院，將車停在特別為神職人員保留的停車位置上。他走進急診室，環顧人來人往的等候室。他瞧見棠恩與喬伊在掛號櫃台窗口交談時，鬆了一大口氣，然後快步走向兩人。

「我很高興你們倆都來了。」喬伊說：「我的同伴快要處理完那些書面登記作業了，我不能待太久。」

「她怎麼樣？」克雷格問。

「現在醫院正在檢查，所以我知道的也不多。她絕對有腦震盪，而且脊椎也可能受傷了。」

「有人陪她嗎？」克雷格問。

「羅瑞安．史密斯的外孫女，克莉絲蒂現在正陪著她。是她發現蕾妮並且報警求助的。她請一位鄰居陪著她兒子與羅瑞安，然後和我們在這裡會面。蕾妮的情緒很激動、很緊張，相信她會感激有人陪在身邊。」

「她那時在樹上做什麼？」克雷格問。

喬伊抿了抿唇，緩緩搖頭，說：「你絕對不會相信的，她住在樹上。」

克雷格皺起眉頭，問：「在樹上？」

「實際上，那是一間樹屋。」

「真的假的？」克雷格問：「我知道她沒有多少錢，常來我們慈善食堂的人多數是這樣。但我完全不知道她沒地方住。」

「可憐的孩子。」棠恩將手放在喬伊的手臂上，說：「她出院後，會需要一個地方好好休養恢復。如果你不介意，我想請她來住我們家的客房，直到她找到地方住為止。」

「沒問題。」喬伊說。

三人沉默地站在那兒，每個人都在思量著這樁悲劇與蕾妮居然陷於如此困境的事實。

「她不會有事吧？」棠恩問她丈夫。

「那得看她的背傷有多嚴重，但我想她會沒事的，至少身體上不會有事。她對寶寶的安危很是緊張。」

「我明白。」棠恩說：「她會流產嗎？」

「醫生正在盡力阻止分娩，希望能有用。我之前在裡頭時，他們正要調來一台超音波機。」

「她看起來實在年輕到不像話。」克雷格說：「你們知道她的實際年齡嗎？」

「在救護車上，我握著她的手，慢慢哄得她說出了實話。」喬伊說：「恐怕她只有十六歲。」

棠恩的眼裡閃著淚光，她說：「這實在是太糟了，她應該要待在學校，和朋友們在購物中心或公園一起消磨時間，但她卻得擔心要如何生存下去，還有即將要到來的寶寶。」

三人更感悲傷難過，又陷入了沉默。

過了一會兒，棠恩對她丈夫說：「她打算留下孩子，還是送人領養？」

「她沒說。」

克雷格深呼吸一口，然後慢慢吐出，說：「依我來看，需要父母與一個家的，不只是她肚裡的寶寶而已。」

隨著塑膠鞋底踩在亞麻合成地板上、傳來「嘎吱嘎吱」的聲音，與喬伊一同前來的醫護人員來到三人身旁，說：「該動身了。」

喬伊點點頭，然後對妻子說：「親愛的，我得走了。」

「明天見。我愛你。」她說。

「我也愛妳。」喬伊匆匆在她唇上一吻，說：「妳現在就要走了？還是再留一會兒？」

「等醫生能讓我進去時，我想去看看蕾妮，我要讓她知道我在這裡，而且會盡力幫助她。」

「小心點。」喬伊對她說：「還有開車也要小心，親愛的。路上很滑。」

「我會的。」

克雷格還沒來得及向喬伊道別，檢驗室的門便被推了開來，克莉絲蒂走了出來。她穿著寬鬆的運動衫、牛仔褲與球鞋——不是什麼別出心裁或討人喜愛的裝扮。

她溼漉漉的紅色卷髮未經梳理，散落在肩膀上，睫毛膏也糊掉了。但克雷格仍覺得她全身上下無處不美，是他所見過最迷人的一次。

「蕾妮怎麼樣了？」棠恩問克莉絲蒂。

「他們已經留她住院，並把她送到產科病房了。醫生認為寶寶並沒有在摔落過程中受到嚴重傷害，感謝上帝。他們也已經想辦法讓子宮停止收縮，至少目前情況是這樣。」

「我想去看她。」棠恩說。

「恐怕妳得等了。他們才剛給了她鎮靜劑，要我離開。醫生要她先好好睡一覺。」

「妳知道明天上午我什麼時候能來看她嗎？」

「我不確定，大概上午十點吧？不過若是家庭成員，也許規矩沒那麼嚴格。」

「她還有家人嗎？」棠恩問。

「我想我們就是了。」克莉絲蒂望了一眼克雷格，讓他覺得自己也成了「家人」的一份子。儘管似乎有些奇怪，但他並不介意擔下這責任。

「可憐的女孩。」棠恩打開肩上揹著的手提包拉鍊，取出車鑰匙，說：「克莉絲蒂，真慶幸妳發現了她。」

「我也是。」

「晚點見了。替我向妳外婆打聲招呼。」

「我會的。」

棠恩走向醫院出口時，克莉絲蒂轉向克雷格，發現他正在端詳著她。

她低頭看了一眼自己的穿著，又抬起頭，說：「我看起來一定像冰風暴裡的稻草人，狼狽極了。但醫護人員把蕾妮送上救護車後，我跑回家只能匆匆換上乾衣服，沒時間整理頭髮。」

「在那種情況下，妳這副模樣已經很好了。我很高興妳當時能陪在她身邊。」

「我絕對不會留下她一個人的。這整個過程把她嚇壞了，我知道她會需要有人能說說話、安慰她，替她向醫院說明情況。」

「我相信她很感激妳所做的一切。」

「至少這是我能做到的。」克莉絲蒂輕哼了一聲，說：「我覺得這都是我的錯。」

「怎麼說？」他問。

「我不見了一個音樂盒，裡面藏了一些錢，我便指控是她偷走的。若她當時沒有跑回樹屋急著去把音樂盒拿來還我，也就不會受傷了。」

他實在不願認為蕾妮會偷人東西，但也許她實在是走投無路了。而且，至少她試著想要歸還。

「之後，我才發現是傑森未經過我的同意，把音樂盒給她的。」克莉絲蒂的目光掃過等候室，彷彿在尋找著什麼。她又說：「說到傑森，我得打通電話回家，讓他知道最新進展。他很在乎蕾妮，我也要讓他知道，我願意讓蕾妮住在我們家的空房。」

克雷格曾猜測過，他對克莉絲蒂還有太多地方不了解，但他之前只是不知道還有多少而已。

儘管之前有過各種疑慮，但那股想要更了解她的衝動再次出現，而且比以往更強烈。

現在不是重申晚餐邀請的好時機，但他下次約她時，可絕對不會讓她再有機會拒絕。

香娜在週五傍晚來到史密斯家，卻發現克莉絲蒂不在家，只有一位鄰居老人在照看著外婆和傑森。她認得這位老人家的臉，但忘了他的名字。

好像是艾文森先生？

「克莉絲蒂幾分鐘前打過電話回來。」鄰居老人說：「她應該很快就會到家了。」

香娜今晚得和她最好的朋友談談，便說：「若你不介意的話，我可以在這裡等她。」

站在門口的老人讓到一旁，她走入客廳，瞧見克莉絲蒂的外婆坐在椅子上，大腿上蓋著條阿富汗披肩。她說：「外婆，看到妳離開了臥房真好。」

「我以前在臥房裡待太久了，所以現在一直想找點事情做，讓心情好過一些。」她露出微笑，但和她過去那些溫暖笑容相比，卻空洞許多。「我得承認，客廳裡的一台小小電視機，是有點幫助。」

香娜看了一下艾文森先生，克莉絲蒂不在家時，這位老人明顯在照管著屋裡的一切。

香娜對他說：「如果你想要回家，我可以接手。」

艾文森先生看著外婆，彷彿要請求她的同意才能離去。

「查理，這樣也好，你就能回去看看狗了。有香娜在，傑森和我不會有事的。」

「那好吧，我就恭敬不如從命了。我過來時，以為不過是一下子。但發生了那麼多事情，一下子變成好幾個小時，我真的得回去餵狗了。」

外婆謝謝他過來幫忙，他穿上外套，伸手要拿傘時，外婆又說：「你走路要小心，人行道上很滑。」

「我會的。」然後他便離開屋子，關上了門。

香娜在沙發上坐下，外婆用遙控器關上了電視。

「恭喜妳訂婚了。」外婆說：「相信妳和妳父母不只高興得不得了，而且也很忙碌。」

香娜清清喉嚨，說：「恐怕不會有婚禮了。我來找克莉絲蒂，正是要告訴她這件事。」

外婆臉上的表情動搖了一下，問：「為什麼沒了？」

香娜還沒來得及回答，傑森衝進客廳，張開手臂給她一個大大的擁抱，說：「嗨，香娜阿姨，我就想剛剛聽見了妳的聲音。」

「嗨，小松鴉[46]。我好想你哪，小可愛。」這是實話。香娜很喜愛這個小男生，對他視如己出。

他鬆開了手，香娜卻仍抱著他好一會兒，這才放手。傑森說：「香娜阿姨，我正在房裡建造一艘超酷的太空船，我得回去把它蓋完。」

「你離開之前，有沒有找到我要你找的那個綠色金屬檔案收藏箱？」外婆問。

「對不起，曾外婆。我在樓上的臥房和衣櫃裡找了又找，就是沒有找到。也不在樹屋裡，我去拿媽媽的音樂盒和錢的時候，在裡頭找過了。」

「我實在想不出那箱子會跑到哪裡去。」外婆皺起眉頭，看著香娜，說：「我們家裡最近一直在掉東西，我真希望自己能爬上那些可惡的階梯，到樓上自己找。我相信我可以找到所有不見的東西。」

「我能幫上忙嗎？」香娜問。

[46] 原文為Jaybird，與Jason的英文名字開頭同音，應為諧音暱稱。

「恐怕沒辦法。克莉絲蒂到家時，我得要她去找找那箱子。」

傑森顯然認為自己不用再被問東問西，一溜煙地跑回房間去了。

香娜看著他離開，心裡有股渴望如此強烈、如此溫暖，幾乎要讓她落淚。她說：「我好喜歡這孩子。」

「我知道。我希望妳將來也會有一個像他這樣的孩子。」

一直在眼眶打轉的淚水終於湧出，流了下來。她用雙手的食指指腹揩去淚水。

「怎麼了？」外婆問。

香娜試圖微笑，不理會那難以置信的悲傷，還有心痛。她說：「我好愛這孩子，愛到心都發疼了。」

「那些是幸福的淚水嗎？」外婆問。

她很想說「是」，但她不能用自己母親的老藉口帶過。尤其是在她和父母才剛彼此衷心承諾，從今以後要忠於自己的情感。

但她也無法說出自己那黑暗醜惡的祕密，只是一旦淚水潰堤，便再也止不住，她得使勁不斷擦去那些眼淚。

過去七年來，她一直將自己的祕密與傷痛隱藏起來，不讓別人知曉。唯一知道她祕密的人，一直只有布萊德，所以她才覺得自己和他有一種聯繫。這也是為什麼她之前願意盡力去幫助他。

「我也許是老了，和外界脫離也久了。」外婆說：「而且我的身子根本就是廢物，但我仍然曉得心痛看起來是什麼模樣。」

香娜很想對眼前的老婦敞開心胸，史密斯太太對她而言，比自己的親外婆還更像她的外婆，但那沉重的負荷被埋得那麼深，她自己都不知道是否能挖掘得出來。

或是，一旦她的祕密解脫束縛，就此爆開，是否會完全毀掉她？

「親愛的，妳想談談嗎？」

「我想我沒辦法。」香娜甚至沒告訴過克莉絲蒂，儘管過去這些年裡，有好多次她都很想說出口。

因為，除了當時她實在太過羞愧之外，接下來克莉絲蒂整個人生四分五裂，於是香娜便不敢再讓她知道任何事情。隨著時間過去，她一直沒有找到適當時機來告訴克莉絲蒂這件事。

也許她現在仍然太羞於啟齒。

「有時候和別人分享妳的負擔，會有幫助的。」外婆那充滿母性光輝的微笑裡帶著溫暖，深深望進她那雙哭累的碧藍眼眸。「而且我很會保守祕密。」

也許這一個祕密，她保不住。

但儘管香娜用盡全力想將那段黑暗記憶塞回心底深處，它還是浮了上來，堵住了她的喉嚨。淚水滑下她的臉頰，她好害怕自己若不張開嘴說出來，整個人就會炸開。

「我……呃……」她吸進顫抖的一口氣，然後強迫自己吐出，這才說：「我做了一件自己感到羞愧萬分的事。一件無法被寬恕的事。」

「妳可能會覺得羞愧，但寬恕要比妳想像的容易多了。」

香娜不知有多想去相信，當她看著外婆那蒼老疲憊的雙眼、當她察覺到那雙眼裡經歷多年而累積的慈悲與智慧，真相於是從舌尖上吐出：「七年前，我懷孕了。」

外婆並沒有立即反應，但當她終於開口時，她問：「妳失去寶寶了嗎？」

香娜希望是如此，那麼她便能夠應付在她人生中幾乎日日都糾纏不放的失落。

「沒有人知道這件事。」香娜說：「連克莉絲蒂也不知道。但我當時太害怕去面對父母，讓他們失望，所以我……」

好接近。太接近了。那個祕密。

就像幼小的孩子跳入泳池深水那端的慈愛父母懷裡，香娜閉上雙眼，放掉一切恐懼。她說：「我墮胎了。」

好了。她說出來了。此刻香娜卻因為說出了這個祕密而覺得萬分愧疚。

外婆從未能夠擁有孩子。她會覺得香娜的行為很惡劣嗎？她會朗誦聖經上的那些陳腔濫調，指責她犯下如此無法寬恕的罪過嗎？

也許香娜選錯了對象說出這個祕密。她偷偷看了一眼外婆，只見到外婆的表情和之前一樣。

「顯然妳為了這件事吃了不少苦。」外婆說。

「沒錯。已經七年了，這是我犯過的最大錯誤。我知道有人選擇墮胎這條路，事後完全不以為意。但對我而言，這是個錯誤，從我墮胎後，我就一直深受折磨。」香娜害怕直視老婦的目光，害怕見到譴責。「我想要妳知道，在那個時候，我覺得自己已經走投無路了。我無顏面對母親，於是選了最容易的辦法來解決問題。現在我幾乎沒辦法面對自己。」

「妳為這件事祈禱過嗎？祈求被寬恕，讓妳從人生無法前進的罪惡感中解脫？」

「比妳能想像的還要多次。我一次又一次地乞求過、痛哭過、道歉過，但都沒有用。」

「那妳需要的便不是上帝的寬恕，而是妳自己的。」

「外婆，妳說的也許很對，但我就是做不到。在我內心深處，我是想要那個孩子的。我無時無刻都在想像那孩子看起來會是什麼模樣。」

「香娜，事情已經發生了，無法挽回，妳得放手。」

「我試過了，但是我做不到。」

「錯誤與罪過太常見了，我們都不是聖人。上帝的寬恕來得容易，是我們要寬恕自己很困難。親愛的，別再懲罰妳自己了。」

「妳說得好像很容易。」

外婆的目光環視著客廳，然後指向地板上的一個綠色塑膠玩具士兵，之前傑森玩完之後就扔在那兒。她說：「妳可以把那個小玩具士兵拿給我嗎？」

「沒問題。」香娜把玩具士兵撿起來，遞給外婆。

外婆用一隻骨節分明的手拿著玩具士兵，說：「這代表著妳的罪惡、麻煩與擔憂——一切讓妳受苦的事物。上帝要從妳手裡拿走，扔進海底最深處。」

香娜只希望有那麼容易就好了。

老婦把玩具士兵遞回給香娜，虛弱的手指仍握著玩具，說：「來，妳假裝是上帝，從我這兒把它拿走。它對我來說太沉重了。」

香娜伸手去拿過那個小人，但外婆仍握著不放。為了要照外婆的話做，她得使勁從外婆受關節炎所苦的手指中搶過來，但她不想傷到外婆。

「快拿去。」外婆的聲音堅定。

「我沒辦法，妳不放手。」

「這就是在妳身上發生的。妳背負著罪惡感，請求上帝將它帶走。祂很願意，但祂沒辦法從妳雙手裡猛地拿走。妳得放手，香娜。」

「我會努力。」

「那樣也許還不夠。下一次當罪惡感再度浮現，威脅要奪去妳內心的喜樂或平靜時，就把它還給上帝吧。」羅瑞安張開雙手，掌心朝上，說：「許多人禱告時扣緊著雙手，那很好。但在這種情況下，妳何不攤開雙手，提醒自己就讓一切過去吧，讓上帝知道妳是認真想要放下的。」

這樣做也許有用，香娜想著。

「讓我們一起祈禱吧。」外婆低下頭，香娜也跟著照做。

她雙手扣緊，突然驚覺，連忙將手放在大腿上，掌心朝上，手指張開。

「主啊，香娜第一次帶著因罪惡感而破碎的心，尋求您的幫助時，您就寬恕了她。但她一直在懲罰自己，讓您感到悲傷。現在她想從罪惡感中解脫，仁慈的天父，她要將所有的罪惡交給您，請您從她手中拿走，並賜予您一直渴望她能擁有的平靜喜樂，然後以您不朽的慈愛與恩典將她擁入。」

外婆繼續祈禱著，這是香娜這麼多年來第一次感覺到一股寧靜與接納在心中慢慢發酵，讓她從過去的作繭自縛中解脫。

外婆說「阿門」時，她也跟著說了。

「謝謝妳。」她對老婦打從心底感激。

「親愛的，別謝我。謝謝上帝吧。」

「我會的，但我為這件事苦苦掙扎了這麼久，以至於我無法接受祂的寬恕。我需要妳讓我看清這一切。真的謝謝妳在這兒陪著我，謝謝妳的傾聽和諒解。」

外婆陷入一陣安靜的沉思，然後說：「妳知道的，人生是一趟旅程。有時候景色優美，但也有時候，天空昏暗，路上滿是坑洞。但沿途總是會學到些什麼，而我們往往會以最奇特的方式學會那些東西。」

「我不太確定自己聽懂了沒。」

外婆露出微笑，說：「過去幾年來，我一直走在一條顛簸的危險道路上。我實在受夠了，只想早點結束這趟辛苦旅程，對我這副無用的軀殼舉雙手投降，就此放棄。但感謝幾天前我意外學到的一件事，還有今天發生的一切，一盞路燈已經點亮了。我看見了這條路的轉角處，瞥見了前方美麗的風景。」

「妳意外學到了什麼？」香娜領悟到自己剛剛才在她的人生旅途中見到了那樣的一盞路燈。

「在一場夢裡，有個滿臉鬍子的男人走到我床邊，我告訴他，我好想死。」

「我很高興妳還活著。」香娜明白要是外婆不在世上了，她可能永遠都不會學到今晚外婆教會她的這一課。

「我也很高興。顯然那人說的一點都沒錯。」

「他說了什麼？」

外婆露出微笑，笑容裡流露出溫暖與喜樂光輝，說：「他說，我在這世界上，還有任務要完成。」

18

隔天上午，八點五十五分時，棠恩伸手拿過兩個沃爾瑪量販超商的藍色塑膠袋，從她那輛喜美轎車下來。鎖上車門後，她快步走向太平洋綜合醫院的入口處大廳，一路上左躲右閃避開那些淺淺的水窪，往前門的方向走去。

潮溼的人行道，草地與葉子上閃耀的水珠，在在提醒了昨晚那一整夜連續不斷襲擊這個社區的大雨。大雨直到日出時才停歇，天空只剩下潑灑狀的白色雲朵，空氣清新。

她看了一下手錶。喬伊很快就下班了，他答應過要在這兒與她碰面。他們昨晚在電話中談過，同意要盡力幫助這可憐的孩子。

她走進大廳，自動門「嗖」的一聲打開。她再往前走，來到一處詢問櫃台，一名頭髮花白的男士看著她走過來。

「有什麼能效勞的嗎？」他問。

「我來探望蕾妮……」棠恩停頓了一下。她不確定那女孩有沒有提起過她姓什麼，但若她提過，棠恩也忘了，這讓她感到一陣無力。自從見到蕾妮的第一天起，她和喬伊便特別關心注意她——大概是因為他們早察覺到她要靠自己過活，實在是太年輕了。只要想到她過去一直住在樹上，棠恩的心都要碎了，她希望之前多打聽一些蕾妮的狀況就好了。她說：「對不起，我只知道這樣了。」

「那我得花點時間把她找出來。」老人轉向他辦公桌上的電腦，用雙手食指開始在鍵盤上慢條斯理、有條不紊地一個字一個字敲著。

他可沒開玩笑，要找出蕾妮會花上他一整天的時間。

「我不知道這有沒有幫助，她昨晚是在產科病房裡。」棠恩說。

希望醫院沒有把她移到別科病房。幾年前，棠恩還未切除子宮時，懷上了其中一個她後來失去的孩子，是個小男生，懷到了四個月大。她流產後，護士們將她轉到另外一層樓的病房，讓萬分悲傷的她不用被那些新生兒與幸福家庭圍繞。既然喬伊提過，蕾妮唯一的憂慮，是孩子的安全，因此棠恩完全了解她正經歷著怎樣的痛苦。

「那的確有幫助。」老人一面說，一面繼續在電腦前搜尋並敲打鍵盤。

棠恩轉過頭，環顧著大廳，注意到有些人坐在等候室的椅子上，還有幾個人排在販售輕食與飲料的早餐車前。由醫院志工負責營業的禮品店尚未開門，不過有一個穿著粉紅色工作服與白色寬鬆長褲的女人站在店裡的收銀機旁。

棠恩在今早來醫院的途中，曾順道買了些她認為蕾妮可能會需要的東西——牙刷、牙膏、體香劑、洗髮精、乳液。她甚至還買了一件睡袍與鞋襪[47]。

「我找到一位蕾妮。」老人瞇著眼睛仔細看著電腦螢幕，說：「我可以打電話問問護士站，確認這位是不是妳要找的病患。」

「她摔傷得很嚴重，昨晚入院的。」棠恩補充說明：「醫護人員先把她送到急診室。」

一聲「喀噠」傳來，棠恩轉過頭，看見穿著粉紅色工作服的女人打開了禮品店的門。既然人都在禮品店前了，她納悶自己是否該挑點鮮花或巧克力給蕾妮？喬伊說過，蕾妮昨天實在是嚇壞了，所以一些令人心情愉快的禮物，也許會有幫助。

老人打過電話給產科後，告訴棠恩，蕾妮．迪蘭妮似乎正是她在找的病患，住在422號病房。

「謝謝。」棠恩轉過身，但沒有走向電梯，而是轉向右方，走進了禮品店，小小的空間裡擺滿了各式各樣的衛浴用品、雜誌和裝飾用的小擺設。

後方一個黑色的冷藏展示櫃裡有幾只插著花的小花瓶與幾盆盆栽。她迅速看過去，選了一只裝著三朵黃玫瑰的細長花瓶。

走到收銀台的途中，她在擺滿動物填充娃娃的架子前停下。她伸手拿過一隻泰迪熊，然後決定先別這麼急著送。若蕾妮在昨晚失去了寶寶，這個填充娃娃可能會讓她觸景傷情。棠恩親身經歷過，她明瞭一個女人失去未出生的孩子後，會有多麼悲痛難以自已。

她等著收銀員替這些花結帳時，一名矮胖婦女走進店裡，然後往右走到那一整排的動物填充娃娃，挑了一隻毛茸茸的黃色鴨子。

女子土耳其綠的上衣背後用白色字體寫著：

如果我早知道自己會有多愛孫子們，我會先把他們生下來。

㊼ Slipper socks，一種穿上後可充當室內拖鞋的舒適襪子。

一想到她和喬伊一個孫子都不會有，她的心被狠狠擰了一下。她閉上雙眼，想要擺脫那令她心痛的字眼。

隨著年歲過去，在三次流產與子宮切除之後，她和喬伊永遠都無法聽到自己屋裡出現小小腳丫子踩著地板的「啪噠啪噠」一聲，她早已習慣了這個事實，他們也真的認命了，但有時候仍然令人心中隱隱作痛。

「就這些嗎？」收銀員問。

「是的。」棠恩伸手從手提包裡拿出Visa信用卡。

收銀員刷卡時，棠恩瞄了一眼展示手鍊的架子，那些鍊子不是多貴重華美，卻是少女可能會喜歡的東西。

一條裝飾著心形飾物的銀鍊吸引住她的目光，她用手指撥弄著那條手鍊，心想不曉得蕾妮到底有沒有收過別人平白無端贈送的禮物？像是小小的驚喜禮物，讓她知道有人在乎她。

棠恩猜測，即使蕾妮收過這樣的禮物，一定也只有少少幾次，一想到這麼年輕的孩子應該要有個母親或父親來疼愛或指導她，棠恩的心就碎了。

需要父母與一個家的，不只是她肚裡的寶寶而已。克雷格牧師昨晚曾這麼說過。

克雷格的這句話如同當頭棒喝。

棠恩與喬伊原本就打算在蕾妮出院後收留她，但那可憐的孩子需要的不只是一張溫暖的床而已。她需要關愛、需要安全感。她需要一個真正的家與家人。

「等一下。」棠恩告訴收銀員。她把那條手鍊從架上取下，說：「再加上這個。」

付完帳後，她搭上電梯來到四樓。在這段時間裡，她滿懷希望，一個主意在她心裡開始醞釀成形。她得先打電話給喬伊，徵求他的同意，但這只是盡夫妻間告知的義務而已。喬伊來自一個七人的大家庭，只要提到孩子，他的心腸甚至比棠恩更軟。

產科病房雙扇大門前的辦公桌上，坐著一位職業護士。棠恩告知自己的身分與來此的目的後，護士按下門鎖開關，發出「嗡」的一聲，讓她進去。

棠恩走到422號病房，站在病房門口仔細望著裡頭。病患背對著門口，但棠恩不管在哪裡都認得出那頭油亮的金髮。

她的心再次為這女孩感到心疼，蕾妮應該在自己的房裡舒舒服服地躺在床上，「喀吱喀吱」地大口嚼著洋芋片、啜飲可樂，發簡訊給最要好的死黨，討論英文課上那個帥氣的男生。

「蕾妮？」

女孩翻過身，露出臉蛋以及哭紅的雙眼。

棠恩察覺到情勢不妙，她的心沉了下去，說：「妳還好嗎？」

「還好吧？我想。」一滴淚水滑落她的臉頰，但她並不想費事擦去。

見到蕾妮這麼傷心、這麼孤單，棠恩難過極了，但她仍擠出微笑，問：「想要有人陪陪妳嗎？」

「當然，請進。」

棠恩將玫瑰放在病床旁的茶几上，又把塑膠袋放在床角，說：「我買了些妳可能會需要的東西，像是牙刷和牙膏。而且我想妳可能想在病房裡擺幾朵花。」

「謝謝，花真的好漂亮。」

「我能幫什麼忙嗎？」

蕾妮緩緩搖搖頭，說：「我想是沒有。護士告訴我，醫院要通報社福機構，這是我最不願見到發生的事情，我不要他們把寶寶帶走。」

「親愛的，他們無法把妳的寶寶帶走的。」

蕾妮凝視著棠恩，說：「妳怎麼知道？他們又要把我送去寄養家庭了，萬一那戶人家不要這個小寶寶怎麼辦？或是他們要寶寶，卻不要我呢？萬一他們想逼我放棄我女兒怎麼辦？棠恩，我不能這麼做，這孩子是我唯一的家人，而且她需要我。」她擦乾眼淚，吸吸鼻子，又說：「我知道我只是個孩子，但我早已愛上了她。只要一想到我會失去這個女兒，我就不想活了。」

棠恩太了解這感受了，見到這可憐的孩子，過去在人生中已經有過太多失望，現在也將面臨失去孩子的同樣處境，讓她更是難過。她伸出手溫柔地撫在蕾妮的臉頰上，說：「讓我們盡量保持樂觀，好嗎？」

蕾妮的下唇在顫抖著，但她點了點頭。

有些事情，棠恩無法掌握，但她會盡力幫忙。她說：「無論如何，我不會讓任何人把妳或寶寶送去寄養家庭的。」

「妳要怎麼阻止他們這麼做？是法院做這些決定的，就這樣。」

「我知道有個方法可以避免這個情況。」

蕾妮端詳著她，緊蹙的眉間同時帶著希望與懷疑。她問：「什麼方法？」

「我還沒和喬伊談過，但我相信他會同意。」棠恩將蕾妮額前的一綹頭髮撥開，露出那雙美麗的碧藍眼眸與帶著雀斑的鼻子，說：「我們想要一個家庭，已經很久了。」

蕾妮吸進一口氣，百感交集。她屏住呼吸一會兒，再慢慢吐出，說：「我知道妳要說什麼。妳和喬伊想要領養我的寶寶，說不定對寶寶來說，這才是最好的，我應該要同意。但我不能放棄她。妳可能會認為聽起來有點奇怪，但她幾乎就像是已經出生了，我無時無刻不想著她，甚至會和她說話。」

「寶寶不需要另外一個母親，她已經有妳了。而且任何明眼人都看得出來，妳愛她勝過一切。」

蕾妮皺起眉，問：「那妳說能解決一切問題的方法是什麼？」

「寶寶沒有的，是一對外公外婆。我得和喬伊談談，但我知道他會同意的。如果我們收養妳，就會有個一直夢寐以求的女兒了，而且我們也能因此被賜予一個可愛的外孫女來疼愛。」

「你們要收養我？」蕾妮還沒有完全反應過來，說：「我實際上已經算長大了耶。」

「妳仍然是個才十來歲的孩子，妳應該要去上學，不該為了找地方住和基本生活需求而倍感壓力。」蕾妮把她的話全聽進心裡時，棠恩伸手從手提包裡拿出手機，撥下丈夫的電話號碼，說：「親愛的，是我。」

「妳在哪裡？」他問。

「我在醫院探望蕾妮。」

「很好，我就快到了。她還好嗎？」

「她很堅強。但你記得我們談過，要給她一個暫時的家嗎？」

「怎麼了嗎？難道她不想和我們住在一起嗎？」

「她想，但我想給她一個永久的家，我想要我們倆當她的父母。」

喬伊停頓了一下，但馬上接著說：「寶貝，我也很願意。問問她，想要我把她的房間漆成什麼顏色？」

棠恩臉上露出微笑，她轉頭對蕾妮說：「如果妳願意給我們這個機會，我們願意一試。」

「你們是認真的嗎？」蕾妮眨去泉湧的淚水，像是在不可置信與鬆了口氣兩者之間掙扎。

「你們真的想要當我的父母？」

「絕對全心全意。」

清晨陽光從小型百葉窗幾片彎曲的板條透了進來，鳥兒在臥室外的那棵楓樹枝椏上吱喳不休。顯然肆虐這個社區的傾盆大雨已經離去了。

克莉絲蒂望了一眼擱在五斗櫃上的嬰兒監視器[48]，這東西讓她能聽見從樓下外婆房裡傳來的任何聲響。通常外婆會在天亮前醒來，需要喝杯水或是上廁所。

但外婆昨晚沒有醒。

九點剛過，克莉絲蒂翻身下床，匆忙套上睡袍與拖鞋，往走廊另一端走去，想看看傑森，卻發現他的床是空的。不知道傑森跑去做什麼了？

安靜地看著電視吧？她猜。

她走下樓急著想煮上一壺咖啡，邊走邊打了一個哈欠。她很少會沉睡一整夜，中間都沒醒來過，在樹叢裡與急診室間發生那些戲劇性的事件後，她意外發現自己居然能睡得如此安穩。

她打算打電話給醫院，問問蕾妮的狀況。希望昨晚一切都沒事。

傑森坐在客廳的沙發上，正在看卡通。

「早安。」她的聲音裡仍有睡意。

「喔，嗨！媽。」穿著蜘蛛人睡衣的傑森露出微笑，問：「早餐吃什麼？」

她還沒想過，便說：「吃鬆餅怎麼樣？」

「讚喔。」他的注意力立刻又被電視螢幕吸引回去。

克莉絲蒂繼續早晨的巡床，走向通往外婆房間的走廊。她每走一步，便越顯不安。總會有那麼一天，她害怕自己可能一走進房裡，就發現外婆終於如她所願地過世了。

她走到門口時往裡頭仔細瞧了瞧，看見外婆躺在床上，雙眼睜開，正盯著天花板。

「早安。」

外婆將頭轉到側邊，見到克莉絲蒂時，眼神亮了起來。她問：「今天是星期幾？」

「是週六。怎麼了嗎？」

㊽ Baby monitor，監聽寶寶用的工具，有接收器與發射器，將接收器擺放在嬰兒身旁，父母只要帶著發射器，便能隨時聽到嬰兒發出的任何聲響。通常只能監聽聲音，若附有螢幕，價格較昂貴。

「因為克雷格通常週三才會過來，但我今天很想見到他。」克莉絲蒂心中閃過一陣憂慮，問：「怎麼了嗎？我當然可以打電話給他，請他如果有空的話，過來看看。」

「沒什麼。」外婆說，但她整張臉皺了起來，彷彿滿腹茫然。「只是我又做了同樣的一個夢，我得問問他一件事。」

「我以前還不知道妳會一直做同樣的夢。」

「這是第二個同樣的夢了，但夢境真實到我可以發誓那是真的發生了。昨天晚上，我又夢見了那個滿臉鬍子的男人對我說話。」

又一次嗎？第一次時，傑西的確在屋裡，並且和外婆對話過。至少，這是絕對可以肯定的。

「這次那個人對妳說了什麼？」她問。

「他說他要走了，他有則信息要我轉告克雷格牧師。」

棒球練習完後，雷蒙等著男孩們撿起棒球用具，到選手休息區集合。他們的第一場比賽是在週三傍晚，因為將面對的隊伍是去年城際聯盟的冠軍國際城隊㊾，所以他想在打發隊員們回家前，來段精神訓話。

他原本希望這天上午能看到克雷格，但他並未現身。牧師其實也沒真正答應要來幫忙今天的練習，但他說過會盡量過來看看，所以一定是發生了什麼事。

「還來！」賽門大喊。

雷蒙抬頭望過去，瞧見賈瑪與大衛正在用捕手手套玩抓球遊戲[50]。「嘿！你們兩個，別鬧了！」他說。

大衛真的認真考慮了一下雷蒙的命令，然後把捕手手套扔回給賽門，顯示這些孩子終於慢慢變成一支有紀律的隊伍了。

這樣很好。大部分的男孩脾氣都不太好，所以雷蒙最主要的目的是教會他們自我約束。他們的境遇已經夠不幸了，他不想讓他們因為脾氣暴躁而惹上麻煩。

雷蒙環顧公園，依然認為克雷格可能會出現，結果卻瞧見一位迷人的金髮女郎。是香娜，而且她正朝向他走過來。

若他不是有自知之明，他會認為香娜是特意來找他說話的。但那樣的念頭只會導致失望而已。

但他仍往三壘護欄方向走去，一面讓自己不要太心猿意馬。

「又來跑步嗎？」他這麼問，即使她穿著黑色牛仔褲與才熨燙過的青檸色襯衫，並不適合運動。

「今天不跑了。」一陣海洋微風將一綹頭髮吹過她的臉蛋，她伸手撥開，說：「我知道你現在在忙，但你們練習完後，可以給我一點時間嗎？我想和你談談。」

---

[49] National City，位於加州一城市。

[50] 兩人之間互擲一顆球，中間尚有一人試圖要將球截下。

他試著解讀她的表情，但她一臉嚴肅，讓他摸不著頭緒。他說：「我們現在正在收拾東西。妳等我一下，我馬上回來。」

「沒問題，我可以等。」她將那綹不聽話的頭髮塞到耳後，儘管她想對他露出微笑，但她的雙唇卻沒有完全乖乖聽話。

雷蒙對男孩們講了幾分鐘話，告訴他們週日下午還有一場練習，並堅持要他們別惹上麻煩，因為球隊需要每一個人。然後他准許大家離去，只留下桑伽斯兄弟倆。兄弟倆祖母的末期病情更加惡化，所以卡利托斯與路易斯這個週末和雷蒙住在一起。

「我得和一個朋友談談。」他告訴兄弟倆：「你們可以在選手休息室等我，或是先去車上等著。」

「我們可以聽收音機嗎？」路易斯問。

「當然可以。」雷蒙伸手從牛仔褲的前方口袋裡拿出吉普車的鑰匙，扔給哥哥，說：「如果你們兩個沒有因為要聽哪一個電台而吵起來，我就帶你們去漢堡店享用遲來的午餐。如果你們吵個沒完，就只有在家裡吃燻香腸三明治的份。」

「我們不會吵架的。」弟弟注視著正在護欄旁等待的香娜，說：「哇喔，教練，你朋友好辣喔！但她看起來好像不是很開心。」

雷蒙向香娜望了一眼，注意到她那一臉嚴肅的表情未曾稍減。他不認為香娜在生氣，但顯然有事情讓她正煩惱不已。

兄弟倆走向吉普車時，雷蒙回到護欄旁，香娜正在那兒等著他。

他對她露出微笑，她試圖也回以微笑，但她眼裡卻有著沉重。是擔憂還是壓力？很難辨別得出來。

也許她真的很生氣。

「有什麼事嗎？」他問。

「我，呃……我的訂婚吹了。」

雷蒙很想高聲歡呼，但他強忍了下來，控制住自己的反應，說：「實在遺憾。」

「是嗎？」

不，他一點都不遺憾，而他認為香娜有資格知道真相，於是說：「我剛只是出於禮貌這麼說而已。我一點都不感到遺憾，我要鄭重申明，我從來就沒喜歡過布萊德，而且認為妳能找到比他好太多的對象。」

她沒有回應，兩人便沉默地站著。

「為什麼會吹了？」最後他終於問道。

「我不愛他。」

聽到她這麼說，他真的很高興。

「我很想去愛他。」她又說：「但不管我怎麼努力，我就是沒辦法強迫自己去擁有根本不存在的感情。」

他知道她的意思。他也無法找到其他女人，能像香娜過去那樣令他心動，但他並不願意承認這一點。

兩人又陷入沉默，他猜香娜還沒有觸及她這段談話的重點。

「我得向你坦白一件事。」她說。

「什麼事？」

他不知道自己的問題被懸在兩人的呼吸間有多久，但就在他猜她根本不會回答時，她開口了。

「我們在高中交往時，我愛上了你。所以我知道真正的愛情應該是什麼樣子的。」

她向他表白愛意的方式很怪。她提出分手、結束一切的那天，是他人生中最悲慘的一天，但他沒辦法承認這一點。

「分手並不是我的主意。」她說：「我父母認為我太年輕，不能對一個男生太認真。」

香娜盯著自己的雙腳，牙齒咬著下唇，雷蒙試圖去猜她到底想說什麼。

他想告訴香娜忘了那些，都已經過去了，現在都不再重要。但在這當下，這件事看起來是那麼重要，他又怎麼說得出口？

抱著希望能讓她好過點的心態，雷蒙說：「我能了解妳父母的憂慮。」

「你能嗎？」

「我們當時只有十五歲。」但他一直以來都懷疑這一切其實也和文化與社經地位的不同有關。他問：「他們是生氣妳和男生約會？還是只是因為我的緣故？」

她的眼裡溢滿淚水，說：「大部分是因為你。」

雷蒙並不訝異，但仍被真相狠甩了一巴掌，讓他的自尊再次受傷。

「我的父母，尤其是我媽媽，對我施壓，要我和你分手。那個時候我根本不敢去反抗她。」

「所以妳是在告訴我，即便那時候妳愛我，但還是和我分手，只因為妳母親要妳這麼做？」

雷蒙很難了解那種盲目的順從。

「幾乎從我有記憶以來，他們要我做什麼，我都完全照做。我不是很確定為什麼，也許是因為我生病那段期間，他們傾盡一切地照顧我。也許是因為我害怕，如果我不守規矩，癌症又會復發。」她深呼吸一口氣，彷彿多吸進去的氧氣能灌入讓她繼續說下去的力量，然後緩緩吐出，說：「聽起來不怎麼高尚，是吧？」

他理應感到憤怒，被她父母的偏見與她的順從觸怒，但不知道為什麼，他不但沒有感到憤怒，反而不想讓她繼續為已經無法挽回的事情受罪。

「妳那時還是孩子。」他說：「孩子本來就該遵從父母的話。」

「我知道，但我應該為了你而抗爭。為了我們倆。」

他希望她當時曾這麼做。

「在我內心深處，我曾希望你會好好和我大吵一架，拒絕分手，讓我有勇氣去反抗他們。」

但他並沒有。香娜對他說以後不要再見面時，他只是點點頭，然後努力維持男子氣概，藏起眼淚，從她身旁走開。

「不管怎麼樣，我終於開始為了守護自己的權益而勇敢面對他們。我父母，倒不如說只有我媽媽，對於我和布萊德的婚事吹了，很不高興，但我拒絕打退堂鼓。」

「我很高興。我以前總認為妳比外在所顯現的要勇敢多了。」

她張開雙唇，目光凝視著他，說：「你是過去這幾天來，第二個這麼告訴我的人。」

他想問第一個人是誰，但他認為那事不關己。

「這就是妳要告訴我的事？」他問：「那時候妳很愛我？」

「還有更多。」她吸進另外一口讓自己能鼓起勇氣的空氣，而他多麼希望自己能做些什麼，讓她不要講得那麼辛苦。

「我們分手後，我發現自己懷孕了。」

這次雷蒙的下巴掉了下來。他皺起眉毛，整個身體僵住。他問：「當時妳為什麼沒告訴我？」

香娜眼裡原本堆積著的淚水溢了出來，她說：「因為那時候我不認為你愛我，因為我不想增加你的負擔。」

他捧起她的臉蛋，用雙手拇指輕輕撫摸，說：「香娜，當時我也愛妳。妳說要分手時，我傷得太重了，但我從不認為自己真正配得上一個像妳這樣的女孩，所以我放手讓妳走，想讓妳好過些，也能保全我的自尊心。」

隨著她的淚水不斷流落雙頰，她的雙唇不住顫抖，雷蒙的心再次全碎了。

「寶寶後來怎麼樣了？」他問：「妳送人了嗎？」

「我……」香娜閉起雙眼，像尊雕像那樣站著靜止不動，將雙手靠在護欄上，掌心向上。她保持著這個姿勢好一會兒，才張開眼，目光凝視著他，說：「我拿掉了。」

這消息讓雷蒙霎時無法呼吸，也無法言語。

「對不起。」她彷彿能了解他此刻內心湧出的各種複雜情緒。但她也許無法了解，因為連他自己都無法明白。

他感覺到被背叛、被傷害，同時也感覺被欺騙——不只是因為孩子，也因為他有資格知道這消息、知道她為他們兩人做的這個決定。他掙扎著忍住怒氣，不去怪罪她為何隱瞞這樣一個祕密。

他提醒自己，她那時還是個孩子。而他當時就那樣走開，並沒有讓她知道，失去了她，他傷得有多重。他也沒有讓她知道，若他認為兩人間的確有希望走下去，他會不計一切繼續和她交往。

「雷蒙，對不起，請你原諒我。我真的很想留下寶寶，但那時候我太害怕了。我認為自己已經走投無路了。」

她死命緊咬著下唇，讓他害怕她會咬破嘴唇肌膚。她說：「那時我不知道。」

「妳有我。」

她的確是不知道。

他用手梳過頭髮，試圖想了解她到底做了什麼。

以及原因。

他們理應攜手共同面對這場考驗，是否拿掉孩子也應該由兩人一起決定。

她將雙手放在護欄上，手指緊抓著鍊環，說：「我沒有一天不希望自己能回到過去，做出不一樣的決定，但我沒有辦法。」

很明顯的，她不只想要他的寬恕，而是非常需要。而儘管他想寬恕她，卻不容易。當然，他們的感情從未容易過。

「妳父母說不定很想吊死我。」他說。

「他們不知道，他們一直被蒙在鼓裡。」

「妳自己獨自一人經歷這些？」

「不完全是。有一天，我去瑞斯菲德大宅找你，但布萊德說你不在家。我哭了起來，他問我為什麼一定要找到你。」

「妳就告訴他了？」

「是的，然後我就崩潰了。我哭個不停的時候，他抱著我，答應會處理好一切。」

「他建議妳去墮胎？」

她點點頭，說：「他甚至拿自己的零用錢來幫我付錢，這樣我父母才不會發現。但墮胎後我沒有感到解脫，反而覺得更糟。直到最近我才能原諒自己，然後來找你，請求你原諒我。這樣做才是對的。」

這就是他不喜歡布萊德的其中一個原因。這傢伙會把事情搞砸，再用錢來買通解決。這一次，不但他介入這件事，還要香娜用最簡單的方法解決問題，而她當時是那麼絕望與脆弱。

此刻，他看見香娜眼裡滿溢的情感，她再次顯得脆弱無助。而且孤單。

看見她這副模樣，實在讓他心痛。他怎麼能責怪她七年前做的一個決定？即使他對這個決定有發言權？

他想張開雙臂摟住她，想緊緊擁抱她，但護欄上的鍊圈擋住了他們，一如她的雙親與他們之間的文化與經濟差異，總是將兩人隔開。但護欄不需要永久存在。

他沒浪費時間走回選手休息區去打開柵門，而是直接跳過護欄，張臂摟住了她，將她擁入懷裡。

他原本只是想給予香娜同情與寬恕，但當他到嗅她身上一陣柔和的花香，當她以著別人從未有過的方式完全融入他懷裡，他不自覺將唇擦過她的雙唇——輕輕地、溫柔地。

她回吻他，但雷蒙的理智恢復後，他退了開來，她凝視著他，問：「我們現在開始會太遲嗎？」

也許是。他不願讓自己又陷入被人質疑的處境，必須去證明自己有資格被人所愛。

「過去七年發生了很多事情。」他解釋道：「而且，我即將要成為兩個小男孩的寄養父親。所以這件事本身就會讓我們的人生更複雜，尤其是如果妳的父母——」

她將指尖放在他的唇上，用溫柔的碰觸讓他住嘴。她說：「這無關我的父母，而是和我們有關。若那兩個男孩是你人生的一部分，那麼也是和他們有關。」

她眼裡的某種東西告訴雷蒙，她這一次願意為兩人的未來奮鬥，他為此而冒的險也許會值得。

「那些男孩很幸運能擁有你。」她又說：「若我能擁有你，也會很幸運。我們到底能不能重新開始呢？」

沿路上也許會有些崎嶇，但他願意盡力去寬恕與遺忘。

他的雙臂摟住香娜的腰，將她拉入懷裡，說：「香娜，過去我是個傻瓜，讓妳離開過一次，但同樣的事絕不會再發生了。」

19

克雷格自從來到美溪鎮後，這是他第一次睡得這麼好，但他卻不知原因。也許是因為他很期待充實忙碌的一天，得一直忙到晚上他和長老會開完會之後才能圓滿結束。

雷蒙在今天上午有一場棒球練習，而克雷格答應過要去志願幫忙，除非另有要事，而他也的確有事情要辦。蕾妮昨晚發生意外後，克雷格便決定今天開始著手處理任何一件事務之前，先順道去醫院看看。

他知道雷蒙會諒解的。

雷蒙是個遵從自己心意，並且將信念付諸實現的人。不只是因為雷蒙將時間貢獻出來，去幫助那些人生差點要出局的孩子們，而且還願意將路易斯與卡利托斯帶回自己家裡照顧，對一個單身的年輕人來說，要承擔的責任可是十分重大。

看起來這就是雷蒙的天職，而他也接受了下來，並且去實行。克雷格真希望自己能說他的一切所作所為，也是人生中早注定好的——而且做得很稱職。但他不認為自己會成為像祖父那樣的人。

克雷格離開房間，走向廚房，咖啡濃郁的香氣與水「咕嚕嚕」流過濾網、再流入玻璃瓶的聲音越來越響。

「早安。」他對站在碗櫥前正伸手要拿馬克杯的丹尼爾說。

丹尼爾回過頭，露出微笑，說：「真是個美好的早晨，對吧？」就克雷格而言，早晨是否美好仍是未知數，但至少暴風雨已經過去了。他說：「昨晚一切還順利嗎？」

「一開始有些棘手，但我想小珊平靜地接受了我離開事務所後，會對我們生活造成的改變。」

「很高興你這麼說。」

丹尼爾從架子上拿下兩個馬克杯，將其中一個遞給克雷格，說：「你絕對猜不到，我們一家人昨晚做了什麼？」

克雷格毫無頭緒。他昨晚從醫院回來後，屋裡空無一人。

幸好丹尼爾不是要克雷格真的去猜，他說：「小珊、香娜和我與一個流浪漢共進晚餐，你能想像嗎？這經驗實在太有趣了。」

「那名流浪漢叫做傑西嗎？」

丹尼爾伸手去拿玻璃瓶，替自己的杯子倒滿咖啡，說：「你怎麼知道？」

「我也遇見過他。」克雷格遞出杯子，看著丹尼爾在杯裡倒滿咖啡。「他實在很特別，對吧？」

丹尼爾點點頭，說：「他給了我們每個人一些值得思考的建言。」

傑西也曾給過克雷格一些建言，但他從不提供任何明確的答案，常常留給克雷格更多問題去沉思。克雷格說：「說到言簡意賅，直指重點，傑西可是個中翹楚。」

「我知道你的意思。昨天晚上，用完晚餐後，小珊、香娜和我決定以後要在週日去慈善食堂義務幫忙，這樣喬伊和棠恩便能休息一天。」

「我相信他們一定很感激。」

「傑西也建議我來找你談談，讓我在下次市議會開會時，與接下來的任何聽證會裡，代表教堂出席。你儘管開口就行了。在我轉換工作期間，會有很多時間可以利用。」

「一位深知定罪論證且人人尊敬的律師，絕對能大大加分。」克雷格說：「對了，附帶說一下，今天下午五點，長老會他們要開一場特別會議。如果你能參加，那就太好了。但如果沒空，我回來後會告知你有什麼進展。」

「我會盡量抽空過去。」丹尼爾走到通往陽台的玻璃拉門前，拉開百葉窗，讓清晨陽光透進來。他說：「我今天下午也要去和陶德．佛瑞斯特碰面，他經營一個非營利組織，專門鼓勵貧困階層的孩子去參與運動。這些孩子的父母大部分都被關在牢裡，所以他們一不小心就會誤入歧途。藉由參與這個特別的團體，也許我在法庭外，也能去影響改變其他人的生命。」

「我聽說過這個團體。」克雷格說：「美溪鎮有個棒球隊，屬於城際聯盟，他們的第一場賽事是在週三晚上。我說不定會去幫忙帶一下球隊。」克雷格啜了一口咖啡，說：「那是傑西在背後推了一把的另外一個故事。他那些發人省思的意見，總是相當具有說服力。」

「不是只有傑西會激起漣漪，讓人思考。」丹尼爾又說：「再次謝謝你告訴我，要遵從自己的心意，那句話大大改變了我的人生。」

「不客氣，但那只是一句隨意的發言罷了。」

「牧師，人們不總是需要冗長的說教，有時候他們只需要有人傾聽、關懷。」丹尼爾小啜一口咖啡，說：「要維繫一個家，我們仍有許多努力要做，但我們現在已經有了共識。」

「我很替你們高興。」只可惜克雷格無法同樣將「遵從你的心意」這個建議用在自己的人生裡。若他能夠的話，他會這麼做，但他不知道自己的心意到底是什麼。每次他試圖想檢視自己的內心，去感覺他認為什麼才是好的、正確的與真實的，便會想到克莉絲蒂。

「你這週能抽空和卡珊卓談談嗎？」丹尼爾問。

「我今天上午有事，下午行程也很緊湊，但晚餐後我相信可以撥出時間和她談談。」

「不要在屋裡談。」丹尼爾說：「小珊要的是正式的牧師輔導，她大可以去約喬治，但她想要找你。」

卡珊卓寧願選擇克雷格，而不是資深牧師喬治，讓克雷格很是訝異，但他點點頭，彷彿這是理所當然。

「她不是需要長期的輔導。」丹尼爾說：「但我想，像你之前和我的那次閒聊，會讓她感覺舒坦多了。她多年來一直生活在父親的掌控下，現在需要去追尋自己的生命節奏，做個改變。況且，傑西告訴她，她若想找人談一談，你是最佳人選。」

儘管克雷格感激傑西對他如此有信心，但他還是無法完全欣然接受。他的父親與祖父都是偉大的人物，從他有記憶開始，他就一直在努力追隨他們的腳步，但不管怎麼樣，他就是望塵莫及，他也志不在此。但那是他的祕密，他不願也不能對任何人坦承。

「我會在晚餐時和卡珊卓聊一下。」克雷格說：「然後挑個方便的時間，約在教堂碰面。」

「太好了。」丹尼爾解開通往陽台的玻璃門鎖，說：「我要去外頭喝咖啡，你要一塊兒來嗎？」

「當然好。」克雷格才沒走兩步，手機就響了。

他接起電話，聽出電話裡頭是克莉絲蒂的聲音時，他發現自己微笑起來。

「你有沒有可能今天順道來我家一下？」她問：「我外婆很想和你談一下。」

「沒問題。我去醫院看完蕾妮後就過去。」

「太好了。蕾妮現在怎麼樣了？」

「我不清楚，我會先打電話問問棠恩，她說不定能讓我知道最新狀況。」

「告訴蕾妮，如果能找到人陪著外婆和傑森的話，今天下午我會試著抽時間去看看她。」

「我會轉告她的。」克雷格望了一眼微波爐上的時鐘，說：「但我可能要中午或是再晚些才能過去。」

「克雷格，謝謝你，我真的很感激。」

通話結束後，他掛斷電話，但心思仍在克莉絲蒂身上。

他告訴過丹尼爾，要遵從自己的心意。而雷蒙看起來也正做著自己真正想做的事。所以也許克雷格也該同樣這麼做——但不是以自私的方式，只顧自己想要什麼、需要什麼，而是他會傾聽自己的良心，然後信任上帝的指引。

鍛鐵拖過水泥地的聲音傳來，克雷格往陽台望了一眼，看見丹尼爾正拉出一張陽台椅，好讓克雷格能坐在那張玻璃桌面的桌子前。走到陽台加入丹尼爾之前，克雷格要先打電話給棠恩。若蕾妮流產了，克雷格去醫院前想先知道一下。

電話鈴聲響了三聲之後，喬伊的聲音出現在電話那端。

「嗨，我是克雷格。棠恩有空嗎？」

「她現在在忙。產科醫師正在蕾妮病房裡，所以我先出來，別打擾她們。」

「她還好嗎？」

「醫生要她再住院一天，以防萬一，但分娩已經停下了，感謝老天。醫生也說寶寶沒事。」

「真是好消息。告訴蕾妮，我接近中午時會去探望她。」

「對了，我順便想謝謝你。」喬伊說。

「謝我什麼？」

「讓我們的生命有了奇蹟。」

克雷格完全摸不著頭緒，不知道自己說了或做了什麼，會讓喬伊說出這種話。他問：「你這話是什麼意思？」

「你告訴棠恩，需要一個母親的，不只是寶寶而已，這讓她想了很多。我已經打了電話給山姆．道森，那位替我舅舅認證遺囑的律師。我們要請他來處理一些法規上的問題。」

「什麼法規上的問題？」

「我和棠恩要收養蕾妮，我們實在快樂到無法形容。對我們三個人來說，簡直就是美夢成真。那可憐的孩子到目前為止沒過到什麼好日子，但我和棠恩決意要給她一個應得的美滿家庭。對我們而言，這簡直是上帝的賜福。」

克雷格明白為何喬伊會認為那是一個奇蹟了，但他只是說出自己的觀察罷了。奇蹟會發生，是因為藍道夫夫婦將他的發言聽在了心裡，決定付諸行動。他說：「我很高興一切皆大歡喜。」

電話結束後，克雷格不再需要急著趕到醫院去，於是，在這樣的情況下，若羅瑞安想見克雷格，他說不定該先匆匆去她家一趟。至少，這是他給自己的理由，讓他先不用去管桑果公園內的棒球隊練習，改變原本今天計畫好的行程。

但他卻無法解釋，自己為何會從迪蘭科特家前院的玫瑰叢裡拔起一朵含苞待放的紅玫瑰，帶在身邊出門。

門鈴第一次響起時，克莉絲蒂沒去管，等著傑森去應門，她繼續清洗早餐用過的碗盤。門鈴聲再次大聲響起時，她喊了喊兒子，以為是傑森的朋友要來找他玩。

但傑森依舊沒出聲。

於是她把洗碗巾扔進盛滿溫肥皂水的水槽裡，走向門口。

她最後一次呼喚傑森，心想他說不定在浴室裡，所以聽不見她的聲音，便繼續往門口走去。不用說，當她打開門，瞧見克雷格站在門廊上時，她的下巴都掉了下來，心臟也漏跳了一拍。

「我來早了。」他說。

他的確是來早了。她希望自己的頭髮不只是隨隨便便夾起，希望自己身上不是只穿著破舊牛仔褲與褪色的黃色上衣，希望自己至少有時間匆忙穿上一雙鞋，在手腕上拍上一些香水，並在雙唇上搽點口紅。

他手裡拿著一朵玫瑰，她想那應該是送給外婆的。那是一朵深酒紅色的玫瑰，她猜是從某人的花園裡摘下的。

他孩子氣地露出笑容，臉頰上出現酒渦，軟化了男性下巴滿是稜角的剛毅線條。他說：「我改變了行程，希望沒打擾到妳。」

「當然沒有。」她站到一旁，讓他進入客廳。

他把玫瑰遞給克莉絲蒂，讓她又驚又喜。他說：「我看到這朵玫瑰長在迪蘭科特家的前院裡，我想妳會喜歡。」

她接住玫瑰的莖，小心地避開上頭的刺，心跳快得就要無法負荷。她說：「謝謝。」送花的舉動出人意外又貼心，她本能地深深一吸，享受醉人的芳香氣息。

「我今晚還是想請妳出去吃晚餐。」他說：「所以我希望妳重新考慮我的邀約。」

她有一卡車的理由應該婉拒，但在當下這一刻，克雷格的目光如此凝視著她，費洛蒙在頭頂上盤旋，她似乎連一個簡單的拒絕理由都想不出來。

「我知道妳擔心人們可能會怎麼想，但我一點也不在乎。如果有任何人對我們倆的交往有疑慮，那他們需要重新去學習什麼是寬恕與第二次機會。」

他把一切說得這麼容易，她不由自主地就這麼相信了。她說：「但我得找人陪著外婆和傑森。」

「看看能有什麼辦法吧。找不到人的話，我就把晚餐帶到這兒來。」

「你可真是讓我沒有退路。」

「克莉絲蒂，我想多點時間和妳在一起，而且我願意盡力去達到這目的。」他對她又露出笑容，她腦海裡馬上開始倉促搜尋到底能請誰來幫忙？那人還得不會認為她對鄰居的要求未免太超過。

就住在對街的艾莉．洛克也許不會在意，不過這要求對她而言可能太吃力了些。

「妳外婆要找我談什麼？」克雷格問。

「她說她有信息要給你。」

「誰的信息？」

「我想，是一個她想像出來的傑西。傑西有天晚上住在我家，但他到的時候，外婆已經睡了，而且隔天天還沒亮，他就離開了。她那次提到做了一個夢，夢見一個長滿鬍子的陌生人，所以我想那次她一定是真的和傑西說過了話。但傑西從那之後就沒到過我家，昨晚的到訪一定只是場夢而已。外婆醒過來後，堅持一定要和你談談。所以遷就她一下，好嗎？」

「沒問題。」

克莉絲蒂朝走廊的方向點點頭，說：「來吧，我帶你去見她。」

他們走到外婆房間，克莉絲蒂喊：「外婆？克雷格牧師來看妳了。」

外婆轉過頭看向門口，見到英俊的牧師跟在克莉絲蒂身後走進房時，展開了笑顏。她說：「謝謝你過來。」

「妳覺得還好嗎？」克雷格問。

「雖然受夠了成天躺在床上動彈不得，但我已經覺悟了，我活力四射的日子結束了。」

克莉絲蒂走到床角，讓克雷格能站到外婆身旁。

「你大概會覺得我瘋瘋癲癲的。」外婆告訴他：「但我也沒辦法，同樣的夢不斷出現，而昨晚的那個夢，更簡直像是真的。」

「克莉絲蒂提過了。所以何不告訴我，妳夢見了什麼？」

「好吧。奇怪的是，每次我做這個夢，都躺在這同一張床上。那個滿臉鬍子的長髮男人彷彿真的就站在床角，就像克莉絲蒂現在站著的位置一樣。」

「他長得什麼樣子？」克雷格問。

「他的頭髮和鬍鬚又油又亮，幾乎都白了，而他的眼睛是夏日晴空的顏色。他穿著一身舊衣服，但身上那件新的藍色外套，看起來卻很像我在丈夫過世前送給他的那一件。」

「那人有告訴妳，他叫什麼名字嗎？」

「他從來沒講過。你為什麼這麼問？」

克雷格向克莉絲蒂望了一眼，然後再望回外婆身上，說：「我只是想知道而已。」

「總之，昨晚他又來找我時，說他有信息要給你。」

克雷格眼裡閃過一絲狐疑，但克莉絲蒂能理解為什麼。若傑西真的有話要對克雷格說，他會直接出現在克雷格眼前，面對面地告訴他。

「他有信息要給我？」克雷格問。

外婆充滿睿智地點點頭。

「是什麼信息？」

「他要我告訴你，你一直在追隨錯誤的腳步。」

克雷格身子一僵，說：「他會這麼對我說，可真古怪。」

「我當時也這麼覺得。」外婆說：「所以我就盤問他啦，他說你的祖父走在自己的路上，你的父親也是。但你得自己闖出一條道路來。」

「謝謝妳把這則信息告訴我。」克雷格說：「我會記在心裡的。」

「他也堅持要我告訴你另外一件事。」外婆說：「克雷格，你不只是聽到了上帝的召喚，你是被祂所選中的。你正在你該在的位置上。」

克雷格眼裡的懷疑被訝異取代，但他並沒回應。

他當然不會把這些話當真。

「我想，就像聖經中說的。」外婆說：「你知道的，很多人受到召喚，但只有少數人是被選中的？」

克雷格雙手抱胸，臉色嚴肅，明顯在沉思著外婆說的話，但同時也似乎感到困擾。他問：

「他只說了這些嗎？」

「差不多就是這樣。他還提到他被召喚回去了。」

克莉絲蒂的手臂冒起一陣雞皮疙瘩。每當外婆想死時，總是用「回去」這個字眼。

這一切實在太神奇了，人的想像力，特別是當身體熟睡時，居然能如此驚人。

「那人說我在這個世界上的任務還沒完成。」外婆又說：「但完成的那天很快就會到了。到那時候，他會再見到我。」

克莉絲蒂曾要求克雷格去遷就外婆，他看來似乎正在這麼做。若她不是心知肚明，還會以為他真的相信了外婆在一場夢裡給了他某種信息。

他們又聊了幾分鐘，克雷格望了一眼手錶，告訴外婆他得離開了。

「謝謝你過來。」她說。

「不客氣。今天傍晚見了。」

外婆揚起一道眉毛，問：「今晚？」

克雷格笑了，說：「克莉絲蒂要和我出去吃晚餐。」

「瞧哪，這可真是個美好的驚喜。」

「可不是嗎？」他的目光再次落在克莉絲蒂身上，將她全身上下徹底看透。而她也承認，是的，這的確是個美好的驚喜。

她陪著克雷格走到玄關時，他在大門前停了下來。

「如果我沒有事先心存疑慮，我會以為她昨晚真的和傑西談過話。」

「為什麼？」

「因為傑西總是知道其他人不知道的事情。也因為我一直對於自己進入神職這件事有所掙扎。我曾對上帝做過承諾，覺得一定得履行這個承諾，所以我會決定去念神學院，是我欠祂的義務，而不是真正受到了召喚。」

他的坦承令克莉絲蒂同時感覺到訝異與耳目一新。她說：「我從不會去猜想你對自己的職業有質疑，你是很棒的牧師。」

「是因為我在慈善食堂幫忙嗎？還是因為我固定去探望那些臥病在床的病人？」他無聲沉吟了一會兒，又說：「這是任何一個教友都能——也應該——做到的。」

「好吧，我同意。但我和你談到過去多年來心中懷有的罪惡感時，你要我和外婆談談這件事，於是我照著你的勸告去做了。自從我懷孕以來，這是第一次我內心感到平靜，不再迷惘。當然，事情不會總是那麼簡單就解決，但在隧道底端已經能看見光亮了。我不知道我什麼時候才能去專科學校註冊，修幾門課，但我知道我會去上課的。即使我可能不會去念醫學院，我也絕對可以當個護士。誰知道未來會有什麼發展呢？」

「克莉絲蒂，謝謝。在過去這一天裡，好幾個不同的人都提到，我幫助他們了解到人生中哪裡出了錯。也許我終究還是能多少幫助這個社區裡的人們，我只需要……」

「闖出一條你自己的道路？」她問。

他露出微笑，說：「是啊，也許正如妳所說。」

她還沒來得及回應，後門打了開來，又「砰」的一聲關上。

「媽？」傑森喊道。

「我在客廳。」

腳步聲響起，越來越大聲，傑森走進客廳裡，懷裡抱著一件眼熟的鋪棉外套。

「你在哪裡拿到的？」她問。

「就放在後門廊，折疊得整整齊齊，好像禮物一樣。」

「這不是傑西身上穿著的那件外套嗎？」克雷格問。

「我想是的。」克莉絲蒂從兒子手中接過外套，觸摸布料一會兒後，檢查裡頭的標籤，然後說：「沒錯，我確定就是這件。我拿給傑西時，他說過他會歸還的。」

「也許他終究是來過這裡。」

「來過又回去了。」她說：「這一切實在是……太神奇了。事實上，自從我見到那個人的第一刻起，所有的一切都變得很奇妙，但我無法解釋。」

「也許聖經裡可以解釋。」

「什麼意思？」

「不可忘記用愛心接待客旅。」克雷格說：「因為曾有接待客旅的，不知不覺就接待了天使。」

「你認為傑西是天使？」

克雷格停頓了一會兒，彷彿在苦苦尋思，正如克莉絲蒂一樣，也正在思考這個問題。然後他攤開雙手，聳聳肩，說：「我不確定自己該相信什麼了。」

尾聲

半年後，克莉絲蒂身穿白色新娘禮服，頭戴白色婚紗，站在教堂唱詩班排練室裡的一面全身穿衣鏡前。她特意選擇了適合自己的純白婚紗，儘管美溪鎮可能會有少數人質疑她的選擇。她覺得今天自己就像位公主，純淨無瑕，被人珍惜。一個匹配她的身分。國王之女。

儘管這一路走來，她犯過錯，儘管她未來仍可能犯錯，但克莉絲蒂現在明白了自己的價值——很大一部分要感謝傑西。

他的到來，對美溪鎮的許多人來說，都是天賜的祝福。

自從他將那件藍色外套歸還，放在她家後門門廊後，再也沒人見過他。他就這樣安靜地離開了眾人的生命，一如他當初走入他們的生命時那樣。每一個與他接觸過的人，都曾被這位流浪漢——或其實是位天使？——觸動了內心，並改變了人生。

好吧，至少他改變了那些敞開心胸的人。

「妳準備好了嗎？」香娜走到穿衣鏡前，對鏡子裡的兩人微笑——幸福的新娘與她的伴娘。

「準備好了。」克莉絲蒂轉頭對她的知己說。就在上個月，香娜與雷蒙在同一間教堂交換結婚誓言，當時克莉絲蒂與克雷格便站在他們身旁。

他們一開始仍有些難關要度過，但誰都看得出來，他們兩人深愛彼此。香娜的雙親也意外地支持兩人的結合，並同時接納了卡利托斯與路易斯。

幾個月前，雷蒙曾提到布萊德有位堂哥叫做馬修，瑞斯菲德家的這對堂兄弟可能涉及串供，以避免一樁認子官司。

克莉絲蒂曾想要沿著這條線索繼續打探，但她瞬間就把這念頭拋在了腦後。克雷格想領養傑森，她無法想像自己的兒子能有比克雷格更好、更慈愛的父親。

「克莉絲蒂。」外婆臉上滿是慈愛與驕傲的喜悅。「妳看起來真是美極了。」

克莉絲蒂心中漲滿了幸福，彷彿隨時要溢了出來。她說：「外婆，謝謝。妳也美極了。」

外婆的輪椅上裝飾著銀色絲帶與白色玫瑰，她穿著一件從衣櫃中翻出來、還裝在百貨公司袋子裡的藍色禮服，是外婆在中風前買的，卻從未有機會穿過。外婆的眼裡滿滿都是喜悅。

有人敲了敲門，香娜前去應門。

棠恩走入這間小房間，懷裡抱著蕾妮才剛出生兩個月的女兒傑西卡。她說：「克雷格牧師說時間到了。所以如果妳準備好了的話……」

蕾妮穿著與香娜同款式的禮服，她將第一個走入禮堂。她輕輕吻了吻小傑西卡的臉頰，說：「媽，這孩子還算乖吧？」

「目前還算乖。要是她開始哭鬧，妳父親說會把她帶出教堂餵奶。他的攝影技術一直不怎麼樣，我可要好好照幾張相。」

傑西卡是蕾妮以傑西的名字命名的，她是克莉絲蒂見過最可愛的孩子，有著一雙碧藍的大眼與黑色的卷髮。

而說到最可愛的孩子……

「傑森還好嗎？」克莉絲蒂問。

「他和克雷格與伴郎們在一起。」棠恩說：「妳真不知道他穿起小燕尾服有多可愛！」

「我等不及要看看了。」

棠恩環顧房間，微笑道：「我最愛婚禮了。這場婚禮感覺就像一場美夢成真了。」

「我知道妳的意思。」克莉絲蒂說：「大半時間我都想捏捏自己，確定不是在做夢。」

「妳準備好了嗎？」香娜問克莉絲蒂。

「我從沒準備得如此完美過。」她是公主，是國王之女。

而未來，看來從未如此燦爛。

GroWing 23

天使在人間 Entertaining Angels

天使在人間/茱蒂.杜亞特作 ; 薛慧儀譯. -- 初版. --
臺北市 : 春天出版國際文化有限公司, 2021.08
面； 公分. -- (GroWing ; 23)
譯自 : Entertaining Angels
ISBN 978-957-741-390-1(平裝)

874.57 110011300

ISBN 978-957-741-390-1
Printed in Taiwan

作 者 茱蒂・杜亞特
譯 者 薛慧儀
總編輯 莊宜勳
主 編 孟繁珍

出版者 春天出版國際文化有限公司
地 址 台北市大安區忠孝東路四段303號4樓之1
電 話 02-7733-4070
傳 眞 02-7733-4069
E－mail frank.spring@msa.hinet.net
網 址 http://www.bookspring.com.tw
部落格 http://blog.pixnet.net/bookspring
郵政帳號 19705538
戶 名 春天出版國際文化有限公司
法律顧問 蕭顯忠律師事務所
出版日期 二〇二一年八月初版
定 價 399元

總經銷 楨德圖書事業有限公司
地 址 新北市新店區中興路二段196號8樓
電 話 02-8919-3186
傳 眞 02-8914-5524
香港總代理 一代匯集
地 址 九龍旺角塘尾道64號 龍駒企業大廈10 B&D室
電 話 852-2783-8102
傳 眞 852-2396-0050